域外散记

凤凰树下随笔集

——庄昭顺随笔集

庄昭顺 著

厦门大学出版社

XIAMEN UNIVERSITY PRESS

国家一级出版社

全国百佳图书出版单位

图书在版编目（CIP）数据

域外散记：庄昭顺随笔集 / 庄昭顺著. -- 厦门：
厦门大学出版社，2023.9
（凤凰树下随笔集）
ISBN 978-7-5615-8946-5

Ⅰ．①域… Ⅱ．①庄… Ⅲ．①随笔-作品集-中国-
当代 Ⅳ．①I267.1

中国版本图书馆CIP数据核字(2023)第040736号

出 版 人	郑文礼
丛书策划	蒋东明　王日根
责任编辑	刘　璐
装帧设计	李夏凌
美术编辑	张雨秋
技术编辑	朱　楷

出版发行　厦门大学出版社
社　　址　厦门市软件园二期望海路 39 号
邮政编码　361008
总　　机　0592-2181111　0592-2181406(传真)
营销中心　0592-2184458　0592-2181365
网　　址　http://www.xmupress.com
邮　　箱　xmup@xmupress.com
印　　刷　厦门集大印刷有限公司

开本　720 mm×1 000 mm　1/16
印张　19
插页　2
字数　310 千字
版次　2023 年 9 月第 1 版
印次　2023 年 9 月第 1 次印刷
定价　89.00 元

本书如有印装质量问题请直接寄承印厂调换

厦门大学出版社
微信二维码

厦门大学出版社
微博二维码

编者的话

　　厦门大学，一所闻名遐迩的高等学府，经过百年的岁月洗礼，她根深叶茂，茁壮成长。厦大校园背山面海、拥湖抱水，早年由南洋引入的凤凰木遍布校园的各个角落，于是，一级又一级的海内外求知学子满怀憧憬地相聚在凤凰树下；一届又一届的毕业生依依惜别于凤凰树下。"凤凰花开"成了学子们对母校的青春记忆，"凤凰树下"成了厦大人共同的生活空间。

　　建校百年的厦门大学现已成为学科门类齐全的国家"双一流"建设高校。厦大人秉承"自强不息，止于至善"的校训，铭记校主陈嘉庚建设一流大学的嘱托，在较少政治喧闹、较多自由思考的相对安静的环境中，做着相对纯粹的真学问，培育着一代代莘莘学子。一大批厦大人在不同的学术领域里成果卓著，他们除了发表论文、出版专著，贡献自己高深的科研成果之外，亦时有充满灵性的学术感悟文字、感时悯世的政治评论短札，时有思索道德人生的启示益智言语、情感迸发的直抒胸臆篇什。这些学术随笔其文字之精练，语言之优美，内容之丰富，思想之深刻，不仅体现了厦大学人深厚的学术积淀,而且是值得传承的丰富文化宝藏和宝贵的出版传播资源。

厦门大学出版社秉承"蕴大学精神,铸学术精品"的出版理念,注重挖掘厦门大学的学术内涵。我们将以"凤凰树下随笔集"的形式,编辑出版厦大学人的学术随笔、学术短札,在凤凰树下营造弥漫学术芬芳的书香氛围,让厦大校园充满求真思辨的探索情怀。年轻学子阅读这些书札,能获得体悟,受到激励,走向深邃的学术殿堂;社会大众阅读这些书札,或能更加切实地品读我们这所大学的真实内涵,而不至于停留在"厦门大学是个大花园"的粗浅旅游观感层次。

"凤凰树下随笔集"的出版始终凝聚着厦大校友的力量,给出版这套丛书提供了坚实的基础。2014年,厦门大学1982级物理系校友提议设立"凤凰树下"出版基金,资助厦大出版社出版"凤凰树下随笔集"丛书,把同学们想为母校做点事情的心情化作实际行动,体现在基金里。2022年5月7日,正值厦大出版社建社37周年,厦大社又一次举行"凤凰树下随笔集"出版基金捐赠仪式。本次捐赠是厦大校友朱一雄、庄昭顺的女儿们,为传承父母对母校的热爱,温情回顾、追怀叙旧,希望借此推动丛书的继续出版,宣传厦大的杰出学人,传承厦大深厚的学术积淀和思想精髓,也为后来人出资延续该丛书的出版提供样本。

我们更期待"凤凰树下随笔集"走出校园,吸引全球更多的学者走入这片凤凰树下,让读者感受到这些学者除了不断有高精尖的科研成果问世外,还有深沉的文化艺术脉搏在跳动,还有浓郁的人文精神、科学精神在流淌。

厦门大学出版社

序 言

纪蔚然[①]

我的岳母庄昭顺女士,1924 年出生于福建省漳州,是一名动荡年代的新女性。

她受现代化运动洗礼,虽成长于纷乱时期,仍能克服万难,完成高等教育,获得厦门大学法律学士文凭;尔后于旅居菲律宾期间,以论文《儒家的大同世界与联合国》取得政治硕士学位。

1968 年,庄女士与夫婿——画家朱一雄先生,带着四个年幼的女儿离开菲律宾,搭上飞机前往美国移居。之后,她写下当时的心情:"重洋割断了我过去的一切,我像被割断了根的小树,要移植到新园地里。"这一待就待了下半辈子,直到 20 世纪 90 年代初期才有机会回到让她魂牵梦萦的福建,以及对她成长与学养影响甚巨的厦门大学。

于菲律宾中正中学执教时,庄女士教学认真,严肃中带着慈祥,广受学生爱戴。除了教书以及照顾刚年幼的女儿们外,她曾兼职担任报社编辑,并接受报社邀请,以"莘人"为笔名,撰写专栏。移居美国后,她同样保持忙碌,身兼数职。她和丈夫于弗吉尼亚州成立"中华艺苑"(Art Farm),合力推广中华艺术与文化。同时,她孜孜不倦、继续进修;持续写作,成绩斐然。

庄女士先后出版了以下五本书:

1.《平屋存邮》(中文版,写给海外华侨青年的四十封信,1954 年出版);

---

① 作者系台湾大学名誉教授。

2.《莘人文选》(中文版,散文集,1984 年出版);

3.《域外散记》(中英文对照,描写在美国生活的观感,1991 年出版);

4.《芸芸众生》(中英文版,结集于学术会议及报刊上发表的论著,2003 年出版);

5.《婆婆的世界》(写下生平的回忆,2010 年出版,2013 年再版)。

本书以"域外散记"为题目,精选庄昭顺女士的文章,分为三部分:第一辑,书信篇,摘自《平屋存邮》;第二辑,散文篇,摘自《莘人文选》;第三辑,双语篇,摘自《域外散记》《芸芸众生》《婆婆的世界》。

在这些文章里,我们可以看到庄女士个人的遭遇与因应之道,同时也可以感受到他们这一代人所历经的苦难,以及经由苦难淬炼而来的坚毅。

Contents
目 录

第一辑 书信篇

第二辑 散文篇

第三辑　双语篇

附　录

第一辑

书信篇

凤凰树下随笔集

友爱是一盆炭火：谈团体生活

明弟、瑜妹：

天气虽然热，而我的心境颇为宁静。蓝天里有一钩新月，她勾起了我写信的兴致。这时，孩子们都睡着了，没有什么累赘，我便觉得像你们一样年轻力富，有足够的劲儿来谈谈天。

假期开始了，华侨学生们非常踊跃地参加军中服务团或童军回国观光团，在今日这样忧闷的华侨社会中，这是一件多么有意义而且令人兴奋的事啊！我想你们也一定不会落于人后的。

欧美的青年几乎个个都爱过团体生活，长大成人以后，自然地养成了服从纪律的习惯。这种精神，老早便表现于希腊人的酷爱政治活动，注重公民的培养；而斯巴达人的军团主义更把孩子交由国家去教养，似乎他们生下来便属于团体。就是今天，美国人最值得我们模仿的，也是"公民精神"。为了理想，为了社会前途，他们可以奉献个人的生命及幸福。一个人要有这种热爱群体的精神，生命才有机会表现出真实的意义，欧美的青年们很喜欢参加各种永久的或暂时的社团活动。我想这是欧美各国之所以有健全的公民的原因。

谈到我们中国青年，文质彬彬，一派名士气度，大家以退为进，这未免暮气沉沉。有些摩登的少男少女，不幸只学得西洋人的跳舞、打球、游泳等玩意儿；结果又不免流于轻浮。今天的青年，我认为要除去那种独善其身的消极的态度，投身到团体中去，在团体中表现个性、创造事业。

一般家长，不喜欢孩子们参加课外的团体活动，最大的原因是怕男女在一起谈恋爱，做出什么影响名誉的事。其实这个问题只在于社会教育和学校教育及家庭是否连成一气。例如现在的美国杂志、电影和舆论界都极力鼓励青年们要有正当的恋爱生活，组织美满的家庭；而非常反对战前那种不负责任的、浪漫的行为。最受崇拜的年轻电影明星，他们的男女关系是多么严谨啊！

我想，教师和家长应该从正面扶掖青年怎样和外界接触，指导青年从事正当的团体活动。尤其是报纸、杂志，要有公平的评论，使青年得到鼓励！

话得说回来，参加军中服务，除了可以接受普通的群性教育以外，还可以使青年们身经战斗，和士兵们生活在一起。在严肃与紧张的生活中，你会忘记个人的喜怒哀乐。看见那么多意志刚强的民族斗士，你还会徘徊、彷徨吗？在战斗中生长的青年，才是时代青年。

有人说友爱是一盆炭火，当你走近它的时候，可以从中取得温暖。朋友愈多，火炉愈热。有一天，当你镕身而为炭火的时候，那还有什么个人的恩怨呢？所以说生活在一个有理想、有组织的团体中，是人生最大的幸福。

晚风习习，夜深人静。我祈望你们有个光明的前途，正像我等待着明朝的旭日一样。

祝好！

你们的姐姐

这一定是位诗人：谈个性的发展

明弟、瑜妹：

上次谈及团体生活的重要，颇引起你们的兴趣，明弟说他本来就热爱大伙儿一起生活。只是瑜妹认为一个人如果只属于团体，便没有个性的发展。她以为团体训练出来的人才太过机械化，没有特殊的个性，那么这样的生活不是太单调了吗？

瑜妹毕竟是个有头脑的孩子，今天，我便针对这个问题来谈谈个性的发展。将来请你们批评我的结论如何？

我记得罗家化先生曾经说过：人生的目的在于自我的表现；就是如何把自我的、团体的健康，情操的高尚，以及心灵的完美表现出来。这也许就是瑜妹所说的个性的发展。大多数人，只能做到身体健康、品行端正，如果要求把心灵深处的东西表现出来便不容易。能把心灵的智慧表现出来的是哲学家、文学家、艺术家及科学家了。

这些专家要经过许多的磨炼与战斗。他们虽然生活在群体中，但生活是相当孤苦的。这尤其指精神上及思想上。这种磨炼，发生于和许多人相处的时候。在团体中有许多个人，这许多个人有不同的背景与习俗，人和人不断地做广泛的接触，便显出个性来。为了表现个性，他们又要经过战斗，在战斗中，可能没有一个朋友，也没有支持的人，但是他们懂得在自己理想的国度里沉思默想，在那里寻找无穷的乐趣。

在这种情形之下，纪律并不限制心智的发展。这些专家仍得要求团体的互助合作。由于他们的先知先觉，领着整个团体上进。我们知道社会的规律——包括法律、道德、宗教、习俗，都是这些先知先觉的人们心智的表现，并获得了大家的支持才成立的。如《礼记》所说："闻善以相告也，见善以相示也。"假使完全孤立，便没有法子表现个性。

另外，生活在团体中，假如没有机会让头脑想冷静，那便很难沉思默想。正如瑜妹所说：整天像机械一样转个不停，那不是大家都成为一个"大兵"了吗？沉思默想不一定要逃世远遁。你们应该懂得"忙里偷闲"的意思。就如我们生活在这烦扰的市尘中，我想每个人都需要短暂的独处，离开那些熙来攘去的人群。例如：站在窗口，坐在灯下，独个儿不做什么，让思想有机会澄清。这像短期的绝食一样，有时可以医病。

记得有一次，在祖国某山城里，来了许多友邦的空军，他们的作风是又热又辣的。某日，夕阳正照在残缺的城垣上，我和几个朋友看见一个盟军静静地坐在城门口。他的双手捧着脸孔，朝远方的落日直望。郊外是相当冷清的，也没有第二个人陪伴他，这景象真是太出奇了。朋友们暗地里说："这一定是位诗人！"你们想，一个人远入异邦作战，有那样恬静的心情坐在城门口欣赏落日，怎么不会是个诗人呢？

瑜妹，现在你该明白我的意思了吧。个性的发展是必要的，而不一定要摆脱团体的生活及纪律。我们要在忙里偷闲，在某些时候当试独处的乐趣，让自己的心灵舒展一下，甚至孤军作战，直到实现自己的理想。至于完全的孤立，便难得这样的乐趣。

孟子说："独乐乐，不如众乐乐。"这是一个大众的时代，青年更应该与众同乐。你们以为如何？

没有说完的话，以后再说吧！

祝好！

你们的姐姐

开拓人类的明天：谈青年

钧弟：

　　近日学校里常常锣鼓喧天，歌声曼妙，有时传来一阵狂笑，有时听见一阵呐喊……原来有许多青年朋友正准备到军中服务，做各种技艺的练习。以马尼拉这样炎热的天气，和他们旺盛的热情相比较，前者只好认输。

　　梁启超先生曾经譬喻老年人如鸦片烟，少年人如白兰地……

　　说到白兰地，就令人想到它富有令人兴奋的作用，而且是那么鲜美、清醇。青年人因有这样的性格，所以曾经写下许多浪漫的故事，也干过不少轰轰烈烈的事迹。

　　让我告诉你一段平凡的往事：抗战时期，某地的女子中学迁移到了一座山城。山城的风气是十分闭塞的，对于这些女孩子来说，这风气闭塞的山城是她们读书的好去处，因为山深林幽，没有市尘的纷扰，远离战争的威胁。可是对于这山城十分守旧的社会传统来说，这些"念洋书"的女孩子在外"抛头露面"，是一件太不平常的事。

　　在山城的那些老人们看来，女孩子读书认字已经是"离经叛道"，更何况她们"奇装异服"，"成群结党"地"招摇过市"，岂不是他们旧日的传统和历史上的一大污点？于是，这些女孩子的一言一行都成了众矢之的，"十目所视，十手所指"，她们竟被当作了"仇敌"，女子学校也被视为"罪恶"的渊薮了。

　　有一次，有一个女同学因过分天真，被认为太浪漫了，地方上的恶棍就小题大做，借之以破坏学校名誉，侮辱无知的女学生。那些旧头脑的人这样兴风作浪，并不是最终的目的，而只是一件"豪举"的开始。他们好像先下一道"讨伐"女学生的"檄文"，接下去还要把这个"女学校"轰走。

　　同学们都十分愤慨，提出了严正的抗议。校长也觉得学生们没有错，她的态度十分强硬，要求外界的人士主持公义。由于他们坚贞不移的奋斗精神，那学校总算免了许多麻烦，而且获得了最后胜利。

　　在落后的地区，我们不得不和环境展开搏斗，正如开垦的人，绝不能用妥协、保守的老方法,而得时时刻刻挣扎向前,在新的工作中取得新经验。如果我们只是向环境低头,那么拓荒的人只会被风沙所淹没,绝无成功的一天。

例如上面的事,要不是那些女学生不顾一切去争取广大的社会的同情,那女学校只好撤退,如何还能在那边鄙的地方继续站住脚呢!

总之,要开拓一个境界实在不容易。这固然需要老年人的经验和学识,也更需要青年人的热情与幻想。垦荒的事业是艰巨的,而且是罗曼蒂克的。一个唯求近功、久经世故的人很难开创事业,只有青年才会不计成败利钝去尝试。

假如说老年人是金字塔,历尽千秋万岁,仍是屹立不动,那么青年该是日夜奔驰的火车,只要轨道坚固、司机灵敏,这一列火车曾使旷野变成都市,使沙漠变成水田。金字塔不过记载着过去的光荣,它对于人类的前途有什么作用呢?火车虽然没有金字塔的堂皇,但有着无穷的动力。我们应该运用青年的力量铺建铁路,贯穿那荒芜的沙漠,以开拓人类的明天。

年轻人啊!勇往直前吧!

祝好!

你的大姐姐

登高山复有高山:谈升学的几个问题

瑾妹:

你高中毕业了,应该恭喜,你又有机会回国升学更应该恭喜。

前些日子,情妹从台大来了一封长信,说起她以前在菲求学,唯恐拿不到第一名,现在却担心不能及格,相形之下,无任感慨。这叫我想起了许多事,我想应该在你未入大学以前告诉你,作为姐姐给你的礼物。

你记得在初中一年级的时候,我教你们念了一篇诗《志未酬》吗? 梁任公先生说:"登高山复有高山,出瀛海更有瀛海。"人生的希望无穷,宇宙的境界又是多宽啊! 追求理想是没有止境的,因此烦恼苦闷也无穷。只有生活在小圈子里的人,才永远自足。

情妹的烦闷是由于她投身到比较大的境界中,自然感到自己的穷措落后。譬如说以前到处受人赞美,现在则默默无闻,难免会怨叹苦恼。你能说这是她的失败吗? 这不是失败,这是新的开始。

好像许多初进中学的新生,看见自己各科考试的分数低,便以为自己退步了。因为小学时代他们常常得第一名,现在却是榜上无名,怎么不叫他伤心呢? 他们却忘了以前竞争的人少,现在竞争的人多。有人说,遇到强的对方,也是人生的福气,失败并不要灰心。这时候,最需要鼓励和努力。可能要经过相当长期的奋斗,才会出人头地。而伟大的人才,便是在这样不断地磨炼中产生出来的。

瑾妹! 但愿你到了大学以后,样样都好,没有我所说的苦闷。不过教了这几年书,据我个人的观察,华侨学生所学的,并不是为了准备升入国内大学,工作效率往往比不上国内的学生。

譬如这边的学生,并不曾多多练习一边听讲,一边记笔记,或者随时随地做札记。因此,人家在讲堂里便记下来的东西,我们的同学要在课外向人家借来抄,这样怎么还有时间参考其他的书呢?

谈到"听讲"这件事,华侨学生似乎很不重视。有几次,学校邀了贵宾来演讲，有些贵宾实在讲得很不错，是不容易听到的"学问"，而我看见大部分的同学并不欣赏，真叫人扫兴。像这样，到了国内大学，怎么会马上养成注意听讲的习惯呢？

又如课外参阅的书籍不多，课内、课外所做的习题太少，也应是华侨学生程度低的原因。

我当然希望今后的华侨学生，尤其是那些准备升入大学的同学，平日多多注意听讲，练习笔记，并参阅书籍，多做习题。我们既然知道困难在哪里，那困难便不算是困难了。

例如，开始时少选修几个学分，少上两节课，便有较多的时间自习。大凡大学里的课程，一、二年级所读的，都是入门必修的科目。这些基本科目，通常都由系中有经验而且严格一点的教授担任，无论如何不可随便应付了事。这两年过了，第三年、第四年的功课便容易应付，那时候多选修几个学分并不困难。即使四年不能毕业，五年也可毕业。

求学切不可急，否则便像性急的农夫，以为拔高了秧苗，可以帮助秧苗快长，结果秧都枯死了。

我觉得有许多做了父母的华侨，既不肯耐心地指教子女读书求学，又要他们的子女马上毕业学成，一心一意要他们升班，说起来是残忍的。我知道你的父母亲是很懂事理的，一定会同情你，不会责怪你不能跟他们同时毕业。更何况你并不一定会落人之后！

最后，我想告诉你的是当你到了一个新地方，会觉得生活非常自由而且新奇，你不必顾忌亲戚朋友的干涉，尤其是大学里自由研究的作风，会使你发现很多新奇的事。如果你能在这时候细心观察环境，应接人事，找到益友，对你的前途有莫大的好处。否则，你以后将为这一段日子追悔不已。

我认为你的胆子不要小，但是心要细。你将会感觉到一生中最多温情和友爱的便是在大学求学的时期。这时你的生命便比以前丰富得多了！但千万记得：爱人的人，才会被人爱。

祝前途光明！

你的大姐姐

吃了许多骨头和渣滓:谈谈华侨 青年求学的态度

华弟:

你说这学期不修习中文的功课,而专读英文的课程,是因为你觉得居留在菲律宾,应用英文的机会多,所以学习英文比较要紧。

像你这样想的华侨一定不少。他们有的甚至认为中国文化落后了,中国文化比不上欧美的文化……这可以说是华侨青年求学的病态。

其实文化是交流的。不管是英国、德国,还是任何落后地区的居民,他们虽受地理及政治的隔离,但是文化却是从高的地方流到低的地方,终于融汇在一起,而且源流越长,容纳的支流越多。就如现在所谓中国的文化,已不仅是汉族的文化,它已容纳、贯通了许多异族的文化;而所谓西洋文化,也受过东方文化的影响。

研究学术,本来不必有什么壁垒,也不必有什么偏见。学问渊博的人,有的通晓五六种语言文字,有的除了本国的文字以外,什么都不懂。但这并不伤大雅。学问总是越多越精,触类旁通,成就便越大。

如果说英文的用处广,中文的用处窄,就不免太武断了。好像有些学生选修理科,并不是他对数理有特别的天资,而是对文史感到“莫名其妙”;那些重视英文、轻视中文的人,可能是他的中文并不高明,而对英文略有通晓,避重就轻而已。

华弟,你如果因为中英文变重的功课太繁重,而不得不放弃一门,我很同情你。如果你学了一般穿着牛郎装、手挟一本连环书、热衷美国电影及篮球的华侨少爷,而蔑视我国文化,我就要你耐心地听几句勤诚的话。

读中文,像读其他外国语言一样,通熟以后,在研究学问的时候,便至少多了一种工具。而且你有许多亲戚朋友,他们都是中国人,需要你用中文和他们来往。难道你愿意被摒弃在华侨社会的门外吗?

而最重要的是你应该要知道中国文化有什么优良的传统,值得我们去维护。

几千年来，我们有一定的道德标准以维持敦厚的社会风气。这就是以礼教为社会的准绳。实在不是西洋人所能了解的。

中国人读书识字的并不多，但能了解什么是优良的文化传统，这就是说读书识字和求学问不一定相同。王阳明先生提倡"知行合一"，就在说明这一点，知道了就会做。不去做就是不知道的原因！理学家认为"心明"则一切都行得了，读书识字是次要的事。

心怎样才会明呢？那便得"格物穷理"。不管你识不识字，能够观察事物，以明事理，做人就不会轻浮了。

华弟，我们这里的学生，在"求知"这方面所下的功夫实在差了些。学生读书，只要老师告诉他们考试要出什么题目，答案在课本上的哪一行，最好有现成的笔记或答案拿来抄一抄。大多数学生没有兴趣去穷究道理……朱熹说这样的读书法，只是吃了许多骨头及渣滓，对学问有什么帮助呢？

华弟，不管读中文，还是读英文，都为了求知的啊！如果每天上很多课，读很多书，而仍是一知半解，不懂得思考，不懂得做人，那当然是少上几课为好，免得把头脑弄乱了。倘若说中文没用、中国文化不值得研究而专读英文，只进外国学校，那是避重就轻，骗人骗己罢了。

据我看来，华侨青年如果多多接触祖国文化，生活态度必会严肃一点，待人接物也会文雅一点，而且社会上浮夸的习尚也可渐渐去除。但愿你别轻易放弃中文的功课！细心思量吧！

大姐姐

清净之乡·神仙之境:谈读书的环境

华弟：

你准备住在幽静的村镇消遣长夏，看书、玩水……这怎么令人不羡慕呢？

这些年来，我自己深深感觉没有良好环境读些书，真是可惜；时常渴念能够坐在槐荫下读书，躺在山腰里看白云，或者傍临溪水作文、唱歌。因为大自然的胸怀的确宽大而又妩媚。靠近她，我们会享受到无尽的温情。怪不得诗人画家们要赞美田园质朴的生活。

许多人埋怨我们目前的学校太不讲究环境教育。有的学校的教室不够宽大，有的学校局促于商业区域，以致学生坐在教室里，满耳是车声、人声、小贩的叫喊声，叫他们的心神如何镇定呢？学生如果被分配到一间光线不好的教室，或者阳光直射的房间，那简直是活受罪……

我也觉得我们目前在校求学，有点像"赶市集"一样，大家匆匆忙忙，颇为忽略学校是陶冶心性、进德修业的地方。良好的学校环境，不一定要有高楼大厦，而是要有新鲜的空气、充足的阳光，能够远离市尘的烦扰最好。

古时候的学院，大都在山明水秀的地方，书院里收藏着图书，供祀着先圣先贤。学生们住在这里，自然而然会向往伟大的哲人。这便是环境教育。现在世界上比较著名的学校，也很注意这一点——设置优美的环境，以陶冶学生的品格。

今日的国民教育，是国家的事业，每个国民都应受教育。少年们进学校来，就像入伍受训一样。在学生本身，原来就没有"爱不爱"的表示，因此做教师的，对学生的好坏也无法选择。许多人并不是为了兴趣才入学，所以学校以考试、测验来督促他们，就不曾有多大的效用。我认为要改良环境，使青年在优美的学校里陶冶心性，才有办法提高求学的兴趣。

古人以为教师在传道授业，我认为现在的教师还要做学生们的保姆。如果我们能够教那些调皮、肮脏、"不懂事"的少年，日渐循规蹈矩而且肯思考,那便不错了。

关于读书的环境,曾国藩先生认为次要,他说:"苟不能发奋自立,则家塾不宜读书,即清净之乡,神仙之境,皆不能读书。"我也以为读书做事最要紧是立志。只是现在的学校教育要大量地收容学生,对那些不肯立志的学生也要教他读书识字。如何让这些不肯立志的学生不受外界惑扰,专心于功课呢?这得依靠环境教育——必须使学生们能"安定"又有"趣味"。

做现代的教师真不容易。要让同学们上课时能"安定"又有"趣味",必须用不同的教学法及教材。除了在教室里讲解,还要有教室以外的辅导。因此,图书馆、实验室、体育场,以及其他的康乐设备都是必要的。

放假的时候,能游山玩水,参观名胜古迹,探访医院,以及参加其他社会活动,都可引起同学的兴趣。独处的时候,能挟一卷书,找块青草地,或躲在芭蕉树下,咏读思考,也可弥补目前学校场地狭窄的缺点。至少要布置斗室,明窗净几,读读书,写写字,消遣半个炎日,这是自寻乐趣的方法。

朱熹有"昼长吟罢蝉鸣树,夜深烬落萤入帏"的乐趣,我想我们不可让古人专美于前。应该在这闷热的椰乡,找块风凉地读读书才好。这也是我羡慕你的安逸的原因。

祝好!

你的大姐姐

趣味是可以培养的：谈课外阅读之一

文弟：

来信收到了，你的话我都同意。现在，我得再说一遍：爱情并不是一切，它只是生活的力量，假如有了这种力量而不发挥出来，不做点事，那才可惜。但愿你能"破涕为笑"，而且"发愤图强"。

你打算躲在家里读些书，疗养你失恋后心灵的创伤，这我并不反对。古今多少伟人，不都是在失意之余，不但不消沉，而且懂得重整旗鼓吗？

不过，我关心你是不是真心发愤读书？如果一曝十寒，结果便毫无用处。你知道我们平日在学校里所读的只是一些基本科学，了解一些治学的方法。要求对某科目升堂入奥，全靠课外的阅读及自修。历史上有许多人物不曾好好地入学校读书，但是他们却在课外读过很多书。书是前人的经验，人家已经铺平的路，我们循着路标走过去，不是很方便吗？有了丰富的想象力，加上经验和常识，成功的机会自然多了。

许多同学，平日考试的成绩并不见得出类拔萃，一旦毕业，到社会上做事，比起其他的高才生，却遥遥领先。详细考查，才知道这些同学在学校里虽不孜孜于课业，却博览群书，不管老师考不考试，皆因兴趣所在，读了许多书。这样知识相当丰富，到社会上做事，便头头是道。

同时，我批改作文的时候，常常发现班上有些高才生，"思路"不清。看样子他们是很细心地写作的，但写出来却生硬得很。课外和他们谈谈，才知他们不常读课外书籍，这好像树根入土不深，便长不出繁茂的枝叶一样。死读一两本教科书，怎么能使思想深刻、感情真切、想象丰富呢？多读课外书，像树根从四方八面搜取养料，这样树身才站得稳，结的花果才美好。

在课内读书，因为有教师督促指导，所以容易得多。在课外自己阅读，是一件颇不容易的事。要怎样养成课外读书的习惯？我记得梁启超、胡适、朱光潜等大师都有专文讨论，你也应该读过了。现在让我再提出一点意见，对你来说也许比较容易理解。

要养成读书的习惯,据我看来,在外,需要良师益友的指导和鼓励;在内,要靠自己寻找趣味。

所谓"闭门读书",大多适用于中年以上的人,他们的阅历深,对书中的情趣便完全了解。一般少年青年的阅历浅,理解力又差,要他们对书本产生好感,必须有师友鼓励。譬如有一群朋友,大家都在讨论某一本书上的问题,只有一个人没有读过那本书,他不知道问什么,也不知道要说什么,自己觉得不好意思,便得找机会把那本书读一读。这样一本一本地读下去,互相影响,便使大家越读越有味。日子久了,便养成了读书的习惯。所以要读书,必得找些爱读书的师友来往,这是第一步。

谈到内在的因素,便是靠自己去寻找趣味,换句话说,要懂得欣赏你所读的书。趣味是可以培养的,欣赏的能力也是可以训练出来的。譬如你天天玩球,越玩花样越多,关于玩球的知识也越多,趣味便也盎然。叫一个门外汉来谈"球艺",就毫无兴趣了。

而且无论你学什么,开始总是枯燥单调的。富兰克林在自传里说他自习的经验,说他常常把书中的文字拿来翻译,把韵文变成散文,再把散文变成韵文,一遍一遍地译,这样反复做,结果心得无穷,趣味油然而生。这是寻找趣味的一个好例子,不过反复翻译一篇文字,岂不是很单调乏味的事吗?所以古人说读书第一要有志,第二要有识,第三要有恒,真是一点也不错!如果读书却怕"苦",就不足以谈读书了。

不知道你的意思怎样?希望你给我回信。

祝好!

你的大姐姐

不要怕别人笑你浅陋:谈课外阅读之二

文弟:

　　来信说你打算多读一些书,是你觉得有这种需要,既不是为了消遣或排闷,也不是因为"失恋"而发愤。这一点,我是相信的。

　　人活到了一定年龄,或读书到了一定的程度,总有一段时期,觉得自己渺小,心灵很空虚。俗语说"初出洞的猫,比老虎还大",是很确切的。事实上到小猫自己意识到自己还不如虎的当儿,自然就会认输,低声下气地觉得自己渺小,也明白自己的能力的确远不如他人了。你说你深深地发觉自己所知的太少,所能的也不多,我看是一个好现象。换句话说,你在心智或体力上,已到了成熟的阶段,求知的热望,已至顶点。古人说"满招损,谦受益"。那目前,你正在向前进步的起点了!

　　青年时期,最怕的是因为自己觉得浅陋而灰心失志,随波逐流。能因自己的浅陋而下决心多读书、多吸收的好青年,在今天是不可多得的啊!

　　所以,好弟弟,我为你的来信,真的欢喜了好一阵子。

　　你问我:要读的书太多了,不知道要先读什么才好,这一问题倒是很严重的。

　　现在,我先和你谈谈哪一些是"要"读的书。

　　古人说"开卷有益",意思是说读什么书都好。现在我们却很难开出一张目录,说哪些书最适合阅读。许多大师曾经尝试把古今图书拿来分类、编纂,指导后学的人怎样选择书本。这对于初学的人来说,仍旧是"丈二和尚,摸不着头脑"。我们怎样用有限的时间,来读人世间无限的书呢?

　　在比较注意文化教育的地方,都有规模可观的图书馆,又有专家管理。在那里,也许不见得全是价值连城的珍藏,但是总有一些这时代的人必读的图书,分门别类地等候你去借阅。我们选择书本,为什么不先读手头容易拿到的书呢?如果为了找一本书,等那么三年五载,岂不和自己开了玩笑?所以先查看本地的一些图书馆里有什么书,是很要紧的。

再说，有些书，被认为有伤风化的，或有思想问题的，或是不平常的"禁书"，图书馆是不会容人借出的。因此，我常常劝告同学到学校的图书馆借书来读。可能那些书不会全部适合同学的胃口，但是那些书绝不会伤害读者。因为那些书是负责管理的人详细地阅读过的，或者是他们深知其内容的。你如果随便到街上去买，就不一定有这种保险了。

不管一些夜郎自大的人，怎样批评当地的图书馆太简陋和不合"理想"，事实上，能把那看起来简陋的图书馆中的藏书——读过的青年，是百不得一的。何况一般青年读书，并不像大学者那样需要专门的参考。你现在读书的目的在"博览"，为自己的学问打下一个起码的基础，为今后的人生展开较广的视域。因此，缺少某些"专书"，并不是某一个图书馆的过失。而过分挑剔自己要研究的书目，竟至怨怪人家的简陋，岂不更是有失公道吗？

也许你会说，图书馆的书，性质互异，种类又杂，难道每一本都得读吗？而且一下子读得完吗？这没错，学海浩瀚，茫无止境，如果没有一定的方向，就必然要迷失了自己。

然而，这一定的方向却不容易决定。

不读书的人，终日面对成千成万本书，就和面对墙壁一样，书的内容和他永不相关。而读书的人则相反，每读一本书就像游玩了一次名山大川，那一本小小的书，是一个通往极乐世界的门径，此门一开，那么登高山复有高山，出瀛海复有瀛海，学问的妙境，就这样开了端。而那启发读者的最初的锁轮，说不定只是一本极平凡的小册子，是在偶然的浏览中发现的。

因此，你问我要读什么书，先读什么书，这里便是我的答案：

学问要深，但也要广，有书就得读，将来才能无书不读，至于先读什么书，大可不必规定。只是我提醒你不要怕别人笑你浅陋，先读各种"入门"的书，先读各种"发凡"的书。

有一天，你找到了那把合适的锁轮，打开了学问之门以后，那才谈得上升堂入奥啊！

不知你的意思如何？盼你多多来信。

再谈。

你的姐姐

拙于言辞:谈谈语文修养的重要性

瑜妹:

谢谢你为我从台湾带来了那么多精致的礼品,尤其感谢你替我传送友爱于离别多年的亲友间。

朋友来信,提起华侨女学生,认为都是同一类型:朴实而拙于言辞。这是赞美,还是失望呢?

记得过去在国内大学,也有不少"侨生",他们有某些共同的特点,譬如男学生很喜欢运动和唱歌,女学生勤于功课但不是十分爱活动。至于语文方面的成绩,很少特出,不管是中文还是英文。而"朴实"这两个字,确很适合佩挂在国内求学的华侨学生身上。

现在我自己生活在华侨社会,尤其是整天和华侨学生在一起,我更加了解"朴实"是华侨的美德。我想,这些愿意在华侨学校读书的人,或者远涉重洋而回国升学的人,总是民族意识比较浓厚的人,他们热爱祖国的固有文化和道德,远胜过其他的华侨,因此他们修身立业就一定都本着忠信了。瑜妹,这是侨生的光荣,我因你们而觉得快慰。

至于侨生在语文方面颇欠修饰,如果成为事实则颇可虑。可能由于生活环境的特殊,我们对英文或中文只求其可以"应付"日常生活的需要便罢,不曾对语文下过功夫。因此平日讲话作文,都觉得艰涩,而别人听起来、看起来更觉得不通顺。我们都生活在华侨社会,并不觉得有什么不好,一旦到国内,或者到国外去,便觉得在语文上不能随心所欲地表达情意。

最近我阅读了早川博士著的《语言与人生》这本书,觉得很有意思。早川氏认为语言和文字是用来传达思想和感情的工具。然而在我们人类社会,语文的复杂和混乱,曾造成许多错误的观念。我们要怎样养成独立思考的精神,认识自己,接受现实,使人类最宝贵的资产——语言,成为一种增进团结友爱的工具,是这本书的要旨。

我们要去了解别人的语言,也要使别人了解我们的语言,我们想通过各种符号——语言文学,去识别万事万物,就要努力研究。

先谈我们在学校里修读语文的时候,应该多多注意文法及修辞。大多数同学认为修读中文或英文,只要知道一些故事便得了,最多知道某些字的字义和读音便算了。其实字义和真实的意思,中间有着相当的距离,尤其是把英文翻译成中文,或者把中文翻译成英文,全靠字典上的字义,往往会产生很大的错误。

不要说得太远,就近而说,许多华侨主妇深感这里的菲女佣很难对付。无法让这些菲女佣与主人打成一片,最大的原因是语言的隔阂。因为许多华侨主妇并不是在这里生长的,她们勉强学来几句"打家鹿"语,是无法叫菲佣了解自己的意思的。即使主人懂得用流利的英语,而佣人又不一定懂得。因此主人与佣人常常怄气,弄得不欢而散。

不要说异族间的语言阻碍了彼此间的友爱,就以国语来讲吧。南方人与北方人所发音调、所用字眼仍有很大的差别,如何促使大家互相了解,当然需要多多来往,常常谈论。假使因为自己不会读、不会讲,而把自己关闭起来,则是把人类交通的工具——语言置之高阁,不加利用。这不是很可惜吗?

瑜妹,我们要努力除去语言上的困难,才谈得上人类共同的希望。初步的工作是在学校里多多用方言以外的语文,去说明、去了解各种事物。我觉得大部分在侨校读书的女学生,不是很注意在语文上下功夫,有的是怕人家批评"女人多言",有的是从来没想到自己有发言的机会。就因为这样,我们无法走进人生的深处。

你想,我会叫你学些油腔滑调,或学做长舌妇吗?我不过希望大家利用语言来了解人生。愿你抽暇读读《语言与人生》这本书。当我听见人家说华侨女学生既朴实又懂得谈吐的风趣的时候,我会多么欢喜啊!功课忙吗?有空到我家来面谈更好。

姐姐

假如我是一个华侨学生：谈谈侨校的改制

英妹、华弟：

今年暑假，很多华侨学生都极关心下学年，或者可以说今后，侨校的局面如何。大家生怕有什么变动而影响到学业。我相信，大家一定对这要来的改制，都怀着"逆来顺受"的态度。

大凡一种制度的产生，一定有其背景。如果徒具形式，时日过了便会消之无形。既然大家觉得华侨学校需要变，那么这次变革本身不过是一次考验。世界上既然没有一种制度可以不切实际而永久存在，我们就大可不必担心当局会不会细心处理目前的这件大事。

你们问我："假如你是一个华侨中心小学的学生，应该如何准备应变呢？"这真是个有趣味的问题。

目前摆在华侨学生面前的，正是一个分歧点：上、下午在同一间华侨学校就读呢？还是完全放弃中文？

你们过去都是半天在华侨学校读中文，半天在菲律宾学校读英文。现在侨校的中英文课程虽然仍旧分上、下午教授，然而注册的手续似乎只有一次，不再分中文部和英文部了。你们如果到菲校去注册，就没法再取得华侨学校的学籍；或者你们想旁听中文，拿些学分，然而中文有许多科目，只能以复习的形式上课。有时，就因为你要中英兼顾竟得放弃菲校的学籍。

有许多家长送子女进美菲人士所办的学校读书，而另外请老师补习中文。这不是大部分的华侨做得到的。而且那样补习中文，很难让孩子进步，更谈不上了解中国文物。

我想告诉你们的是：大部分华侨是希望子女做个中国人而又要懂得怎样在此地谋生，所以他们希望子女们中英文完全通晓。而这也就是华侨学校必须存在的原因！

你们跑到菲律宾学校读英文，是希望英文程度高一点，将来便于升入本地或美国的大学，因为在菲律宾学校讲英文、听英文的机会多。这我当然不反对。但是如果你又觉得做一个中国人不懂得讲国语、不懂得写汉字是可耻的事，那么你远离那学习中文机会最多的侨校，又怎么可以呢？

我们一定可以促使华侨学校在上、下课时多讲英文，却不能勉强菲律宾学校增开中文课程、请中文教师来传授中国文化。这一点，你们是很清楚的。华侨学校除了传授中国文物外，一样可以训练华侨子弟在菲岛谋生的技能，而且一样可以教授英文，培养青年人研究西洋文化的能力。你们为什么要放弃这样的机会呢？假如我是华侨学生，在这学制课程变革的时候，必定选择华侨学校而放弃菲校的学籍。以前在北平、上海、香港等地，都有很好的中国学校，它们使中国学生一个个都成为真正的中国人，而且也真正懂得西洋的文化。但我们却没有听说过，外国学校会培养出多少懂得中国文化的学生！

因此，问题只在于我们华侨的学校办得好不好。中英兼顾该是侨校的特色，而并不是它的缺点！

假如我是华侨学生，我一定抓住每一个修读中文的机会，尤其是在菲律宾政府要限制我们研究中文的时候！

菲政府要我们早上听菲律宾的国歌，可用不着不安，只怕我们唱自己的国歌时提不起劲。又如由菲律宾老师教大家读"打家鹿"语，不必嫌恶，只怕上我们本国的史地课时，有人打瞌睡，或有人写起中文来非常潦草，弄到谁也不识！

读中文的机会越少，我们就越不该放弃机会。人们都觉得失去的自由才可爱，而我却认为要是你一心想着向前走，必定条条路通罗马！

亲爱的弟妹们，假如我是华侨学生，我必定爱护侨校，使它成为我们最理想的教育机构！

祝好！

姐姐

爱情并不是一切：谈谈青年的恋爱问题

文弟：

想不到你是弟妹群中最风流的少年！看你才进中学的那一年，整天和几个小同学踢毽子，为了几个可口可乐汽水的瓶盖，而和一个同学打起架来。一个淘气的弟弟，现在却喝着恋爱的醇酒。我为你欢喜，也为你担心。

你要求我告诉你关于我的罗曼史，哦，文弟，这是不可能的。记得在一次座谈会中，几位同学要我说说"恋爱的经验"，我微笑着拒绝了。为什么呢？我对爱情好像对我的神一样。例如，我的生活，深深地皈依基督，但是我会当众宣传福音吗？即使要我说出个人的经验都不可能。

我想，保持这一点儿秘密该是一个人最得意的事。好像我佩戴着一对金刚石的耳坠，大家都看到了，都羡慕我。我不想卖出它时候，用不着送到珠宝商那里衡量轻重和真假，也不必宣布它是用什么代价换来的。

宗教和爱情对我来说是一样神圣的，我只有奉献最虔诚的心，除了这样做，我还能说什么呢？

如果为了谈爱情才去物色对象，这便像为了娶媳妇，而物色人品一样。你听说过优美动人的恋爱故事吗？双方爱情的产生，多半是由于偶然的接触，或者是长期的相处，而不知不觉地产生。

偶然的接触而能发生爱情，必定是双方的心目中早就有了一个理想爱人的模型，却好久都没有办法发现这样一个可爱的"人"。这一偶然的巧遇，使他们的理想具体化，怎么会不相爱呢？这种情形，大多发生于年事较长的人。

至于长期的相处，彼此都不曾"存心"找对象，而大家志同道合，像兄弟姊妹一样。经过短期的分别以后，彼此觉得缺少了什么似的，细细思考，发现他们需要爱情，便去找回他们已经生长的爱情，我以为这样的爱情很少失败。

此外，我认为成功的"恋爱"大多数是由女孩子的力量助成的。不幸而叫女孩子们认识不清或者自私，或者愚蠢，则"恋爱"仍旧是一件可怕的事。女子教育的重要，不单在造就人才，而是在稳定社会。这并不是我是女人而故意说女人的重要。所以假使你先有轻视女人的偏见，那便是你失败的原因。

不知你对爱情的看法如何？有几个同学对这个问题谈得很起劲，却始终没有真正地走上这条路。我说，献身给爱情的人，不是哲学家，不是政治家，而是艺术家，是革命的英雄；至于科学家，也会为了爱而贡献一切，因为他们对爱情的看法单纯而且坚定，近乎公式般的坚定。不管怎样，爱情并不是一切，它只是生活的力量。假如有了这种力量而不发挥出来，不做点事，那才可惜。

你读过了《与妻诀别书》，知道林觉民是一个如何懂得"爱情"的人啊！他愿天下都能受其所爱，所以牺牲自己去谋天下的幸福。

一个人有了爱情的滋润，一定不会彷徨苦闷。如果你为了爱情而消沉、悲观，那便要细心检讨。这可能是病态的，或者是"虚伪"的恋爱，必定有一方不能牺牲自己去完成所爱。

文弟，我觉得你走上恋爱的路似乎太早了一点。如果你真的失恋，我倒为你庆幸。人世间多的是温暖，为什么不把你这一份热情和全人类的爱汇成巨流呢？要求人家爱的，往往得不到爱。你看，在战场上贪生怕死的人，常常丧失自己的生命。在恋爱的场合中也是如此。只想争取对自己有利的条件的，将丧失一切的爱！

也许，你笑我还是像说教一样，不过我并没有一定要感动你的意思。我自己也是个不容易接受"教训"的人。

我只希望你把自己跌伤的地方抚治。我想，真正勇敢的人，就是把自己的伤口洗净了，缝上，而不哭，也不喊。假如你想哭，我也不反对，只是不要当着人，一把眼泪，一把鼻涕。你听人说过："狂歌当哭！"可以试试看。

祝好！

你的大姐姐

那些故事中可爱的女人：
关于少女的烦闷

瑾妹：

我知道你近来为什么这样闷闷不乐。无端的忧虑，是健康最大的敌人。我相信，你是明白的。

少女生理上的变化，是无可避免的事实。如果你永远像小女孩一样，那反而是你的不幸。

健康正常的人，应该欢笑着迎接青春来临，好像一朵含苞未放的花，需要阳光、空气和水。倘若你生怕花开了，有许多人注意，有许多人干涉，有许多蜂蝶来光顾，于是你需要假装，你需要谨慎地保护自己，也许是对的。但是你却因此失去了天真与活泼……变得忧郁、怕羞，甚至不知道怎么做，那就大可不必。你为什么不找一两位亲近的师友，把自己的忧惧同她们倾诉呢？看书、读报，也许可以使你了解一部分，但有时候只会使你更加迷惑。

我曾经看过许多天真活泼的女孩子，突然间深居简出；她们非常爱美，却很怕羞，尤其有的父母亲对她们管教得比以前严格，生怕会有什么乱子。慈爱的母亲总是很忧惧地告诉她们：咱们女孩子要这样，不要那样。动不动就是女孩子啊，女孩子啊……好像家中有着女孩子是一种极不幸的事。关于性的秘密，实在谁都不容易说清楚，何况许多长辈，一向是板起脸教训子女，要他们怎样用轻松的语气来讲解这人生的深奥的事理呢？

瑾妹，假如我的猜测没有错的话，你最近的忧郁，是你已真正地体味到"做女人"所应该担忧的是什么。其实你不必过分忧惧，女人也一样是人。事实上我们的社会生活是复杂的，需要分工合作。如果大家做一样的工作，扮一样的角色，你想，这种生活有何趣味呢？至于女人应扮什么角色，应担任什么工作，自有其历史的背景及自然的条件，我们最好是"利用"那有利的条件。再说，有不少女性否认历史的背景，并且抗拒天然的限制而表现出良好的成绩，这未尝不是事实。特殊的情形，却不能算作普遍的原则。

从我懂事到今天,不知听过了多少叫女孩子丧气的话。冷讥热讽的话不必说,有许多社会贤达,甚至接受了新思想的人,对女孩子仍有诸多不了解。我听过许多人很诚恳地说:女人太过能干是总会闯祸的。这是根据什么理论或经验,可不得而知。大概他们认为能干是厉害,所谓厉害的人,就叫别人害怕。实际上,我想不只女人,男人也一样会有太厉害的人,会闯祸的人。女孩子不一定要压抑自己的才情。女孩子利用她们的伶俐,做出一番事业,并不会使人害怕。

一般说起来,女孩子在社会生活中应该发挥些什么特性呢?

我想女性应有女性的"美"。女性美不单在于体格有美妙的曲线、谈吐娇媚、行止婀娜等。综合许多人的见解,也许可以这么说:女性的可爱,还得有丰富的情感和深邃的智慧。

我们读过、听过并且看过许多动人的故事。那些故事中可爱的女人,都有丰富的情感,而且都是深邃的、智慧的。这应该就是一般人所谓内在之美,是女人应有的美德。似乎一般人最不能原谅的,是铁石心肝的女人或者愚蠢的女人。我个人也认为丰富的感情和深邃的智慧是女人们的天赋,如果女人失去了这两样,就像没有油的灯。

所以少女要培养高尚的感情,她们要努力去爱人,去爱社会,去爱国家和宇宙万事万物,也要懂得怎么接受别人的眷爱。只有在爱的孕育下,才有真实的情操。至于启发智慧,那便得求学。

青春时期最要紧是接近阳光和新鲜的空气,使身体发育完全,像一朵盛开的花,令人恋慕。

别念念不忘你是可怜的"女人"! 女人有她们值得骄傲的美。如果你永远含苞不放,哪儿来美丽的花朵呢? 我并不希望你像一些热带地方的浪漫女郎,随意把青春作践。然而故意把少女的自然发展压抑,也不是珍视青春呢!

这世界是属于你的,振作起来吧!

姐姐

在生活中,打个美好的胜仗:谈婚姻

芬妹:

上次参加玲妹的婚礼以后,你和几位朋友拉着我说长说短,大家一谈起做新媳妇,便是说些开心话,满口笑呵呵的。当然,在那种场合,我也只好和你们瞎扯一阵。

现在,你自己真的也面临这件"终身大事"了,我哪里能像那天一样,嘻嘻哈哈地对你说声"恭喜"便算了呢?因为婚姻并不是开玩笑。

结婚是怎么一回事呢?希腊人说:不论男女,每个人的灵魂都是不完整的,结婚便是找到了那更好的一半。结婚以后,灵魂才完整,人生才美满。基督教认为婚姻是上帝的安排,男女本是一体,所以婚姻是神圣的。我们中国的传说,则认为姻缘是天命注定,月下老人早把红线系在男女两造的脚上,时机到了,这两人便会碰在一起。

这许许多多的神话、传说,大体上都是一样的,认为婚姻不尽是人力所能安排的。说起来也是实在的,婚姻这件事,确乎不能像化学实验那样,先把双方的性格、年龄、体质拿来分析一下,然后用公式以求其结果。盲目的婚姻,固然悲惨,而自由选择的婚姻,也不能确保永远美满。男女谈恋爱,情思缱绻,然而,是悲?是喜?只关系到当事的男女两人。而婚姻却影响到男女两方的家庭及其他人,尤其是新家庭中未来的子女们。因此,婚姻是十分基本的社会问题。

如果男女双方愿意共同生活而永久同居,就可以结婚。但结婚以前,该有爱情做基础。单单凭恋爱时候的那一份感情,仍不足以建立美满的婚姻。因为结婚以后,两人的生活要求和谐,必须在精神和肉体两方面都能兼顾。许多人为了社会的种种关系,勉强维持夫妇的身份,而实际上各走各路,日子久了,势必仳离,至少也牺牲了家庭的乐趣。

对知识分子来讲,要他们忍受贫困,或冒犯危险是容易的,可是要一个受过相当教育的人,忍受精神上的虐待,却是很难的。婚后,有许多事情必须双方合作。举几个例子说：

好比在社交方面。婚前，双方的亲友不一定相同，婚后，丈夫对妻子过去的亲友，以及妻子对丈夫过去的亲友，应当怎样保持适当的关系？这就必须双方合作。说起来似乎不重要，但对双方的感情影响很大。有时得要求一方尽量放弃他过去的生活方式，而迁就于另一方。这是旧时代的人讽刺自由恋爱而结婚的一种借口。旧时代的人认为门当户对，世家联亲，极容易解决婚后的社会关系。如果新时代的人也是这样坚持，那么今天的摩登小姐，便不应该和穷书生结婚。但是卓文君和司马相如的结合，又怎么会博得那么多人的赞颂呢？

又好比性生活的协调，在过去，这种问题大家是不可以随便讨论的。夫妇在这方面即使有问题，谁也不会吭一声，只有借别的问题大闹意见。现代人认为这是重要的问题。但在这方面要取得双方的谅解也并不容易。

我认为一个男人和一个女人，在决定结婚以前，如果对婚后生活知道得太详细，是没有勇气去尝试的；大多数人，只有一知半解。那么，婚后的各种努力应该比婚前的准备更为要紧。不仅是油盐柴米要处理，人情世事以及以后的子女教养等事，也将要占去一生的大半时间和精力。如果不是为了"爱情"，谁也不能忍受这种种"麻烦"。

芬妹，结婚不能儿戏，它是人生最荒唐又最严肃的事情，你如果能找到那更好的一半，那你的人生真完美！林觉民因婚后生活的美满，才使他常愿天下有情人皆成眷属。沈复夫妇虽然贫寒，但由于相爱，闺中生活多么有趣！……如果你相信人生是苦乐相成的，那你为什么退缩呢？

有了美满的婚姻，才有美满的家庭；有了美满的家庭，才有健全的社会。青年应该脚踏实地，去寻找佳偶，然后两个人携手并进，为共同的理想而奋斗，在生活中，打个美好的胜仗，方不愧此一生。美满的婚姻要你自己去完成。盼望着你的喜讯！

谨祝快乐！

你的大姐姐

世界上最温暖的地方:谈家庭

瑾妹:

你已经暂时离家,和一大伙朋友住在一块儿,开始接受团体生活的训练……我是多么羡慕啊!

你说起:当星稀月明的晚上,你会撩起思"家"的情绪,甚至滴下几滴泪来……哦,好妹妹,女孩子总要有这一点"情",这不是你的弱点。何必难过呢?

这世界上,有许多人赞美家庭,因为它很温暖。也有许多人诅咒家庭,因为它束缚了他们的行动,使他们失去了自由。有人借着小说中的人物说:"家是宝盖下面一群猪。"他们的笔下,写出许多男女青年憎恨"家",不顾一切地离"家"。另外,也有许多著名的作者歌颂家,赞美家的美丽与和谐。

爱家的人,认为世界上最温暖的地方是"家":那儿有慈祥的父母亲,凡事体贴入微;兄弟姊妹,像手足一样互相扶助;至于夫妇间的恩爱,更是缠绵。这些人享受着家庭之乐,怎么会不爱家呢?

恨家的人,把家当作樊笼,他们说父母的爱是最自私、最专制的,因此,他们要摆脱父母的管束;他们为了财产名分的纷争,甚至戕害兄弟姊妹;有的因为婚姻不合理而休妻弃儿……

瑾妹,关于家有太多优美的故事,也有数不完的悲剧发生。我们不能说爱家的人落伍,也不能说恨家的人是禽兽。爱与恨都有其背景。为什么爱?为什么恨?例如要我们去爱宝盖下面的一群猪,那真得鼓起勇气"逃走"。如果宝盖下面有最温存的人情,又为什么不留恋呢?

以前的人在家中,最讲究孝道,家长总是指示子女要怎样孝养父母;现在的人则开口闭口都是儿童教育,要求父母这样做、那样做。有人说这是世道衰微,今不如昔。其实问题只在以谁为家庭的中心。如果以儿童为家庭的中心,做人则先过一段自由自在的少年时代,将来做了父母以后,便得牺牲自己去成全下一代。如果以父母为家庭的中心,做人则先得磨炼自己,吞声忍气,勉励自己毕恭毕敬,将来做了父母,也可以要求下一辈的人尊敬。大家明白了,亲子间的关系,仍是一样的。

不过,家庭应该以儿童为中心好呢?还是以父母为中心好呢?

这是个"儿童为主人翁"的世纪,提倡新的家庭教育的人,似乎都主张应以儿童为家庭的中心。做父母的人要布置一个非常优美的家庭环境让子女生活其中。子女有什么不对,做父母的人几乎要负大部分的责任。难怪今日的学校教育,要求学生"尊师重道""发愤立志"已颇为困难。人们都是要求老师运用教学法,设置环境来诱致学生进步。所以长辈都说:做现代的子女实在容易,做学生的也相当享福啊!

这个时代的青年是这样被尊重着啊!他们如果还不懂得爱家庭、爱学校,实在不应该。

至于新式的家庭应有什么特色呢?我认为似乎应该有个新的伦理标准。要不然,仍会有新的悲剧。就像我们看不惯西方人把老人丢在一边,过那孤苦伶仃的日子,我们应该本着扶老育幼的伦常,使新的家庭充满着恩爱。又如,在专制的旧家庭里,子女违抗父母,作为现代人,应该同情他们。反过来说,如果父母已经牺牲一切来成全子女,而子女对父母的生活漠不关心,又是否应该呢?

你说起想念家,应该是你有一个美满的家,也是你有人子的真情所致。家是我们根生土长的地方,谁都不可忘本。不过我们必须把父母给我们的躯体和教养,拿去为人群服务,就好像树必须开花结果,才对得起大地的滋养啊!

我想,家不是宝盖下面一群猪,也不是一个公司的组织。家是培养人性、保养身体、扶养人才的地方。什么时候我们可以忘记家呢?那该是当鱼和熊掌不能皆得的时候,我们只能选择熊掌而撇下鱼了。

瑾妹!闲暇时多多问候家中的人吧!

祝愉快!

你的大姐姐

老吾老,以及人之老:谈母爱

瑾妹:

你离开母亲不过十天,便想念得难受。"应是母慈重"呢？还是你太娇弱呢！

十年了,我没有机会坐在母亲的身边,听她诉说家庭的琐事。

我记得幼年时代,最喜欢看母亲穿上素净的绢衫、缎裙、绣花鞋,跟她上礼拜堂去。妈闭着眼睛祷告,我便拉着弟弟妹妹,溜到外面庭院的花草丛间捉蝴蝶,或者绕着那又大又粗的圆柱互相追逐……之后,妈把我们送给主日学的教师;之后,她把我们送进小学……那时候,她希望我们乖巧懂事,不要缠着她淘气。

到了我们长大了,她开始需要我们常在她的身边,可是,"一旦羽翼成",孩子们个个都远走高飞了。

学校放假,我们从老远的地方回来,妈早就为我们养了群鸡啦、鸭啦,培植了许多嫩绿的蔬菜……,让我们大吃一顿。

我很愿意分担妈妈一点儿痛苦,可是她带着发抖的声音告诉我:"我还不老。"那意思是说:我可以支撑这个家庭,你走吧！去寻找人类失去了的乐园,或者找到那上帝允许的"迦南美地"……

妯娌间都说妈妈太宽待女儿。妈对我,真是没有一点儿吝啬或留难,她只是披荆斩棘地为我铺一条路。

这些年来,我没有遇见第二个人能像妈妈那样坚忍。她从来不听三姑六婆的话或者去攀结那许多瓜葛般的亲朋。在生活最困苦的时候,她卷起袖管,割草种菜,修整果园,像只供祭的羔羊,为全家人做牺牲。

冰心女士说荷叶在大风雨中覆盖着红莲,好像母亲庇护子女一样;而我心目中的妈妈不仅如此,她还有周敦颐先生所说的"亭亭净植,不蔓不枝"的美德。至少她昭示我:母性除了慈爱,应该还要有一点独特的个性。

过去,我淘气、固执,不肯学半点家事。如果我今天能有一点儿长处,如果我今天能懂得怎样爱孩子们，那该是母亲的影响所赐予的。

做了母亲，才懂得："爱"只是给予，不是收受。现在我完全了解以前母亲对我说的"别记挂着我"！没有一点儿虚伪。

瑾妹，我不但想念母亲，我还是崇拜母亲的人啊！今天是母亲节，我怀着多么虔敬的心，率领我的孩子，为我遥远的母亲祝祷。

全世界的人都在歌颂母亲的功德，我用什么奉献给我最敬爱的妈妈呢？我要给她一个信息：……失去的乐园还没有找到，离允许中的迦南美地还很远；但是我并不灰心而且活得起劲。我相信天堂可以在人间建立，明日不是末日，我要和弟弟妹妹们，以及我的孩子们，为人间的天堂努力……

瑾妹，"老吾老，以及人之老，幼吾幼，以及人之幼"，是到达大同世界的捷径。我们应该把沐浴到的母爱发为力量，去爱年幼的一代，为他们铺一条更加平坦的路。我们应该锻炼自己，做个艰苦卓绝的母亲，才能够使母性更加地被尊重。为了不辜负母亲的爱，就应该为延续及扩充母爱而努力！

祝快乐！

你的大姐姐
写于母亲节

不耕不种,怎么会有收成呢:谈工作

文弟:

恭喜你终于找到了职位。不过你并没有表示你对这份工作有多少兴趣。西方人说:好的开始是成功的一半,我真为你担心啊!

有不少青年朋友,一谈起职业和工作,都是满肚子牢骚,很少对自己的工作有信心或希望。他们不满意自己的岗位,总觉得别人的机会太好,而认为自己太委屈。能够认清社会,而又乐于工作的人,实在太少了。

这个时代,大家都提倡劳动神圣,轻视游手好闲的人。以前被认为"家眷"的妇孺,也都争着要工作,不肯做个"蛀米虫"而被时代淘汰。这么一来,所谓职业,所谓工作,范围及种类势必扩大。譬如在封建专制的时代,扫垃圾、清河沟,大都是由奴隶或罪犯去做,算不了一种职业,现在则当老妈子、擦皮鞋,也是一种职业了。

我也了解青年朋友之所以埋怨工作,是由于目前的社会,不能做到"人尽其才"。就是我前面所说的,认为自己所做的工作没有价值,太委屈了自己。但是说句老实话,把自己估得太高的人,就不是个脚踏实地的人。结果因为他"眼高手低"招来许多闲烦恼,那又何苦!

你想找份"占优势的工作",难道别人就不想吗?大家都想找份地位高、待遇好而工作不多的事来做,那么比较辛苦的工作,有谁来做呢?许多人的生活很优越,可仍在埋怨工作太苦啊!个人的欲求,哪有满足的一天!

社会越复杂,则分工的现象越加精细。工作虽有轻重,待遇虽有厚薄,但对整个社会却是一样的重要。我们知道人的聪明才智互异,因此担任的工作也不能相同。社会是大家的,只要大家确信职业没有贵贱,各自负起责任,毫无埋怨,那么,在不久的将来,理想的社会,必有出现的一天。

自己不肯奋斗苦干,岂有资格批评别人养尊处优呢?例如墨子,他教人节俭尚用,就自己编织草鞋,出门也不坐车,自己身体力行,才有许多人来跟从。理想制度的建立,全靠认识清楚的人出来推动。青年人如果都有"先天下之忧而忧,后天下之乐而乐"的精神,那还有何事不成呢?

文弟,各种行业都有趣味,但也都有其困难的地方。选择职业,最好是以自己能不能胜任为前提。不过目前,许多人在就业之初,根本没有机会选择,有什么工,便做什么工。像这种情形,便得在工作中去寻找出趣味来了。譬喻说,我本来不打算教书,现在我却觉得教书很有意思,工作得很快乐。教书的生涯,使我有了朋友,也读了一些书,我才发现这是一种适合自己的工作。我想,世上的人,曾经遇到类似情形的,也必不会少吧!

我们不但要忠于所业,而且要在工作中求进步。敬业的人,因为专于所业,总有些心得,创造的欲望便积渐而生。而这种欲望,便使他更热心于工作。这时候,工作已不只是为了"维持生活",而是"人生理想"的寄托。一个人有了这种寄托,生命便不空虚。反过来说,如果"做一行,怨一行",一个月换四五种职业,到头来,忙了半世,也只不过"为他人作嫁衣裳",一边劳作,一边怨叹,生活便像牛马一样了!

太为自己的利益打算,是人性和德行最大的障碍。若不然,为什么"市侩"这样招人嫌,"乡愿"这样被人恨呢?就业之初,便斤斤计较如何多赚点钱,岂不操之太急了吗?多做些分外的事,绝不会吃亏。因为你工作表现得好,容易取得人的信任,对你的前途,只有利而无弊。

不耕不种,怎么会有收成呢?

祝工作愉快!

大姐姐

生命的浪费:谈半工半读

诚弟:

　　读完你的信,我的心沉重得很。我应该同情你呢? 还是责备你呢?

　　你埋怨家境不好;父亲的薪水有限,而兄弟姊妹却不少。面对一群嗷嗷待哺的孩子,父母总是愁云满面,有时候会生气吆喝……这种情形,本来在中国人的家庭里是不足怪的。你别以为自己是最可怜的人,比你更可怜的人还多着哩!

　　许多同学告诉我:他们在家里毫无"地位"。晚上,把地板扫一扫,睡在上面,便算是床铺。读书写字没有定处,所以下课以后,宁肯到街上闲逛,也不愿回家自修……而你的父母还能关心你的衣食和教育,只不过不能让你独享全部的慈爱而已,还有什么遗憾呢? 不要自叹自怨,快振作起来吧!

　　你已经读完初中,智力和体力都可以胜任某些工作。不妨抽出半天或全天的时间来工作,赚一点钱维持自己的生活。可能的话,甚至积贮一点学费,预备以后使用。半工半读在现在的都市里太平常了。你听人家说过吗? 美国人不论贫富,小孩到了一定的年龄,都要训练他们工作以维持自己的开支,让他们参加割草、洗碗、洗衣服等工作。长大成人以后,才可能自立。

　　工作是最高的道德。不工作的人,便没有资格批评他人所给的供养好不好。

　　我也知道,在人口过密的本市,失业的人多,要找份适当的工作好不容易啊! 可你总不能坐在家里等"机会"来叩你的门。就像在华侨社会,印刷的事业并不落后,可是出版事业便寂寂无闻。据说是因为排版的工资很高。像你这样年龄的中学生,如果肯下苦功夫去学习,我想,排字的工场,还可以容纳一些人才。美国的本杰明·富兰克林就是印刷工人出身的啊!

　　我认识一个学生,他的情形和你类似。初中毕业以后,他到一家洗衣店做工,就是替店主收衣、编号、发送干净的衣服等。他做半天的工作,每月的薪水只有 50 元。他就这样勉为其难地读完了高中。现在,他是个很忠勇的职业斗士了。

　　这是个生存竞争很激烈的时代。悲观消极,只会导致失败;乐观进取,才有前途。难道你甘心做个寄生虫,做个落伍的人?

　　盼望你找一点事做做,必要的时候,暂时停学。这个时代,"读书"不是"出路",也不是"职业"。读书识字像吃饭睡觉一样,不可缺少,但也不是生活的全部。只要有坚强的意志,暂时停学并不可惜。最怕的是因为经济困难,勉强到学校里读书,找了许多烦恼,因此,提不起精神读书、做人。在教室里功课很差,既挨老师责骂,又失了同学的友爱……这该是最可怜的。

　　如果你能找到半天的工作,另外半天到学校读书,那是很好的。不过切切记得,学问是真功夫,不是一天之内弄得出来的,也不是上上课便算。求学问和混资格不同。有许多同学,到学校去,只是为了混资格。他们没有时间自修,坐在教室里只是休息休息,连听讲都觉得费神;更谈不上做习题。在这个社会,有许多学校便为了招收这样的学生而开设。而据我个人的看法,这是"生命的浪费"。我不愿我所爱的弟弟,进这样的学校,做这样的学生。

　　我认为要进学校读书,便得认真。冬天不怕衣单,夏天不怕闷热,像车胤囊萤,像孙康映雪,绝对不因困苦而埋怨。这样刻苦地求学,才有意思。我认为普通学生,赶着三年的高中快些毕业,工读的学生,不妨六年以后再毕业。就算不能毕业,也不必悲苦抱恨。将来教育非常普及,一张毕业文凭又算得了什么?更何况,除了在学校求学以外,还有许多求学的机会和方法哩。

　　伟大的人物,都是在极困难的环境中拓展自己的前途的。我希望你不要只等人家铺好了道路让你去走。

　　祝好!

大姐姐

为人师表:谈谈教师本身的修养问题

珍妹:

　　获知你在某小学教书,近日来本市参加小学教师暑期讲习班,我心中非常欢喜。

　　前几天,也有几位刚从高中毕业的同学来家谈天,说起他们想找教员的职位。只是在本市颇有"僧多粥少"的情形,看样子是必须向外发展。我当时就鼓励他们快快向外发展。想不到你已经做了他们的前锋,真可谓恭喜。

　　说起来,我们是同行了,可以谈些行内的话。此时此地,为人师表实在不容易。我们的学生,来自不同的家庭和社会,背景十分复杂。这是教育普及的特点,应该有教无类。所以目前的教育,应该着重于日常生活的一般学识,充其量是培养学生的品性,指导他们各自去发展。目前做教员的人,最感棘手的,是如何教那些不打算做"士大夫"的学生去学习那么多的经史子集。大家都说:学生程度低!但是光批评学生笨或不肯用功,是说不过去的。

　　似乎有人把学生程度低的责任完全推给"学制"的不合理。又有人把这责任完全推给"课本"的不合用。现在且把修改课本这类问题放在一边不谈。在我看来这些都是外在的因素。不管教什么书,我们不能不先问问自己:我们是在怎样教书呢?说教员不懂得教,这一点倒值得检讨检讨。

　　我想:从事教育工作,第一必须有任劳任怨的精神。每一个班的学生,都是良莠不齐的,要让大家进步的速度一样便颇为困难。进度太慢,让那些聪明的学生实在不耐烦;进度太快,则那些程度差的学生又着实跟不上来。认真的老师,看见那么多不及格的学生,禁不住要伤心叹息;而顽皮的学生,还在怪老师讲的国语,他们听不懂哩!

　　此外,我认为无论教哪一等学校,教哪一个科目,都要事先准备教材。事先准备得充足,到了教室,不慌不忙,既可引起同学的兴趣,也有办法维持教室的秩序。先生教起来,学生听起来,都很省力。

再说当教员的人,需要相当好的口才。你知道,口才是可以训练的。如果事前准备好了讲义,就可以弥补一部分口才不好的缺点,成功的讲师,把他的演讲用笔记下来,便是一篇完美的文章。如果教师讲解的功课,不过是信口说来,到了下课钟敲了,才记得还未讲到主题,请想想看,这让学生如何"求学"啊!

记得有一位学问很好的老师,同学常常跟他胡闹,他急了说:"我对天立誓,我是知道的……"像这样,自己知道而说不出来,和那信口胡说的比起来,一样是"过犹不及"。

从事教书的工作最需要进修。一个开口几十年经验、闭口几十年经验的教师,他的经验实在值得怀疑。可能他的经验只是几十年前的经验,而不是几十年来的经验。

我曾经听见一位服务教育多年的教员说:"如果有机会,我一定到某师范学校旁听几门功课。"我想,怀有同样的希望的人一定很多。现代的事物日新月异,做老师的要跟得上时代,就必须不断地学习。只可惜目前教员的待遇不好,不能休假一年半载去进修。但是像你有这样的机会,参加讲习班,听名家演讲,和同事交换教学经验,实在是很可贵的。但愿你好好学习,日后做个"货真价实"的师表。

我并没有读过很多教育方面的巨著,也没有研究过什么高深的教育学理,只是凭我这些年来教书的心得,拉杂地和你谈谈。

我希望你读了我的信,发表一点你的意见。至于在教学方面,到底有多少困难,也不妨坦白地和我谈谈,让我们多多交换意见,或许可以收到一点集思广益的好处。

祝好!

你的姐姐

美丽的灵魂:谈教师的仪表

珍妹:

据说你和许多同事,每天下午三时,便涌到中国国民党驻菲总支部的大礼堂去上课听讲,大家的态度是那么严肃! 像这种研究的精神、严谨的学风,是值得标榜的。不要怕没有同道的人,只怕自己不肯认真,不是吗?

你说起当小学教师,不但要相当注意仪表,而且面容的美丑,也有莫大的关系。一个仪表端正、态度和蔼的老师,常常易于博得小朋友的欢心与信任,这是可能的。但是面容长得丑的人,难道就不配做好教员吗?

我也曾经听见几个小孩说起他们最敬爱的老师。虽然孩子们没有说明为什么敬爱那几位老师,但我知道那几位老师不但颇注重仪表,而且人也长得好看。

也有许多学校要求教员穿制服,以求整齐和严肃。

服装、容颜……对于教育工作者的确是很重要的。可是如果只强调这一点的话,那又未免太过重视外在的形式,而忽略内心的修养了。

本来在任何场合,衣冠容貌都和一个人的身份、地位有很大的关系,在教育机关里头,自然也不应该例外。我认为教师站在讲坛上,穿什么衣服都好,但是一定要适合身份!

环境教育不可忽视。教师们的举止言行和他们的衣冠服饰,在学生的眼中原是很重要的。学生们因耳闻目染,无形中会效学教师的风度及服饰。教师如果太过注意服饰,往往令学生有一种异乎寻常的感觉;如果太过潦草,则又不足为学生的表率……

谈到容貌面型,那是天生的,而脸上的表情却是后天的教养所及。美丽的灵魂,不一定装在美丽的躯壳里。我们应该努力修养心性,充实学识,才会有文雅的仪表。据说林肯有个不漂亮的脸孔,但由于他胸怀最深沉的爱心,领导解放黑奴成功,而受全世界人的崇拜和敬仰。相反,有不少卑劣恶毒的人,却生了一副清秀漂亮的脸孔呢! 我想,学生所敬爱的老师,应该不只有美丽的脸孔，也是有修养和学识的啊！

我们在教室里，固然不可老是板起脸孔，也不好一直讨学生欢喜，养惯他们"无法无天"。对于年幼的学生，不但需要抚爱，也需要督责，让他们懂得严肃地生活。我想，鼓励和责骂都是必要的。师生间有了隔阂就不同了。如果互相猜忌，互相隐瞒，那又如何"传道""授业"呢？

有一位非常可敬的校长，他站在一群罢课的学生的面前，一点也不规避责任，恰像一个生气的母亲。他没有一丝笑容，披肝沥胆地训斥着学生，要学生们马上"复课"。他那佝偻的背，使人想到他负担的重。看见他闪烁的眼光，听见他颤抖的声音……这一群大学生都无言地散开，走回教室里。

这位校长，曾经在病榻旁边为学生讲课；在学校非常困难的时候，他排除万难去支持。他的威信，不是一天形成的。

所以，不管什么样的脸谱，什么样的衣冠，都需要至诚与公平。只有待人诚恳、处事公平的人，才自然而然有威严。

我深深地感觉到做老师极需要威信。而这种威信，不是自己说有就有的，形成威信的代价是牺牲自己的享受与快乐。我想，孩子们之所以喜欢态度和蔼的老师，是因为那教师心地真诚，真的爱护孩子。如果老师对学生"口是心非"，那表面再怎么和蔼，又怎能取得学生的敬爱呢？

珍妹：要让学生敬爱你，除了注意衣冠容貌的端正，还要有一颗待人真诚的心啊！

祝好！

大姐姐

学生的成绩真是太差了:谈谈家庭教师

瑜妹:

一连接到好几位同学的来信,说起他们各人有了一份工作,而说来也真有趣,他们的工作不约而同地竟都是"家庭教师"!

我也听人家说过,家庭教师已成为华侨社会中颇为普遍的职业。换一句话说,许多华侨家庭都需要一位家庭教师,来督促子女们的功课。虽然我们还没有统计数字,不能说出到底全菲有多少家庭教师,但他们的人数一定是很多的。

曾经听到你说,你们一家用了三个家庭教师:一个教英文,一个教中文,一个教数理……而弟妹的成绩仍是不能尽如人意,说起来不胜感叹。

学生做课外作业,本来是训练学生自修的习惯和能力。在正常的教育制度下,本不该有教师在身边指导;最多是家长从旁鼓励罢了。而目前,一般学生,或因学龄太小,或因教材太深,或因教法太严谨,几乎没有法子达到老师所要求的标准。学生的成绩真是太差了,那怎么办呢?

哪个父母不希望自己的儿女成绩优良,或者说,最低限度,可以及格呢?有的家长因为从业经商,忙得很,无法抽闲督促子女;也有的家长是不懂得怎样教;也有的是不想教。但是总不能让心爱的儿女留级或者退学啊!"请个家庭教师吧!"大家都这样想——这种只可叫做"助读"的家庭教师便应运而生,而且愈来愈多了。

瑜妹,像这样的家庭教师——助读——该负多少责任呢?你认为父亲每个月出一笔钱,便可以让弟妹们个个都及格吗?这是不可能的。要一位老师督导好几个孩子温习学校所有的科目,包括英文、中文、数理,程度有小学、初中、高中,他除了替学生解答课本上的问题以外,还能做什么呢?万一学生完全靠家庭教师代写、代做功课,不肯自己动一动脑子,那才可怕呢!

学生的家庭,除了要缴纳学校正期的费用,还要付一笔可观的家庭教师的薪水,短期的补习,不能让子女马上进步,长期请教师督导,付出的薪俸就不算少了。这本来就是很不经济的啊!

话得说回来,家庭教师多少能替家庭解决某些问题,的确可以辅导儿童走上求学的路。目前,尤其重要的是许多学生不能进华侨学校专读中文。他们有的是为了父母已入菲籍,有的在外国学校读书,上课的时间有冲突,而他们很想补修中文。利用英文课外的时间,请一位家庭教师补习国文,是多么有意义的事!

假如把学校的教师比作医生,那么家庭教师就是护士。医生是诊病下药的人,护士是配合医生使病人恢复健康的人,两种都是重要的工作。

有人说,家庭教师既然是这社会所需要的,那么似乎有专门训练他们的必要。这是对的。谁都知道,最初的护士,并不是专门技业,因为事实的需要,才成为一种固定的职业。

家庭教师的工作,可以沟通学校和家庭间的关系,同时推进了学校教育和家庭教育。如果将来有了专门训练"家庭教师"的学校,则你所担心的许多问题当可消除。

没有讲完的话,以后再谈吧。

祝好!

姐姐

在这里，仍旧有着难得的"人情"：谈尊师

瑜妹：

　　眼看开学在即，昨日下午带了孩子们到海滨公园玩，算是"结束假期"的仪式。

　　海滨的清风，实在惹人爱。远山近树，因夕阳的渲染而变化万千，草地似绿绒，不知印上了多少人的足迹，而它仍是一样青翠。

　　在暮色中，遇见了几十个学生，大都是毕业了或离校了的校友。他们或她们，结伙成群地到这里散步。我虽然叫不出他们的名字，但他们都和我这位"老师"招呼了一下，或者问起近况，或者逗孩子们玩……他们对于这位"老师"十年来一直过着老样子的生活，是尊敬？是可怜？我不得而知。至少我觉得在这里，仍旧有着难得的"人情"！

　　许多人批评华侨社会不重道义，学生不懂得尊师。这样的批评也许不是十分公道。不过华侨学生对于尊师这件事，可说尚不能深切地了解，而且也不一定知道该怎样做。

　　古时候，师生的关系很是密切。老师不但传道授业，而且和学生生活在一起。师生如父子兄弟，患难与共，荣乐同享。学生对这位良师，自然而然会爱之如父母，敬之如长官，甚至为了老师的理想事业而奋斗。例如孔子和他的门徒到处流浪，朱熹卧在病榻上仍为学生讲书，史可法秉承左忠毅公的志事，竟而为国牺牲！他们的关系，不仅限于"教书"和"求学"，真可以说是"志同道合"了。像这种情形，学生不仅仅尊敬老师，实在是深爱着老师啊！

　　现代的学校制度，老师对全体学生的贡献大过了前人，辛劳的程度只有过之而无不及。但是老师和各位同学私人间的关系，可就淡漠得多了。这是由于现代的学校制度及教育目的和以前略有不同，但不能说老师对学生就不重要了。

　　就老师来说，一个从事教育几十年的教师，该不止三千弟子。就学生来说，一个读了十年书的学生，应不止一两位业师而已。然而，时过境迁，彼此

相知得少,感情也就淡漠。学生很难像古人一样尊敬业师,便是必然的事。

我们虽不能用前人的准绳来衡量现在一般学生的品行,然而教育事业只有日加繁重,做教师的人,生活比以前的教师也只有更加清苦。倘若不能得到"适当"的尊敬,这样的工作,不是叫人灰心死吗?要教师的工作效率提高,必须在物质或精神方面有适当的鼓励。所以撇开纯粹的道义不讲,仅为了提高教育的效能,学生、家长,以及社会人士,都应该尊敬老师。

试试看,教一个无知,甚至野蛮的孩子知书识字,以及进退之礼,容易吗?许多父母兄姐都没有这样的耐心,遇到孩子撒野,只是打打骂骂而已。可是老师们得用苦口婆心,一步一步教学生。不只教一个两个,而是同时要教那么多"国家未来的主人翁"和"社会的栋梁"呢。孩子们个个长大成人了,难道这是一笔学费所能造就的吗?如果没有良好的老师,父母花费多少钱也没有用。父母的钱可以买得文凭、买得学位,但不一定可以买得子女的学问和才干。

瑜妹,尊敬长辈是一种美德,更何况是尊敬我们的业师呢!学生淘气或有过失,老师大可原谅他们。如果学生故意为难老师,则应该谴责。

谈到怎样尊敬老师,我想,学生至少要做到在闲时拜访老师,慰问病痛,或者鱼雁相通。这样必定会增进师生的感情,不但老师会感觉莫大的欣慰,学生也会获得许多课外的学问。

敬爱老师,除了鞠躬行礼、起居定省以外,还要开拓老师所传之道。这条路不管是直的,还是曲的,都要不辜负老师的期望才对。园丁不一定为了分享果实而工作,但他愿意人家称赞他的果实硕美啊!

祝好!

大姐姐

实际上是"诲淫诲盗"：谈电影

芬妹：

听许多同学说，他们消夏的妙法是进有冷气的电影院。爱看的时候，就一连看两场，不爱看的时候，便在里面瞌睡一个下午……

我似乎听见别的朋友也这样做过。但是在我的生活中，不可能有这样的事。我上电影院，往往像去会见一位想念了很久的人物，只有在忙里偷闲时，才去看一场。

我并不羡慕那种到电影院去消遣时间的人。说得严重一点，那是颓废的生活。不过，有许多年轻人的确是爱上了电影，包括爱上了电影明星及电影故事。他们的谈吐、举止，他们的人生理想，都以电影明星及他们表演的为标准。人生是个大戏台，谁不希望做个出色的演员呢？谁不想表演优美动人的故事呢？这就难怪那么多人热衷于电影了。

为什么舞台剧不能像电影那样普遍而且深入呢？在我看来，舞台艺术太老实，不容易骗过观众的眼睛。譬如话剧和歌剧，因为局限于舞台技术，布景变化不能太大，人物的数目也不可太多，和电影相比，当然单调得多。

话剧的演员，全卖真功夫，而电影明星则可借着摄影技术掩饰许多缺点，或者强调，或者夸大他们的优点。至于一部电影拍成以后，可以复制成许多份，在许多地方同时演出，也是电影取胜的一点原因。我想，电影事业的进步一日千里，无疑它将被公认为最重要的一种艺术了。

在大都市里，爱看电影的人实在太多了。有人说，大部分少年罪犯都是由于电影的影响。他们说少年们从电影里学到了偷窃行凶的方法。甚至有人说男女青年们从电影里学到了许多谈情说爱的本领，以致他们的行为太过浪漫，作风太过大胆……这是一般人反对青年去看电影的理由。

站在宗教的立场上的人，则认为看电影是追求享乐，容易将人生诱入歧途，为了避免沉沦于罪恶之中，这些人像修道女一样抑制自己去看电影，为的是不和"物欲"接触。

站在教育的立场上的人，认为看电影有好的影响，也有坏的影响。但是青年往往择取富有危险性及革命性的事来学，而对于好的经验却不注意，这样最好不让青年看电影。为此，正人君子，怕妨害青年学业的，也往往主张青年不宜看电影。

然而，本市的青年，在意识上认为看电影是罪恶的很少；怕妨害学业而不看电影的也不多。所以岷市的电影院就林立了。

你问我看电影好不好，我的意见可分为两方面来说：

一方面，现在的电影，从出品到演出，都受政府检查及监督。凡有妨害风化、牵涉政治、思想有问题的，都被禁演。近来的电影杂志，以及报纸，对于电影的好坏，颇重视其教育价值及演员私生活的严肃等，也是由于这许多原因。除非看电影的人自身"有问题"，抱了不正当的态度，我认为电影本身尚不至于能够"弄"坏青年们。何况有许多电影故事颇具教育价值，电影又综合了各种艺术，取价便宜，用它作社会教育的工具，不是很好吗？既然这样，我们为什么不赞成青年去看电影呢？

从另一个方面来看，现在市场上放映的电影，大多数都是为了迎合观众的心理，免不了巧妙地夹杂有许多淫荡的舞蹈和下流的歌曲。这些电影表面上标明是"艺术"，实际上是"诲淫诲盗"。青年耳濡目染，不能不说会想入非非，妨害了心理卫生，所以我也认为少看几场无益的电影为善。

至于年轻力富的人，像旭日初升，生气勃勃，正好有所作为。如果终日沉醉于多色彩的歌舞中，或者竟不幸地染上了"明星式"的浪漫不羁的作风，那不是很危险的事吗？

所以说，看电影在原则上并不坏，但须选择片子，且以不妨害学业、不中时下影迷的恶习为要。

你又问起应该选择什么片子看好呢？

这像选择课外读物一样，各有偏爱。大概男孩子喜欢看打斗片，女孩子喜欢看爱情故事，几乎是一种常规。而大人们则爱看历史故事或者伦理故事。至于我，我认为阅读应该多方面，选择电影也应该多方面。在学校里，我常劝同学们多读历史故事、名人传记。选择电影片，当然也以历史故事、名人传记对学识有补益。为了使紧张的生活略为放松，看看音乐歌舞片也不错。

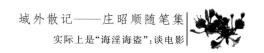

伟大的艺术作品,往往是综合各方面的技术、多种的情感。它有滑稽的部分,也有严肃的部分。艺术家有时便借着滑稽的故事,讨论人生的奥妙。

判断一出电影的好坏,除了受他人的宣传及介绍的影响以外,最要紧的是个人的感受。如果像凑热闹,或者为了消遣而去看电影,我倒愿意在家中看看书、理理家务。

近日空了些,我一定找机会去看看你所介绍的电影,有何感想,以后再告诉你。

祝好!

你的大姐姐

生命增加了光彩:谈娱乐

平弟:

　　接到了你从日本寄来的明信片,知道你游玩了不少地方。看了那画面上的美丽风光,真是令人神往。我想你的生活一定很快乐吧!

　　生活得太严肃或者太紧张,实在不聪明。人不是机器,极其需要适当的休闲。这适当的休闲不一定要整天躺在床上,而大可找一些有趣的、新鲜的娱乐。许多人甚至认为"换工作便是休息",更何况是有趣的、新鲜的娱乐呢!一个人经过一段休闲的时期,身心都获得了新的动力,之后回到工作的岗位上,效率高,成绩好,便在意料中了。

　　不过,有一些人抱了"人生行乐耳"的观念,认为玩世寻乐是最高明的,那么娱乐便流于胡闹及恶作剧了,这是值得警惕和防范的。

　　娱乐能使紧张和痛苦的生活得到宽慰和休息,也能使身体日臻健康,精神日益愉快。所以它有时是肉体的活动,有时是心灵的活动,而都以培养最高尚的情操、获得更丰富的生命为最终的目的。

　　娱乐的种类很多。单就体育运动来说,式样真可以说是五花八门。现代人都认为:健康就是美。真的懂得玩球、游泳的人,不但身体健美,而且有运动家的风度,胜不骄,败不馁,做一个真正的君子。

　　例如,欧美人士在冰天雪地里溜冰,除了锻炼体格外,还含有与大自然唱和的乐趣。何况人能战胜冰雪,是一种得意的事。又如爬山,同样是磨砺人的心力。当你努力攀上悬崖,回头看那足下的深渊,不但你的肌肉得到了锻炼,你的意志也更加坚强了。

　　抗战时期,许多学校认为现代的运动项目太花钱,而用劳动服务代替了体育课程,例如种菜、开路。学校所在之处,到处都有清净的沙滩可以追逐游戏,到处都有清冽的溪水可以游泳划舟。早上爬爬山,黄昏散散步,那该是多么有益于身心啊!要健康,只有在大自然的怀抱中,和阳光、空气、水做朋友。

在城市里,可以娱乐心神的事物,也很多。不过有些事物看了、玩了以后,像抽鸦片烟一样,似乎一时得到兴奋、畅快的感觉,但是过后反觉得颓废、消沉。这是慢性自杀,结果反而给身心莫大的痛苦。譬如年轻时便跟着人家热心于赌钱、学下流的舞蹈,或者看色情的电影,都足以毁了人的一生。有时,为了娱乐,得付出相当多的金钱,经济能力薄弱的人就难免认为这样玩耍是一种重负,因而不敢去尝试。所以我认为娱乐要因地制宜、因时制宜。不能因为模仿时髦,而醉心于所谓"高贵的娱乐",由此铸成大错。

谈到心灵的活动,最具体的,是从事音乐、戏剧、绘画、写作等工作。有人从事这些工作是为了赚钱,但是有许多人把它们当作娱乐。我们的确需要这样的心灵活动。课外或业余,弄几件乐器、演几场戏、画几幅画,或者写一两篇小品,人会觉得生活变得有趣得多,精神也随之而爽快了许多。有些人便是在娱乐之中,发现了自己的志趣,从而努力去完成那志趣,甚至放弃了他原来的工作。

我知道许多同学曾利用假期做点"从心所欲"的事,倒做得非常认真。他们拍照、写文,既不是教师指定的工作,也不是为了职业,而只为了娱乐。在别人看来这是相当苦的,但是他们却有无穷的乐趣,他们的生命也增加了许多光彩。

你随着大伙儿旅行,是一种很好的娱乐。我觉得,即使不能做长途的旅行,只能在四乡或邻镇采访人文、玩赏风景,也就不错了。

愿你尽情地游玩,参观各地的风俗习惯,带给我更多有趣的报告。

祝好!

你的姐姐

我知道你是个忠实的艺术工作者：
从戏剧谈起

芬妹：

　　从报纸上看到你们的剧社，利用暑假努力排练了好几个剧本，将于最近公演。届时，我一定去看，并且竭诚地祝你们演出成功！

　　假如说人生是一场戏，那么戏剧就是人生各方面的缩影。人世的舞台上，那些"演员"们并不能看见自己怎样表演，所以谁都希望看看别人在另外的舞台上，是怎样演的。现代人对话剧特别有兴趣，便因它最接近人们的生活。话剧的演出，不单单有颜色、有声音，而且是活动的、真正立体的艺术表现。看见他人表演得好，可以收到观摩的效果；看见别人表演得可笑或可怜，可以激起自尊心和同情心。经验告诉我们，看一场戏，比看一本书所得的印象深刻。更何况戏剧本身便带着娱乐的特质，令人看了觉得情绪上轻松。毫无疑义，话剧是易接近大众的艺术。

　　但是内行的人，都知道舞台工作是颇为繁重的。从剧本的创作到演出，要动员许多人。音乐、绘画、摄影，常常可以作个人的表演及展览，而话剧的演出，却需要前台、后台的工作人员通力合作。

　　青年参加话剧演出，一定要知道它和参加球赛一样，需要全队的合作，才能获"胜"。现代戏剧很讲究舞台技术，诸如灯光、音乐、效果、服装、道具，务求能够表现剧作者的理想。这种工作，如果配合得好，演员的演技又精练，则必定是幕好戏。缺了一样，就什么都不成。

　　所以谈到话剧的演出，至少可以分为三部分工作：首先是演员技能的训练、品格的修养，以及能否把握那角色的个性、动作和感情。其次是舞台监督及其他的后台工作人员在演出时，运用智慧，作十分机动的配合。而最主要的，还是导演的匠心独运，使一幕戏有声有色地表演出来。

　　许多观众只看到台上的优美人物景色，不知幕后有人驼着背、流着汗在那儿不息工作。有人用孟特桑（Mendelssohn）的传说，把舞台监督比喻成驼背的人，而把演员比作美丽的少女。说是有一次，有个驼背的人，走向美女求婚。不必说，这美丽的姑娘吓了一跳。但是这位驼背的人对她说：我想，这件事你一定不会高兴。但是如果你知道了你的美貌是怎样来的，你大概就不会如此固执了吧。事情非常简单。你知道，人的灵魂在降临人间之前，必须经过上帝的一番安排。上帝对我说："这是我的计划：你将比世界上任何人都漂亮，但是……很愚蠢。而你的妻子将是很丑恶的女人，驼着背，却出众的聪明。"于是，我恳求上帝："我宁愿佝偻、丑恶，只要我能得到智慧。让我的妻子长得美丽吧！"

希望从事舞台工作的人，从这故事中得到一点启示和鼓励，话剧的成功，光荣应该是属于团体的。

你别灰心，以为我不把演员捧得高一点。我生怕过去的"明星制度"要重新遇到考验。以为靠着大明星的招牌便可以演出好戏的主张，只要细心观察，便知道现在已行不通了。我不是说过了吗？导演才是演出的"匠人"。你看现代影剧界有许多新起的演员，都是导演苦心培植的杰作。无论怎样"老牌"的演员，没有导演的指导编排，也表演不出自己的"绝技"。导演不只"排戏"而已，而且是演员的导师呢！

我知道你是个忠实的艺术工作者，今天迈上舞台，如果了解戏剧演出是最严肃、最吃力的工作便是我最大的安慰。从事舞台工作，不但要有"运动家"的风度，也要有"艺术家"的气节。参加话剧活动，不但可以知道怎样从剧本中学到思想和怎样说话，在演出的时候又可以学习怎样和工作人员配合行动。一个担任"提词"工作的人，从头至尾蹲在最黑暗、最局促、最没有人注意的地方，但是可以缺少他吗？

芬妹：想到那么多人为了完成你美丽的演出而在流汗，你可以不认真、不虚心地学习吗？

演戏不是玩玩儿的啊！希望你努力，并获得成功！

大姐姐

人得靠自己的意志活着:谈健康

芸妹:

好久没有听见你的消息,我是多么记挂你啊!昨日文弟来岷市,说你病了已久,现在在乡下养病……

以前,我便发觉你常有倦容。人家说女孩子到了豆蔻年华,因为生理上的变化,有时会很颓废,不爱和人来往,这是一种自然的现象。当时,我又忙,没有机会找你谈谈。直到今天,才知道是你的身体不好。还好,听说你对自己的病知道得早,而且肯宽心休养,倒是令人欣喜的。

许多人都知道健康是事业的基础,可是没有多少人能"十分健康"。这是为什么呢?

这该是整个文化落后地区的严重问题。看看我们的国家,因为科学不发达,产业原就不兴旺,再加上战祸连年,以致十家九贫。人口众多,食料又差,单在营养上说,就大不如西洋人讲究。营养不足,自然体质便差。

此外,东方的民族性比较沉郁好静,千百年来受礼教的约束,儿童在家中向来不许跑跑跳跳。女孩子大了一点,更不许没有闺阁气,笑啦,喊啦,可以说是一种罪恶。这样的结果,自然有许许多多弱不禁风的林黛玉出现。

繁重的工作不足以摧毁一个人的健康。如果衣食住行不得其宜,再加上烦恼忧虑,则再怎样健康的人也会病倒。何况在长夏的菲律宾,生活的环境不是叫人发胖,便是叫人消瘦。发胖与消瘦都不是健康的兆头。因此无论谁都要非常细心注意日常生活的卫生才好。

我想,你病倒的原因是心中烦恼。以前,你的学业成绩很好,常常考第一名。去年,你担任了家庭教师,希望赚一点钱,弥补家中经济的不敷。从此,你得整个夜晚辛勤地为人督课,到了半夜,才做自己的作业,第二天,你又要上全天的课,于是你的学业一天坏过一天,心情也一天坏过一天。这样弄到你的精神与肉体都疲敝已极,只有病倒了。

好妹妹,你是个勇敢的女青年。我知道你有继往开来的大志气,但是你明白吗？《西游记》中的孙行者,再怎样翻筋斗,总是在如来佛的掌中。我不是劝你悲观消极,而是要你思考:个人的生命实在太渺小了,世上有太多的事情是超乎人力的。我们只能把个人的生命,融化在宇宙无穷的生命中。只有达观的人爱惜自己,才能延年益寿。只有达观的人,才能放开小我,完成大我。只有达观的人,才能在人类的历史上留下贡献。而悲观消极的人,太过看重个人的成败,结果只有毁了自己。

我猜想你目前的生活状况,该不会怎样改变吧！要父母为你注射针药、准备食物,也有个限度。我看唯一的良剂是靠自己的意志。佛说:"觉悟即菩提。"能够克服内心的忧虑,才有大勇去普度众生啊！

我有一位很好的同学。她曾不幸地染了骨疾,卧在床上整整四年。看见别人都大学毕业了,而她还没有读完中学,心中是多么焦急呵！那时她全身被石膏封住,动都不能动一动。这四年中,她思考了许多问题,也读了许多书。她的病好了,却免不了成为残废。

可是,有一天,她终于拖着跛脚,走进了大学的门！没有人因为她的跛脚而发笑,因为她的学问和品格的修养是那么深厚完美。不久,她带着荣誉在大学毕了业。接着,公费留学。现在,她在国外著名的大学当起讲师来了。她什么都没有失去,甚至她旧时唯一的爱人！

芸妹！人得靠自己的意志去活着啊！好好地找回你失去的健康和勇气吧！

祝健康快乐！

大姐姐

大勇本从大智生：灯下谈兵

钧弟：

雨后的夜晚，真是清凉。久经艳阳作弄的城市，这时，像久战的兵士，因一次痛快的沐浴而沉睡了。街上没有坐在门口聊天的老人家，也没有因为怕热而睡不着的婴孩的啼哭声。

绿色的台灯，在蓝色的写字台上，射出一派带着微黄的光波。这世界，还有比这景象更平静的吗？

我这时，最好写一两首短诗，或者剪贴什么美丽的照片。可是案上是一幅倩妹从台湾大学寄来的照片！她和几位华侨女同学，穿上了军装，在笑眯眯地向我眨眼。

哦！我记起来了，她说她们最近接受了战斗训练。真是有趣，我终于拿起笔，和你"灯下谈兵"来了。

据我所知，青年人没有不喜欢战斗训练的。短期的军训，真够兴奋，人都会长胖起来。

现代国家大多实行征兵制，所以青年都须受军训。你看，每星期日，仑礼沓附近的草场上，不是有很多菲律宾的青年学生在操练吗？当兵和受军训固然不尽相同，但两种都以捍卫国土为目的。

这时代，战争的方式多得很，战场并没有个范围，而参战的人几乎是全体人民。这样庞大的作战机体，其系统和组织是极为重要的。如果有一部分脱了节，再怎样大的马力也推动不了这庞大的体系啊！所以我们遵守国家纪律，服从指挥，不但是军人的义务，也是现代人的义务。

话得说回来，军事管理是相当呆板的，一个自由惯了的人不一定受得了。但是为了富国强兵，我们应该采用怎样的方法才有惊人的工作效率呢？譬如说"绝对服从"，在平常时候真是难以容忍，而在作战的时候却是最最要紧的。因为一个兵士，不了解全部阵地的情形，一个地区的指挥官，不了解和其他地区的关系。所以要预防"自作聪明"的判断，只有绝对服从上峰的指示。

但是作战的时候，人们的头脑并不是多余的。所以要绝对服从，是为了完成一件大工程。事实上，没有一道命令可以百分百的适时适地，那便需要执行命令的人去变通。有人说现代作战需要"第六感"的指示，假如不是笑话，那便是作战需要应变的能力。像这种亟须权衡轻重的战斗，难道是一个没有思想的"老粗"可胜任的吗？

所以，讲到军事训练，应该着重的，还是精神思想的训练。

我记得有一位身经百战的教官，对着一队学生军说："……在操场上，或在战场上，固然需要机智，而勇气，比机智尤为重要。有了勇气，才会刻苦耐劳，有了勇气，才会冲锋陷阵，甚至忘记个人的生死……如果，你时刻想到自己，那么叫谁服从命令？叫谁去冲锋陷阵呢？……"这种舍己为群的精神，就是军人的精神。

前人说："大勇本从大智生。"知道了真理所在，才有"虽千万人，吾往矣！"的勇气。专制时代，当兵的人可以目不识丁，只要有气力便够了。现代的兵，不但要体格健全，而且要有相当的政治认识和作战技能；在全军的组织和系统上，每一个士兵都应该最忠实、最守法令；在面对敌人的时候，他又是最灵活、最机智的作战指挥官的化身。

我写了这许多，不过说明我对纪律化生活的向往，希望青年要首先实行"平时即战时，战时即平时"的铭言。

黑色的天空已露出半轮明月。我乘一时之兴，谈兵论战，为的是在冷静的夜里添点声色。希望明朝是一个晴天。

祝好！

大姐姐

大国民的风度：谈国民外交

钧弟：

　　是午后骤雨带来了信息：炎暑将慢慢过去，学校又要开学了。你问我的问题，我可以告诉你的是：这里学校林立，许多菲校都有不少华侨青年在里面肄业，大可不必担心"人地生疏"。你打算几时到这里来就学呢？假如没有别的华侨青年和你同班就会觉得害怕吗？我真好奇，你对菲青年的印象是怎样的。

　　据我个人的观察，菲律宾人和我们一样是人，我们就应该和他们做朋友。虽然这些年来，华侨在菲岛遭受了许多排斥与歧视。尤其是去年通过执行的零售商菲化案，几乎置大多数华侨于死地，此时此景，怎能叫我们一看到他们就气愤呢？但是通过菲化案的是某一些菲律宾人，而另一些可能和我们做朋友的还是多着啊！

　　我们细读报纸便知道近年来东南亚有几个新兴的民族国家，它们好不容易才挣脱了帝国主义的锁链，有了自己的主权和地位。但是它们一时又不容易摆脱别的国家在经济上、军事上的依借。民族的自尊心，使他们错认为像华侨这样在海外辛苦拓殖，妨害了他们民族的生存。

　　更不幸的是，这几年来，我们的祖国正遇到空前的浩劫。这些居留国里一些欺软怕硬的政客，便大大地兴风作浪来为难华侨了。

　　当前，华侨除了盼望祖国的有效保护之外，只有努力自救。所谓自救，首先就要使当地的土人认为华侨并不是"侵略者"，而是和他们一样来自"落后地区"的要求生存的善良人民。

　　对于纯粹的怜悯和赈济，一个有人格的人不一定会接受，更何况基于功利主义的施舍呢？我们中国人就最讲气节，不爱听人家说一声"嗟！来食"，而宁愿饿死。

　　人类最高贵的是同情和友爱。据说有位著名的作家，穷得可以。有一天，他经过一条陋巷，遇到一个乞丐伸手向他讨钱。他呆了一会儿，握住那只讨钱的手说："朋友，对不起，我没有钱给你！"那位老乞丐禁不住掉下眼泪来，说道："先生，你给了我太多的温暖了！这世界上，从来没有人叫我朋友呢！"

钧弟，我说了太多题外话了吧。在这里，我只想告诉你：今天的华侨青年，尤其是在菲校求学的华侨青年，如果仍旧无法展开国民外交，仍旧不能除去菲人对华侨的偏见，则今后华侨所要碰到的苦难，尚不只如此。

当你和菲律宾青年在一起读书做事的时候，先要表现大国民的风度，把我们优越的传统展示给友邦的青年。同时，不要存什么偏见，用友爱去培植人家对你的友爱。仁圣吴凤是用什么方法去感动阿里山的番人的呢？你该记得，吴凤和番人住在一起，做他们的朋友，最后为了革除番人杀人祭神的恶习，竟牺牲了自己。有人会说：为番人作牺牲？太不值得了吧！但是番人终于知道了自己的错误，野蛮的风俗也从此根绝了啊！

也许，你会说我是个理想主义者。

然而，事实却是这样：要叫人类和平相处，只有彼此相爱。假使种族间的偏见，因疏忽而弄得日渐深刻，冤冤相报，没有止境，那么世上众人相安无事的日子，也就愈来愈没有希望了。

钧弟，你可以在学校里先试试看。不想占人上风，只和菲律宾青年坦诚相待，把我们共同发展东亚的理想告诉他们。看一看，将会有怎样的结果呢？

祝好！

大姐姐

如果你对你所爱的毫无所知：
谈谈关心国事

英妹：

　　来信提起你在家天天翻读报纸，真令人欣喜。不过你说对于世界大事的新闻，因为看不懂，觉得没有趣味，就不爱细看。如果你每天打开报纸，不过看点本岛新闻，或者电影消息……，那就并不是我鼓励你阅读报纸的本意了。

　　科学发达以后，交通便利了许多。这么一来，辽阔的世界便缩小了。可是世事的变化瞬息万千，倘若没有时事新闻的报道，有时我们仍会被蒙在鼓里，最多也不过是一知半解，做了可怜的井底之蛙。

　　本市的新闻事业不算落后，而能细细研究国际的重要新闻，或关心国内政治、经济、军事等方面的动态的人却不多。但是一个自称知识分子，准备为国家做番事业的新青年，怎么可以不细心研究国事呢？"闭门造车"不一定"出则合辙"。而闭起眼睛，塞起耳朵，不闻不问时事，而奢谈建国救国，更是可笑的事。

　　孤立独行的时代已经过去了。看看今日的美国，虽然拥有很多的财富，具有雄厚的兵力，也不敢独断独行。除了政府机关有许多专门的人才，时时在观察、研究各种问题，给政府提供许多建议及资料以外，人民也非常关心各方的新闻，通过舆论及民意机关随时随地督促政府。像他们这样关心国事，还有许多地方观察不到，铸成错误。至于我们这样的国家，怎么可以不重视时事的演变呢？

　　我们中国人，不是不爱国，实在是不懂得怎样爱国。换句话说，是不了解自己的国家所处的地位和世界的大势。大家凭一时的勇气，或靠局部及片面的观察，便虚构出许多自我陶醉的远景，甚至提出许多似是而非的方案。然而，这并不能救国。

　　譬如在抗日初期，因大刀队曾经斩了些日本鬼子，便以为训练大刀队可以和日本的机枪对峙，竟忘记义和团和八国联军的教训。为了紧急避难，为了自卫，为了鼓励民气，没有刀枪可以使用的时候，石头和竹竿当然都可以做武器。但是谈及国防建设，训练军队，大刀队就要让位给新武器了。

这个例子，说明了了解世界潮流和记取历史教训的重要性。然而要想知道世界潮流和记取历史教训，就必须平日关心时事，细心研究国内外的局势。

你说得不错，关心国事，不足以报国。可是不关心国事，你怎么知道国家如何需要青年？你又怎么知道什么才是报国的工作？青年要怎样准备应召？又该怎样去从事报国的工作？这些都要靠平日关心国事才能知道。我们最怕的是对一切认识不清，事事半途变卦。抗战时期，就有许多短见的人以为中国没有法子获胜了，而半途投降敌人。我想，要是大家认识清楚，就谁也不会轻易附敌而放弃他的报国工作！

英妹，我们要爱国家，必须了解她，关心她，注意她的动静。如果你对你所爱的毫无所知，又谈何爱她呢？

我听过几位同学辩论金门、马祖两岛的防守问题，有的见解深入，有的不免仅是肤浅的议论。这是由于平日读报态度不同的缘故。例如只看大标题的人，不一定知道金、马两岛的地理形势，以及这两岛如何由国军固守的情形。认识不够，见解便不足取。英妹，严格说来，要关心国事，不是单读点新闻便算了，还要进一步去研究哩！

你说你尝试着每天看好几家的报纸，可是对许多大事从来不敢推断，这是不可避免的。读几份报，只能知道新闻，至于新闻的来源及背景，尚待自己参阅其他的书报，尤其是地理上的或历史性的有关著作。我希望你先读些综合的时事评论及分析，以后才会对世事有更亲切的认识。

我知道本地的报纸，有几家特辟专栏来解答一般读者的疑问，你如有暇，不妨函请报馆的编辑先生或专家为你释疑。只要有研究的决心，怎能不将复杂多变的世事找出些轮廓来呢？愿你多多关心国事，做个祖国需要的新青年。

谨祝进步！

你的大姐姐

圣者的道路：谈宗教

华弟：

这几日，本市的温度常在华氏九十度左右。这样的天气，最好能够像"冬眠"一样，什么都不做。但不幸的是越热越"眠"不下去。我则借着几本小说，坐下来读那么大半天，看得入神，倒也可以算是避了避暑。

我好多年没有这样的闲情逸趣，流连于优美的小说的故事世界之中了。每次读完一些"世界名著"，总觉得那些小说都带了很浓厚的宗教意味，而尤以欧洲人的作品为甚。怪不得人家说西洋文化的特色便是宗教生活，和我国文化的重视礼教大不相同。

宗教与伦理最大的不同在于在判别善恶之外，谈论到灵魂归宿的问题。它不但涉及今生，还关心来世。所以天堂和地狱的观念，在任何一种教义中都有。宗教的派别虽多，但是都认为人生充满罪恶，只有信仰宗教，才能得救，才能升天和超脱地狱之苦。

现代的许多人，认为这种戴罪的人生观实在令人痛苦，也令人悲观。说得严重一点，人类的前途几乎是完全无望了。因此，近代人对宗教的看法，和中古时代已大大不同。那么多伟大的思想家，通过他们的作品呼吁人们摆脱狭义的教条，抗诉人类审判罪恶不能只以个人的行为为准，而要推究犯罪行为产生的原因，包括个人身心的健全和环境的影响等。在现代文学中，许多同情妓女、小偷，甚至杀人犯的作品，便是基于这种观念产生的。这是宗教革命以后，人们从新约圣经中获得的启示。像这种以爱代替仇恨，以救恩代替审判的教义，该是基督教的福音之所以流传得那么广的原因。人世间如果能充满"信""望""爱"，那么这已是天堂的境界，人类的前途将会是十分光明的。

不时有同学来问我对宗教的看法如何，我总觉得很难回答。

我认为宗教能给人类以生活的力量。有希望的总比没有希望的人来得好。从功利的观点来说，宗教不仅可以鼓励人们为善，而且可以扶危济贫。

一个强壮而且得势的人，也需要宗教来规范他的行为，而一个衰弱的人，更需要宗教的爱注。

假如说宗教有可批评的地方，应该在那附属于宗教的迷信。我们不能否认，古今中外有许多人因为迷信而侮辱了宗教的庄严。至于利用神怪作弄愚夫、愚妇，来维持自己的权位及生活，更是可耻。如果为了共同的信仰，需要和同道的人互相切磋、鼓励，而有各种宗教组织，本是很好的。不过宗教组织假使太世俗化，就难免多少失掉了神圣的特色。

你问我一个现代人对宗教的态度应该如何，我想简单地说来是：要把个人从宗教生活中得到的鼓励分给别人，以发扬爱人救世的精神；还要尽力追随那些先圣先贤，修养光明及良善的品格。至于进什么教会，举行什么仪式，不必强求，也不必固执。有人说听凭自然的趋势，或者说依靠理性的指示。不过以宗教家的话来说，还是一切都是神的意思。

一个恶贯满盈的人，可能因宗教的力量叫他悔改，变成到处证道的牧师，但这位牧师仍有可能从圣洁的祭坛上再堕落。放下屠刀可以立地成佛，但是也并不一定成佛！

圣者的道路，是不容易走的啊！

再谈！

你的大姐姐

领导一件不平凡的工作：怎样做领袖

明弟：

昨日的会场里，大家那么热烈地发言，连平时不爱讲话的你，也发表了一篇那么动人的演讲，真是生气蓬勃！

你攻击那些领袖人物，说他们缺少服务精神，只想握住大权，不肯牺牲个人幸福……你几乎诅咒了那些热心做领袖的人。我在旁边看见你激昂慷慨地引用禅让的故事，说明"选贤与能"是什么意思……我不禁对自己说："后生可畏！"

不久以前，我好像也看见报上有文章说到华侨青年太热心于做侨领等话。看样子，是青年的领袖欲特别强吧！

在民主社会，每个人都有权利，也有责任来推动社会前进。如果能把这许多个人组织起来，则效力必然大增。那么谁来领导呢？有的靠聪明才力，有的靠体力，有的靠财力。这些领导者，应该是大众的先知先觉，他们因为眼光远大，判断准确，所做的决定能够高人一筹，大家就拥护他们做领袖。

有个贤明的领袖，实在是大众的幸福。例如尧、舜之所以得天下人心的归向，是因为他们爱民胜过爱父母；禹和启之所以得天下人的拥戴，是因为他们为民除害，恩德浩大。人民有了这样的领袖，为什么不拥护呢？

做领袖倘若不能立功、立德、立言，怎么去领导他人呢？做领袖假如不是有一种理想、一种美丽的远景在鼓舞，实在是受罪之至。事业成功，则大家乐其成，万一失败，首当其冲的是谁？所以要使社会进步，我们应该鼓励青年去领导、去推动各种文化事业。能够做中流砥柱的才是英雄！我们为什么要说些酸溜溜的话去讽刺领袖人物呢？

不过人们在从事各种工作的时候，似乎很难克服某些私欲。最平常的例如自私自利、好大喜功、爱听谄媚奉承的话。一旦做了领袖，面临这些试炼的机会更多。所以做领袖的人应该战战兢兢地克服私欲，才能使事业前进。否则争权夺利、互相倾轧的悲剧必然相随而至。

美国女权运动的先驱苏珊·安东尼和斯坦顿夫人，以及索杰纳·特鲁瑟女士，是美国历史上有名的"三位女巨头"。她们三人都有长处，也有缺点。她们的出身不同，家庭背景也不相同，却能互相利用彼此的优点，为美国妇女争取平等与自由，是值得一提的。她们努力领导女权运动，不是由于纯粹的领袖欲，不是为了个人的地位，所以才有资格作为美国历史的制造者。

有人担心华侨社会太散漫、不团结，这该说是从事社会服务的先知先觉们尚不能完全牺牲个人权益所致。也许我可以大胆地说："门户之见太偏狭了。"也可说这是缺少运动道德所致。最坏的运动员只求个人表演，不肯和其他队员合作，最坏的球队只想占人上风，不肯向友队低首道贺，胜则骄，败不馁。依目前的情形，也许我们真的需要提倡运动道德，培植运动家的风度：在自己的社团内，要通力合作，以争取团体的光荣；对于其他的社团，要取人之长，补己之短，人家有什么胜人之处，反而加以鼓励。

谁都想争取领导的地位，但不择手段的卑劣作风，并不能叫人心归神服。要知道自以为领导人物的，往往最需要人领导呢！

大多数领袖，只是为了领导人，而不是为了领导一件不平凡的工作。刚才所说的苏珊·安东尼，她活到 86 岁。在 84 岁那年，她还在德国参加妇女大会，人家问她："你怎么会有这么多的精力呢？"

"因为我要领导一件不平凡的工作！"她回答。

明弟，我们如果能热烈地参加各种推动社会进步的工作，以创造历史为己责，为什么不去努力争取领导的地位呢？

祝好！

大姐姐

在伊甸园之外：略论善恶与美丑

芸妹：

今夜有空中交响乐队精彩的演奏。我因为事忙，不能去音乐厅坐着聆听，只有借着家中的收音机，略可分点余韵。

那些著名的艺术作品，不但在地域上有世界性，而且在历史上也具有不朽性；不论在什么地方，在什么时代，它们都会激起人们高尚的情操而产生共鸣。当我们置身在柴可夫斯基幻想曲忧怨悱恻的乐音中，听那流水般的窃窃私语，我们会想到罗密欧和朱丽叶有没有越过伦理道德的规范吗？或者当我们看见法国画家雷诺画的舞女的裙和喝醉了酒的女人，我们会想到猥亵、放浪吗？在艺术的境界里，只有美与丑，是不管善与恶的啊！

宗教家就认为善就是美，恶就是丑。这样的说法，你认为如何呢？以善恶来衡量美丑并没有错，问题只在于善恶的标准是什么。没有一个时代像我们这个时代一样，对善恶的标准，争执得那么厉害。旧的道德标准几乎都站不住了，尤其是那些为妇女定的"礼教"更是大大地受到攻击。

昨日曾偷闲去看了电影《伊甸园之东》，故事虽然简单平凡，却引人想到"善""恶"如何分界的问题。伊甸园是最完美无疵的地方，但一个平常的人却无法长留其间。而人类在伊甸园之外却能定居下来，而且蔓衍到了今日。在我们这人世间——伊甸园之外，谁是最纯洁的呢？谁有最善良的品行、人格呢？道德标准只可以相对地比较。如果和更大的世界，和更远的时代相比，就很难一概而论。譬如一个洁身自好的人，在他日常的生活中一向是神的化身，纯洁得没有一点瑕疵。但一旦发现自己的父亲是个伪君子，而母亲是个品行不良的女人，他将怎样难堪啊！他会从此堕入深渊，比一切放荡惯的人更放荡。

据《新约》记载：有一天，一群愤怒的犹太人捉了一个犯奸淫罪的女人，送到耶稣那边，试探耶稣对罪的看法。耶稣一面用手指在地上随便划着，一面告诉犹太人："你们中谁是没有罪的，就拿石头打死她！"结果那群犹太人一个一个走开了,只剩下那犯罪的女人。耶稣温柔地对她说:"回去吧,好好地重新做人!"

芸妹,人类没有资格审判自己的兄弟姊妹,也没有资格批评别人是该死的啊!

许多浪漫主义的艺术家、文学家,便为了争这点真理而奋斗。最可爱的人,不一定是社会上认为最纯洁的人。他们说:为了拯救他人而牺牲自己贞操的有之,因为天真无知而堕落的也有之。大使徒保罗说:"罪的代价就是死。"如果依照律法、依照教条,则有谁不必入地狱呢?

现代人应该努力的,不是对人说:"你假如不这样或不那样,你便会死,你便会入地狱……"现代人应该努力播种美育的种子,把天堂的理想画出来、唱出来、写出来,告诉人们什么是最美。即使是一只眼睛、一只手、一条腿,只要是美,都可以进天堂!

重视善恶的判定的人,必定强调赏罚,认为恶人都该罚。讲美育的人,则只告诉人们怎样做才是完美,怎样做是丑陋而鄙俗。艺术家希望大家都去努力追求那最美的。至于不努力的人又怎么样呢?艺术家不曾因为人家不跟他走而灰心苦恼。

我国儒家所努力的也是这样。孔子教弟子"恕",教人别尽想着他人的坏处。至于规范人的行为,他提出"礼乐"。对付不遵行礼乐的人应该怎么样呢?这后面并没有强力的制裁。当时的那般霸主,对孔子这美丽的远景,不敢相信,其实这是到达理想世界最平稳的路径啊!

芸妹,善恶应该有相对的标准,尤其是在我们现实的生活里。不过人生的目的如果只在求独善其身,就可能越走越到牛角尖里去,你的意思如何?

晚安。

大姐姐

上了轨道的人生：为亚卿画展而作

亚卿：

今天下午，你的个人画展将要开幕了。我带着无限的欢欣，恭祝你的展出成功。

尽管马尼拉有许多人开过展览会，但你的个人展览会是这么让我兴奋。

你在绘画上的成就如何，我是不敢批评或阿谀的。但是你给了华侨青年，尤其是华侨女士青年很大的鼓励。这使大家知道，除了打球、唱歌、演戏等，女孩子也可以在绘画上努力。曾经有许多女画家从马尼拉经过，或者从别的地方来。而像你一个生长在"华侨社会"的女孩子，竟选上了绘画这一门为志责的却很少。

艺术之路是苦的，可你居然走了上来，并且是那么坚决、那么勇敢。中国近代颇有几个女画家，而能在艺术上独辟一门或者发誓忠于艺术的却没有几个。我相信你曾经对自己立志，要在中国画史上留下些良好的记录。因此，你除了学西洋画，也学国画，最近你又学了丝印。天才加上努力，才有今日的成绩。

在你们一些同学中，有的曾开过音乐演奏会，有的快要做医生，有的已经是我的同事了，更有不少人已是很体面的华侨主妇。人生的路本来是曲折迂回的，能够发现自己的兴趣与特长，而努力去培养那种兴趣，发挥那种特长的人，真是幸运。许多人对自己的志趣相当模糊，到了紧要关头，便临阵逃脱。然而，你是那么果决。说你到达最大的成功的路也许还远着呢，但无论如何，你是一个有远大前途的人了。

路是走出来的。你曾以新派的水彩画，在菲律宾艺坛上得过奖。但愿你在新派艺术上开花结果、衍成一派吧！而今天的展览会，将成为你另一段前程的起点。当你听见人们鼓掌的声音越来越响亮的时候，你除了心跳加速以外，还应该怎样呢？

希望在国画与西洋画之间走出一条新路的人很多，但是如果仅仅在绘画的技术上下功夫，是很难有完满的结果的。你认为在西洋画布上用中国毛笔写岁寒三友，或者在宣纸上画西洋人物、果实等，便是新的吗？我认为文化的交流，精神的重于物质的。假如不从哲学、文学、历史、社会生活上去体认，去融会贯通，可能只是混合了中西画法，而不是创辟新的途径。你通达英文，也精于汉文，必定博览群书，便是胜过那些国画家的地方。

我喜欢你朴实而风趣的生活。然而我更羡慕你较为广泛的人生经验。女性的美，也有其时代精神。静娴、勤谨，只是女性美的一部分。难道那名山大川、海阔天空，不属于女人的世界吗？女人，尤其是一个深爱艺术的女画家，怎么能不在这时代的浪潮里冲呢？

亚卿，看你画了许多梅，也许是你偏爱梅。我偶然记起了鲍照的一首诗，抄录下来送给你。至于是否可以说明我对你的敬爱，那得由你说了。

中庭杂树多，

偏为梅咨嗟。

问君何独然？

念其雪中能作花；

雪中能作实，

摇荡春风媚春日。

……

愿你在华侨社会颇为消沉的时代、百花凋零的季节，能如雪中之梅，迎着寒风怒放。

我将听见许多人说："亚卿的展览会很有意思！"你也必定会微笑着点头吧！

姐姐

一夜功夫成为一个文雅的绅士：身世与教养

瑜妹：

我很惭愧，学校上课的日子，不曾给你写信。我平日工作的繁重及忙乱，想你是知道的！

又是暑假了，我将有比较空闲的日子。同学们一年来的质难与疑问，我绝不会忘记。现在希望再度借着书信，与你们细细谈论。同时，把疏忽了的情谊重新燃热，把生活的经验续相交换。

你曾问我一个人的身世和教养是否值得重视。这个问题引起了我的十分注意。据我所知，一个人的身世，对其一生的事业影响很大。生长在什么样的家庭，受到什么样的教育，对个人的品格、兴趣、社会关系，都有直接或间接的影响。尤其是在一个典章制度都具规模的社会里，人们是颇重视身世的。在封建社会，或者比较守旧的社会，品评一个人的身价，往往受他的身世影响。上品人总是居高位，下品人则被歧视。人们在互相介绍的时候，向来不问那些个人，生来有过什么贡献，而只讨论他们的家谱与祖先们的光荣。

我们是现代人，是否要重视个人身世呢？我想你已知道：封建制度、门阀制度和阶级观念，在我们这个世纪早已被铲除。今日造就个人身价百倍的不是出身的高贵，或者曾经生活在上流社会。我们这个时代的人应该夸耀的是：我们的头脑想出了什么，我们的双手做成了什么！所以家谱、门阀，再不是护身符了。

然而，有一点我们必须注意的，是身世和教养的关系。我们不能否认家庭教养的重要性。许多上流社会的子弟，具有文质彬彬的仪表，非常懂得进退的礼节，是可欣羡的。但是上流社会的一些虚伪和作假现象，也令人烦厌。每个人的行为举止，受其家庭教养影响很大。因此世家大族的子弟，看不起一般平民的粗犷率真；而许多平民也轻视上流社会的造作、欺诈。用不着法律的阻止，这两种人总不容易相处在一起。如果要勉强生活在一起，也不免有不习惯的痛苦。

　　先谈出身高贵的人，从小就受到特别的训练。注重衣着，讲究派头，怎样奉承权贵，怎样提高身份，大部分人过着养尊处优的生活，死爱面子，最怕献丑。我们当然希望这些子孙能沿袭父兄们优良的传统，知书明礼，为一般人的表率。

　　然而大家都知道，有许多人厌倦贵族的生活，就是因为他们的矫揉造作，每每违反人性，剥夺了个性发展的机会。近代的美国人，就是攻击和反对所谓上流社会的门阀观念最为厉害的。

　　人的教养非一朝一夕可见功效。也许有人靠投机取巧而成了暴发户，但不能靠一夜的工夫成为一个文雅的绅士。正如一个娇生惯养的千金小姐，无法一下子便和劳苦大众为伍。教养是需要时间磨炼的。

　　举几个例子来说吧：由恋爱而结婚，原是最为主观的一件事，只要男女双方相爱便得了。但如果忽略了性格上的和谐，婚后往往有破裂的危险。造成性格差异的因素，最重要的是家庭的教养，我们有时听见妻子埋怨丈夫不修边幅、对待妻子粗暴、不懂得讲客气话、不注意生活上的小节……而丈夫埋怨妻子不懂得什么是真爱情、爱面子、爱排场，或者有丈夫与妻子的怨艾和上述情形正好相反。其实是夫妻婚前的教养不同，他们的身世互异，在恋爱的时候忘记了讲究小节，而婚后，各人都习惯于他们原来的生活方式，因此就互有怨言。

　　又如在同事间、同学间，也有的人行为放纵，随便谈谑；又有的人行为拘谨，口不乱说；有人对人情世故面面周到，有人则轻视一切礼俗。这还不是由于教养的不同吗？

　　我们不一定要重视身世，但是我们不能轻视教养。你不必担心和身世不同的人在一起，而要考虑是否应该和教养相差很远的人在一起。如果你是个很拘谨的女孩子，爱体面，便得考虑和那些行为浪漫的人在一起是否会产生很多的烦恼。俗语说得好：龙交龙，凤交凤。物以类聚，要紧的是教养的优劣和高下，而不是出身的贵贱。

　　我讲得太多，不知是否抓到你问题的中心？

　　再谈。

姐姐

有没有飞黄腾达的一日：身世和身价

华弟：

你说读了我给瑜妹的信，很不以为然。你替我下结论，说是我主张出身相同的人，才可以在一起。华弟，我之所以告诉瑜妹要和教养相同的人在一起，是为了目前避免烦恼。有许多青年，很容易接受民主的思想，却不能在实际生活中表现民主的作风。他们反对封建制度的偏重身世、讲究传统，而自己在日常生活中，又要求人们尊重他们的身世。如果他们不能养成实事求是的精神和平民化的作风，还是不要轻易地标榜"前进"。我们最好要先认识自己。一个安于现状的人，如要勉强去做出浪漫的行为，故意不顾一切礼俗，那么内心的痛苦也是难免的。

革命要有背景。一种思想的产生也有一定的因素。美国人的确很有实事求是的精神和民主的作风，因为在他们的国度里，人们只靠身世的高贵就得到人家的崇敬是一件不容易的事。读过美国历史、看过美国电影的人，都知道美国人开发美洲，曾经遇到种种困难。他们不但要战胜自然，还要战胜母国及其他帝国主义者的压迫。尤其是在开发西部的时代，更是必须与印第安人作殊死周旋。这些美国人都是从欧洲移民而来的。他们有的来自世家大族，有的来自卑微的家庭。有的是新教徒，有的是天主教徒，有的是冒险家，有的是亡命者，有的是传教士，有的是娼妓、赌徒。每个人的身世虽然不同，但他们在荒地上开垦时，有时得和土著、野兽搏斗，有时得和旱灾、水灾、饥饿搏斗。在这种情形下，再也管不了谁是侯门子弟，谁是上帝的选民，这时候，谁也不问谁的身世，只问谁的工作最有价值。谁的工作最有价值，谁的身价便最高。因此，只有那些有理想、有魄力的人，才能得到大家的尊敬。

大概在一个规模具备的社会里，人们要求的是安定与繁荣，世家大族往往喜欢抬出身世以提高自己的地位。而在一个草创的地方，一切秩序都尚未建立，人们就讲究这些。垦荒的人多是白手起家的。难道他们是靠了什么光荣的家谱，才能在蛮荒之域压倒土著、制服自然吗？因此有作为的、喜欢创造的人，应该向新的世界拓展。要是这些开垦者，当年甘心老死在欧洲的话，那他们的子孙，无论如何也不会有今天这种理想的自由、平等的生活。

咱们华侨在异国，离乡背井、胼手胝足地工作。有本领、有才干的人，在此建家立业、庇荫子孙。试问华侨的老前辈，有几个人曾经带着高贵的身世来南洋谋生呢？我认为华侨社会该不至有门阀制度，没有士和庶的分别，或者贵族与平民阶级。要说有，也是大商人和小商人、资本家和工人的分别。在我们这个世纪，既然不重视那些个人无法改变的身世，则普通人尽可不必自卑，把自己关在门第的小天地里，或局限于某些宗教及种族的境域内。一个人身价的高低，是看他对国家、对社会的贡献多少而定。贡献大的人，身价高；贡献少的人，自然身价低。

大商人和小商人，资本家和工人，在品质上是一样的，在我们这种自由竞争的社会里，小商人可能变成大商人，工人也可能变成资本家。何况大商人和资本家的身价也不一定是最高的呢！

华弟，我常常听见许多年轻的朋友大声疾呼："冲破封建制度！"以封建制度来象征旧的势力，或有可原谅之处。但如果说到真正的封建制度，华侨社会是没有的。因为在真正的封建制度下，商人绝不会被尊重，一切自由职业者也没有地位。要说现代华侨青年有苦闷，那只是个人才干的发展受了当地法律的限制，不能像五十年前老华侨那样自由，也不能像美国人开发美洲一样随心所欲。

别为你的身世而沮丧！五十年前一个肯吃苦的华侨，靠卖馄饨、收旧报纸及玻璃瓶也许可以致富。当时他们绝没有身世的苦闷。现在一个靠收玻璃瓶生活的华侨，当然仍得要担心自己有没有飞黄腾达的一日。事实告诉我们，这不是个人身世的问题，而是社会本身的问题。我们只有好好地利用时机，多多贡献于社会，才可使身价百倍。

说了这么多，只是补充给瑜妹的信中未尽的意见。

夜深了，再谈吧！

姐姐

为明天计划什么:生活的改善

平弟:

今天意外地下了一阵大雨,飘忽的雨点打在锌皮的屋顶上哗啦作响,可惜缺少了雷声和蛙声,否则大有祖国初夏的意境。而且雨过天晴,烈日当空,锌皮的屋顶和木板的墙壁,比起故乡的瓦顶石墙,那就令人难耐得多了。

我只熟悉大多数华侨对住宅不是很讲究,就是想讲究,面对那昂贵的房租和吝啬的房主,也只好低头投降。近日,我曾和几位同事到华侨住宅区略作家庭访问,我们按住址挨家叩门,走了十多家,能够开门请我们到屋里坐一下的没有几家。有的学生因为自己的住宅太过寒酸、简陋,不敢让我们到访,而推说父母不在家。其中有一个学生的母亲真是忙得喘不过气来:看那木板上睡着两个裸体的小男孩,楼梯口站了三个拖着鼻涕的兄妹,大姐姐正哄着一个幼婴睡觉……我们坐下来做什么好呢?慰问吗?鼓励吗?我觉得我们的到访只会增加主妇的麻烦,便连忙告辞。

平弟,你幸而生长在富裕的家庭里,假期可以到日本以及祖国的香港、台湾等地去玩,至少也可到碧瑶避暑,不知你到华侨住宅区的大小胡同里走过吗?那里整天有各式各样的孩子奔上奔下,喧嚣叫喊,好不热闹呢!

我曾经听见几位工读的同学,谈起他们和一些店员住在一个黑暗的阁楼里的情形。据说在那阁楼里,白天也看不见课本上的字,暑季里又闷又热,只好溜到别的地方,直到半夜才回家。因此,我对在教室里打盹的学生和精神不振作的少年,不免予以原谅。看他们几乎没有读书的心情,更谈不上教他们修身立业,我甚至怀疑自己的工作是否有意义。

过去,我听说许多大都市里有贫民窟,他们生活在龌龊的环境中,如何和贫病搏斗,是作家和画家的题材。然而在五十年代的今天,这一类贫民窟的故事已渐渐减少,并且我深信,以后会更少。这不是单单凭信念而已,必须有许多人不断为这理想奋斗。改善人们的生活,尤其是改善大家的生活应该是我们的志责。

平弟,这个时代的人们已厌倦热战,放弃了野蛮、屠杀掳掠的革命行为。大家也明白,改善大众的生活,已是政府的任务,是公共的福利。在我们这个社会固然有许多劳工立法以保护工人,有社会保险制度以谋社会的繁荣,然而大部分华侨职工都不能享受其惠。因为这里的工厂及大企业并不发达,有不少做"手面生意"的经纪人、售货员,还有许多没有固定收入而去投靠亲戚朋友做"帮闲"的人。他们的生活当然没有问题,然而这种没有根的生活,又怎么会开花结果呢?谁都不敢为明天计划什么。

这种得过且过的态度,是改善生活的大障碍。我认为鼓舞华侨职工努力改善日常的家庭生活,会使我们的社会大有进步。

我们年轻的一代如果能获得身心的健康,那么,社会会跟着有希望。

穷并不足苦,要紧的是提高生活的趣味。我们的家再怎么窄小,衣食再怎样简陋,总得求其忙而不乱。尤其是年轻人,不要把家当作客栈而已。我们看见许多菲律宾的乡村少年,他们认为改善自己的家乡,还不如到城市去结党抢掠来得容易,因此许多泥巴屋子倒塌了也没有人修。谁都知道,处理日常生活是麻烦又琐碎的,例如抽水马桶坏了,如果没有人修理,一家人便会觉得不方便,而且显得肮脏。要改善生活,不但要有现代化的电炉和冰柜以及抽水马桶等,还要有现代人重视劳动、勤于改进的精神。

再讲到社会制度,我们华侨的企业家、大老板们如果能在改善雇员的生活上多多留心,则必乐于推行各种改善职工生活的立法。许多先进经过几十年的创导、设计,告诉我们社会的繁荣有赖于社会的安定,尤其是要使大众有合理的生活。

现在是商业衰淡的时期,更需要大家共同努力,使大众生活合理化。雇主们别因为自己的利润少,便忘了职工也需要生活。职工们则要鼓励自己,提起对生活的热诚,使自己及家庭中的每一分子都能获得身心的健康。

你是年轻的小老板,我希望你多走些地方以后,胸怀也跟着磊落。青年华侨未来事业的发展,全靠是否有高远的理想。

平弟,我相信你懂得怎样生活!寄望无尽。

姐姐

忍受以后长年的空虚：谈谈独立的生活

平弟：

好久没有通信了，昨日几位同学来谈，提起你最近的生活，知道你颇为苦闷，使我觉得十分不安。

近来华侨青年中颇有一种风气，那便是要求尽早独立，尤其是经济的独立。许多青年都跟我说起，他们需要找一点事做，最好是半天的工作，因为他们都要再读书。详细谈论以后，才知道他们并不一定是因为家庭供不起学费，据我所知，有许多人家境并不太坏，只是他们觉得向父母亲伸手要钱，很是难为情；尤其是父母给了钱以后，便照例要来一顿训斥，而且要强迫他们选读一些自己不喜欢的科目……他们认为如果经济能够独立，则行动也跟着自由起来。

这是好的现象，还是不好的现象呢？

在我们这个世纪，大家都要争取独立的人格，追求个性的发展，自由在这个时代是多么被人尊重啊！聊青年人懂得求独立，该是可喜的。

然而要有可独立的能力在先，才谈得上要求独立。要求自由必得付出相当的代价。世上不少人就是为了要求自由才丧失自由的。这是颇值得考虑的。

举一个例子来说吧，华弟因为不肯在菜仔店①帮父母做生意，就想办法到山顶州府去教了两年书，存了一两千元，希望从此便可自由了。他以为自己从此就可以爱读什么就读什么，爱做什么就做什么。等他回来本市，才发现国立大学也好，私立大学也罢，学杂费一年至少要五百元左右。坐车的钱和中午的膳费，一个月也要五六十元，一年要六百元左右，他存的那两千元还不够一个人两年的开销。吃的、穿的，还要仰仗父亲的菜仔店，还得忍受父母的埋怨。因此，他想回祖国去升学，希望能节省一点钱。然而一则父母不肯签字，便无法申请保送；二则就算去了再回来，也不见得可以在此地谋

---

① 街坊间小型零售杂货店，类似现在的便利店。

到一份好工作……说起来苦闷真是多得很!

在菲律宾,感到在学校读书有趣味的人不多,而真正能安心在学校研究的人更少。略有办法的人,都想找工作,都想半工半读。

我们知道,一个人的时间和精力是有限的。忠于工作,便轻于学业,或者精求学业则要敷衍职业。更何况许多人所任的职业和正在研究的学科,相去很远,很远! 这样又如何从工作中求得学问呢? 结果事倍功半,整日惶惶然,无法获得一点安慰。

平弟,你和华弟们都很年轻,如果能下决心苦学四五个年头,就是穿得坏一点,吃得坏一点,而暂时以深山的修道士自居,来挽救这一年代学风的堕落,又如何呢?

学问是要下苦功夫才能得来的,我觉得这里的青年人太重视现实,以为能够不愁个人的衣食住行便算是自由的了,便是独立的人了。其实谈何容易。

爱迪生虽然是个工读的学生,但是他的工场便是他的学校,他研究的精神胜过其他人。而许多华侨青年半工半读,只不过为了赚得学费以争取毕业而已。谁愿意像爱迪生那样,忽略文凭而求真实的学问呢?

要求衣食住行的自由独立,应该比较容易,而要争求理想和主义的自由发展,则不是简单的事。我担心弟弟妹妹们都急急乎要成功立业,而放弃苦学的路。我不是反对半工半读。如果那是必要的话,则大不应该为毕业年限所限。古人十年寒窗的故事,不是没有理由的。但先要有相当的基础,才谈得上自修和研究。

现在菲律宾并不需要帮闲的人手,而是需要专门的人才。有人说专门的人才在华侨社会没有用,但我倒觉得华侨社会缺少专门的人才去开拓更多的事业。我请你考虑的是,非不得已,不要去找一份什么差事混混,以致弄坏了自己研究学问的兴趣。

如因贪图目前的生活能自由自在一点,而失去了做深入研究的机会,你便得忍受以后长年的空虚。天下事很少十全十美的。但愿你看得远一点儿,别急急乎于求近功!

盼来信。

姐姐

崎岖不平而又荒凉寂寞：谈奋斗的生活

仁弟：

听说你近来颇为悲观消极。每次想到你，我心头总觉得十分沉重。你能告诉我吗？你对生活的看法如何？

古今的大哲人，以及许许多多思想深沉的人，都曾经怀疑过人生，认为生活不过是一场梦：释迦牟尼因为看见路边有一具老人的尸体而出了家，他到雪山去，便是为了寻找人生的真理。

如果想问我人生的究竟，佛陀早给了你答案——佛说：人生是无穷尽的，在世的时候，免不了生老病死，人必须渡过了这"苦海"，才能登达彼岸。我们今生虽然完了，还有来世！而要到达极乐的世界，还真不知要经历多少大劫小劫！因此悲观的人认为做人真苦。但是乐观的人，却认为这是一种战斗的生活，其后正有无穷的希望在！

人生的意义，就在它有继往开来的使命。你如果明白这一点，便不会消极。因为我们一面要继承祖先的事业，一面又要为后人开一条新路，个人的性命应该和全人类的生命联系在一起，才能达成这个任务。

有的人把生命当作朝露，太阳一出来便干涸；或者把性命当作野地里的花，自生自灭……然而，这都不足关怀！朝露也好，野花也好，它们都是这美丽的世界的一部分。我认为万物或互相效劳，或新陈代谢，都是生命的延续，而不是它的死亡！所以无论生命再怎么短暂，它的意义却不减分毫。

青年应该坚定信心，本着知其不可为而为之的态度做事，生活才不至于颓废。专谈个人的享乐，则不是"战士"，也不是垦荒创业的人。当我们置身在一片沙碛中，有没有决心把它变成水田呢？有的人愿意老死于没有天日的、龌龊的魔窟，担任着丑角。有的人却愿意毕生从事垦荒的事业，任日晒雨淋，只希望在沙漠里种出花草来。

在中国内地，交通非常困难，尤其是沿着上流的溪涧逆水行船，真是比登天还难。河身是那么窄，走不多远便有濑，有的简直就像瀑布飞泻。船夫们遇到了濑，便得跳进水中，有的用肩去背负船身，不让急流冲击，有的用绳拉着船，远远地走在前头，一步一步地，像耶稣背了十字架走上各各他山一样。女人们则拼命地用竹篙撑船，用力之极，身体因反作用而伏在甲板上。如果没有这许多勇敢的船夫，那么人们只能挤在那有限的平原上，就不能到上流去拓荒了。这样世界不就要渺小得多了吗？

这些船夫，梦中也难想见驾轻舟、泛西湖的乐趣。但是天天在西湖泛舟的人，也永远找不到水源，看不到深山的美景啊！

人生的路实在多端。有的凭着一己的意志去冒险，有的只知循着前人的旧路。有的听天由命，有的醉生梦死……因为路太多了，人就容易迷途。

弟弟，别因为一两件事的得失，而抱怨人生。在人世间能够打胜仗的，只有立志坚毅、奋斗不息的人。哥伦布在狂洋大海中漂流，几十天看不见山，也看不见地。船中的粮食都吃光了，水手们病的病，死的死，他们几乎想把哥伦布杀了，好将船儿回航。但是哥伦布并不畏缩。他告诉船上的人"Sail on! And on! And on!"[①]而最后的胜利，是属于他的！

为了理想而奋斗，即使功未成而身死，也是光荣的；一个人倒下去，却有许多人跟着来。你看，历史上林则徐是怎样禁烟的呢？当时他好像是失败定了，谁不说他狂妄多事呢？但是到了现在，他胜利了。

仁弟，通往理想的路常常是崎岖不平而又荒凉寂寞的啊！有空盼望多多通信。

祝快乐！

大姐姐

---

① 摘自 Joaquin Miller 写的诗 Columbus。

十年、二十年的试炼:谈立志

英妹:

今天是这学期正式上课的日子,我在操场里和教室里,看见好几位同学都长高了。大家精神奕奕,活像整装待发的战士。这种情景,叫我这个久战的老兵也不敢松懈下来。我愿和大伙儿再打一次美好的仗。

英妹,在人生的战场上,经过多次搏斗以后,有时会因为疲敝困乏而觉得灰心失志。万一遇到孤军作战,或者陷入敌阵的时候,能够不动摇、不投降的人实在少。我们平常人,极其需要伙伴们来磨砺志气,也应该不时鼓励朋友们。人家都说志气是磨炼出来的,实在没错。

立志向上不是一件容易的事。有几次,在考场上,一些天真的同学曾经告诉我:"老师,某人在偷看课本……"好像说别人不守规矩,他也不必守规矩。他非取得老师的谅解,不肯做坏事,这该是人的本性。如同妹妹偷吃了糖,妈妈并不责骂她,我为什么不偷吃糖?当大家都在舞弊时,能够不参加而又不埋怨的人实在不多。像屈原这样的人,忍不住"举世皆浊我独清,众人皆醉我独醒",也只有跳汨罗江自杀。走圣贤的路谈何容易!

你说荣弟近来觉得当个水手没什么出息,对于两年前立的志,甚为怀疑。告诉他吧,许多人赞美海上的生活,许多人从事航海的事业,难道他不能在这行业中找到出息吗?如果他肯学习,海船上多的是学问。目前他虽不是船长,但是要学习一切做船长应有的学问。在任何时候,任何地方,当船上其他人都无法解除困难的时候,他若能够独当一面,那才是"时代考验青年,青年创造时代"。假如整天做着梦,却不能忍受十年、二十年的试炼,那怎么可以称为立志呢?偶然的成功是侥幸的,而侥幸的成功,绝经不起时间的洗练。我们应该警惕才对!

立志最要紧是力行。一般人都以为知易行难,以为立志容易,而实行起来很困难。其实立志才不是容易的。能够认识时代、认识社会、认识自己的人,才知道要怎样做,而且才有恒心做下去。譬如我知道了向前走能够到达

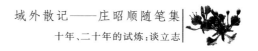

目的地，那么不管半途遇到什么障蔽或困难，我一定不灰心。否则随波逐流，就永远没有靠岸的希望了。

因此，志向跟着我们的认识而确定，眼光远大，则志向也随之远大。图近功的人，他的志向也只在于应付眼前的事。单凭我们的肉眼，所看的事物有限得很，要使眼光远大，便得多用思想，并且处处观察事物。现代人还要多多动手脚，从现实生活中求学问。

有学问，然后有远见，有远见然后才能力行。

力行需要恒心与毅力。海明威在《老人与海》这本书中，告诉我们到达成功的路是多么需要恒心与毅力啊！书上说，在狂洋大海中，上面是长空，一只扁舟，一个老人，同一只大鲨鱼搏斗了几昼几夜。如果那老人想到一生孤独、痛苦，活着又何苦呢？轻轻地松一松手，这世界并不见得便亡了。可是这个海上的老人，使出了最后一点力，战胜了那只巨鱼……有决心去完成理想便是立志。

英妹，不谈别的，说到求学，何尝不要立志呢？多少文化战士半途妥协！多少学者走了一大段路而废学啊！学海何茫茫，谁能操钥发其藏？但愿我们再发一次愿，立志在未来的学程上，做一个良好的学生。

祝光明！

大姐姐

欲穷千里目,更上一层楼:谈理想

亲爱的弟弟妹妹们:

学校又开学了,大家都忙着功课。你们不能常常来信,我也得把写信的时间拿来批改作业。我们的通信,恐怕要作短期的间断。趁着今夜还空闲,再一次和你们谈谈"理想"这个问题。

刚才读完萨拉 · 朱厄特的短篇小说《白苍鹭》,我深深地爱上了它。她——作者——写的是比哭泣更为感人的故事。

她描写一个乡村的小姑娘爱上了大自然,同那些点缀大自然的百鸟为友。有一天,一个打猎的人,也是收集各种禽类的专家,跟踪一只白鹤来到这姑娘住的地方。他愿意出十元给那位知道白鹤藏所的人。这小姑娘,爱上了他,也爱上了他悬赏的十元。

她在黎明时分越过橡树林,爬上一棵枯松去探望遥远的海景,去寻找那只白鹤的窝。她看见了旭日的辉煌,她看见了绿池旁边那只白鹤伸展着细秀的颈和美丽的冠,终于飞向青碧的海天去了。之后,她带着刺伤的手脚,穿着被树枝撕破的衣服回来,默不作声。

这时她应该透露出绿池旁边那株枯松的位置,这样可以获得猎人的爱情和奖金。可是她默不出声,伟大的世界第一次向她招手,而她为了一只鸟,必得拒绝吗?她想起白鹤怎样穿过淡黄的空间,飞来和她同观清晨和海。不,她不能道出秘密,出卖了它的性命。

假如这孤寂的村姑有愿望,那是什么呢?是获得一个年轻漂亮的男人的友谊呢?还是长守晨曦中白鹤飞翔的秘密呢?——她终于放弃了男友的爱和实用的金钱。

愿望是什么呢?它有时是远得很的琼楼玉宇,有时只要能够满足自己,像一包糖果那么便宜。

如果愿望的实现,除了满足自己,还能够促进大多数人的幸福,那就是"理想"。为了它,人们可以牺牲其他事物。理想的事物先要使自己觉得满意,否则只是完成他人的希望而不是自己的"理想"。只有他人的希望和自己的希望刚好密合,才能产生共同的理想。

上面所说的故事,如果那打猎的人不是个收集禽类的专家,也不想杀害鸟类,他不过想看看白鹤,则那个村姑可能偕他爬上那株枯松,每天清晨都同他去池边,并坐在那高高的树梢上看日出、看白鹤……很不幸,那年轻的猎人和这村姑没有共同的理想,只好各走各的路。

要有自己的理想比较容易,要和他人有共同的理想可就不容易了。然而,人类如果没有共同的理想,就很难同心合力地去推进这世界。共同的理想不是凭一两个人想出来的,而是由于它能满足大多数人的需求。至少它是大众共同的需求。大众的需求很难划一,而共同理想的轮廓,有时也很模糊;人类便得在这里面摸索。平常我们只找到共同理想的一部分影像,便向那影像直追,有时是对的,有时是错的。因此,理想全凭直觉,和真理不同。

当我们发现所谓共同的理想有可怀疑的地方,或者与现实冲突,也不必灰心,因为我们的共同理想本来就不是那么简单、那么清楚的。所谓真理,是在不断地进步中为人们逐渐发现。"欲穷千里目,更上一层楼",我们只有脚踏实地,一步一步往理想走,鞠躬尽瘁,死而后已。我们如果要避免不必要的冲突和苦闷,那便得努力使个人的理想和大众的共同理想接近。为人类共同的理想努力,那才有意义!

现代人共同的理想是建立一个和平康乐的世界,但是在现实世界中却有许多纷争。在豺狼横行的时候,要对我们的理想十分爱护,千万别把它出卖才对。

愿我们一同为实现人类共同的理想而努力!

大姐姐

最懂得笑的人：生活的艺术

仁弟：

一阵滂沱大雨，引来了一群裸体的菲童，男的、女的十多个，他们在十字街口的水沟中戏水。雨下得越凶，孩子的叫喊声越大。看他们跳喊的样子，便联想到印第安人追逐白人的神态，该是一种原始的作乐，是天真的表现。

假如告诉这些孩子：沟洫中有细菌，臭水是怎样的不卫生，他们听得进去吗？当他们想到要穿上游泳衣，到华贵的游泳池才可以这样笑谑的时候，便不会这样天真地闹了。那时候，他们走过垃圾堆要掩住鼻孔，他们作乐跳舞，一定要有华丽的服饰……渐渐地，他们要应付许多人情世故，终于作茧自缠，再也找不到那种天真烂漫的景象了。

美的境界，应该超过功利、权义和善恶的观点。美的标准，应该不为历史、法规、伦理、宗教所限制。

伟大的艺术家，应该不单求画面的美，或仅求音韵的和谐，而在于他对生活态度的艺术化。追求美化的生活，才是艺术家真正的目的。

怎样的生活才是艺术化的呢？它的答案正像这世上有数不尽的乐曲，以及各式各样的绘画、雕塑、建筑一样。它们的作风不是一脉相贯的，也没有统一的形式。不过我们不难找出一个共通的原则——最美的生活，应该是合情合理的。

美的生活不是矫揉造作出来的，好像艺术品，是由艺术家创作的，却不是为了迎合某种需求而作的。所以"美""罗曼蒂克""风流""雅致"，常常是一体的。艺术的生活，比较着重情感，为了顺乎情感的发展，有时要与世相违。许多文人雅士择取清谈的路，生活浪漫不羁，便是由于看腻了粉墨登场、自欺欺人。他们提倡返回自然，追求天真淳朴。我想，这该是生活的艺术。

有些人太看重权利和义务的对等关系，他们活着便是想如何去争权利，如何去尽义务。除了这种契约关系，再没有感情可言。例如交友吧，要求得到高贵的友爱并不容易。一般人对待朋友，不过是逢场作戏、礼尚往来而已。当你在贫病交迫下，听见有人来探访，心中非常感激，然而，那来访的朋友是为了爱心，还是为了尽朋友的义务呢？倘若帮助朋友是因为社会的礼教，或因为生怕舆论批评，那并不是可贵的友情，只是奉行俗例而已，你能领受它吗？

在艺术的境界中，爱就是给。我给，我快乐。如果在友爱以外，还有权利和义务的权衡，那就不是艺术的行为了。

艺术的生活要有无穷的热情。除了了解他人、尊敬他人，则只问耕耘，不问收获。现代大画家凡·高，他不分昼夜地工作，夜间头上戴一顶帽子，上面放了许多烛火，不停地画他所爱的画，但是人家都说他发疯了，送他进疯人院。莫扎特临死前，仍旧执笔写《安魂曲》。耳聋的贝多芬，又盲又哑的海伦·凯勒，为了艺术，为了打美好的仗，不曾因为残废而退缩。有这种热情，生活才有趣味。

仁弟，热爱人生的艺术家，没有消极悲观的。他们多么热衷于追求美的生活啊！

你要知道，生活的艺术在于天真淳朴，在于重视情感，在于酷爱理想。然而，艺术的生活并不是充满欢笑的生活。读到美国作家马克·吐温的小传，才知道这位幽默的作家在他的笑话后面包含着一连串辛酸的故事。他之所以懂得幽默，是因为他的生活艺术化了。说得明白一点，在这个世界上，吃的苦头最多的人，也就是最懂得笑的人。

用我们中国人的说法，懂得艺术的人，该是达观、乐观的人。我希望你拿出点时间来，读读往圣先哲的传记，努力完成艺术的人生。

祝好！

大姐姐

散文篇

杜威大道的灯火

　　1946 年的六七月间,我乘着"恩典号"大轮船,从厦门到香港,再从香港横过太平洋朝马尼拉来。我困居在这艘破旧的海船上已经多天了,现在飓风卷起骇浪的日子已经过去了。我走上甲板,伸头看一看碧波。在金色的阳光下,我舒服地向四周眺望。

　　海天渐渐露出边缘。那遥远的青山绿树告诉我:菲岛在望了;厦门、香港,离开我愈远了。这时船上的人都活动起来;他们纷纷议论着移民局和海关的人员将如何刁难华侨;他们谈论着到了马尼拉,他们将有如何如何的作为……

　　我没有什么话说,也不为什么而忙。我的身边只有一只陈旧的皮箱,在那里面,母亲为我放了一些衣服,父亲送给我一部《辞源》,还有一束情书。重洋隔离了我过去的一切,我像被割断了根的一株小树,要移植在新的园地里。我对那新园地曾经有过多少幻梦啊!

　　夜幕已降临了。甲板上、走廊上,多的是乘凉的人;晚霞特别绮丽,海风尤其温纯。我虽然志在四方,却缺少冒险家的精明能干。现在我不管船的方位,不问气候吉凶,也不会周旋于人群当中;我瞭望那远远的岸上,人们说那是马尼拉的杜威大道。

　　马尼拉湾波澜壮阔。海滨公园的灯火妩媚极了。汽车驰骋不绝,流光似闪电接连出现;旅社饭店五彩六色的霓虹灯,犹如星星眨眼。这一带的水波灯影,交织成一幅堂皇富丽的图案。我觉得这景象十分幽美,没有想到这景象中还蕴藏着什么善的、恶的。

　　我是生长在山城的人,梦中只有高山峻岭、迂回的羊肠路和湍急的溪流;一个生长在山城的孩子,曾梦想到边疆屯垦——现在我却在海船上望着杜威大道的灯火,像蛾儿向它拼命地扑去!

(原载《大中华日报》,日期不详)

过街

　　住在都市的人，不管是为了赚钱、为了娱乐，还是为了理想，很少有优哉游哉这种人，于是乎来去匆匆。白天里大街上车水马龙，行人道上的人群摩肩接踵。因此，交通安全问题便成为办理市政的人的首要工作。

　　经过专家研究，马尼拉市的通衢上，曾经用白色油漆划了许多"走廊"，过街的人必须从这些"走廊"通行。

　　这法令执行的开始，真是满城风雨，许多人触犯了这交通律，被捕罚款的事层出不穷。人家都说最倒霉的是华侨。因为侨胞一向不以为法律是一定要遵行的，为了方便而违法的人并不少，所以不幸被警伯拘讯的人，不愿意到警察局坐冷板凳，往往给一点小惠给执法的人，企望免去麻烦。但是这样一来，麻烦并没有减少。

　　有些人以为一次违反过街要罚五元，倒不如乘马车过街来得舒服又省麻烦，譬如坐一次马车只要花费三十分钱，五元至少可以乘十多趟马车——反正这些钱都是给菲律宾朋友。

　　然而这种办法只适合不常出门的侨胞。

　　至于天天上办公室，或整天在街上亢声疾呼的小贩，或经纪人，以及学生们，则非步行不可。这不单是为了省钱，也是为了省时间。

　　最近，警伯们似乎没有那么热心逮捕不依"走廊"过街的人，希望我们也不可大意地乱窜。也许你急着与对街的朋友碰面；也许是赶着去搭火车……怕迟一两分钟，你的好机会便失去了。总之，有千万种原因叫你不得不在"白线"以外过街。不管什么原因，过街都要依照交通律才妥当。

　　曾在马尼拉市公映很久的电影 *An Affair to Remember*，许多爱好电影的人都称赞这故事很美。大家应该记得这女主角为了过街，而使一出美丽的喜剧变成了令人痛心的悲剧。假如她过街的时候，定神一下，不让街车撞伤，那么她的一生，以及许多有关的人，该有另一番前途。

　　我并不想在这里重述这故事，不过我希望大家明白过街不是一件小事情。

（原载《新闻日报》1956 年 10 月 25 日的"莘人随笔"）

碧瑶小驻

飓风丽娜昨夜才过境,一早便是豪雨阵阵。我虽然五点便醒过来,却无法决定要不要到碧瑶这避暑地去……

终于带了两个小女儿跟呆阳社十多位同学,在大雨中踏上去碧瑶的长途汽车。

雨越来越小,天空越来越晴朗。车在曲折的山路上盘旋,人也觉得轻松了。路上的景色并不陌生;山涧乱石如崩云;高山之上,偶然有一两座木屋兀立;以及那一望无尽的绿色,都是看不尽的图画。六岁的小女儿看了不禁说:"我知道了,松树与香蕉树是这样子的,我会画了!"其实,谁能够将自然的景色描绘出来呢? 只有天真的孩子才会这样说。

碧瑶的朋友说:下了三天雨,你们一到,雨便停止,是谁带来的福气啊!

不管是谁带来的福气,我最高兴。因为我毅然地率领大伙儿来这山城度假,万一风暴毁坏了公路,或者万一梅雨霏霏,那不是很扫兴的事吗?

六月的碧瑶,经常是风雨不歇,冷意袭人,哪知道这次的六月,碧瑶却露出笑容迎接我们。

伯咸公园游客云集,脚踏车、跑车,闪电似的驰骋;小湖上除了帆船,还有水上的脚踏车。孩子们大胆地在水上踏着车,我则站在岸上为他们祝祷:愿他们快乐而无恙。

黄昏的碧瑶,妩媚的是那远山近处,零星似的灯光,眨着眼而遥遥传语。如果你留意听,却什么声音也没有。

晚餐之后,年轻人要玩廊球去,我得以监护人的身份坐在观众席上,这样往返步行于斜度很大的街道,我禁不住缅怀鼓浪屿(中国福建省厦门市的美丽小岛)之夜;蹒跚地走上斜坡,然后连蹦带跳地走下坡。这冷冽的夜晚,颇有祖国的情调啊!

第二天,又是个晴朗的日子。晓雾尚未散去的时候,我们已租车登山去。山岚带来松香。圣玛利亚神像前,香火不绝。站在天文台外远眺,心意飘逸。万松宫前之水池,约翰海军营的花园,什么时候都是青葱娇艳……碧瑶令人留恋的是一片清静。

只是矿景亭外的小摊子越来越多,我发现这许多纪念品越来越商业化了,许多木雕已是机器的产物——但愿山地人已开化了,不再以落后来吸引游客。

碧瑶已是现代化的山城,吸引人的是那些美丽堂皇的别墅。我们哥洛人的茅屋哪儿去呢?

（原载《大中华日报》1965 年 6 月 30 日的"小天地"）

失之松懈

亲戚朋友看我们独处于菲律宾人的住宅区,最关心的是治安问题,会受扰或失窃吗?

在没有搬到这陌生的地方之前,我们当然访问过邻居,打听这一带治安的情形。大家都说:这里很平安,几乎夜不闭户。

好啊!让我们享受一下升平世界吧!

因此,鞋靴雨伞等物便排列在出入方便的廊下,沙发放在四面无壁的起坐间;举目便是花草树木,夜晚窗户敞开,凉风与明月皆可进出。

大概住了一个月。一天清晨,我照例到花园散步,看见墙角附近的草地上,撒了几件小孩的衣服,还有小孩的玩具,两把伞靠在墙角,当时心中埋怨女佣人懒散,大概昨天傍晚,孩子在草地上玩罢,忘记了收拾一番。返身正要叫女佣收拾,却听见两个女佣高声吵架,一个女佣竟呜呜地哭,说她最漂亮的大红衣服不见了,必是另一个女伴拿去或收藏起来了,因为她睡前挂在窗口,准备今天上街访友穿……

我走进女佣的房间,看见窗口一纸箱的衣服凌乱得很,这时佣人也才发现昨夜收集了一批洗过待熨平的衣服也不见了。我立刻联想到墙角的衣服及雨伞,不禁叫起来:“有人偷东西吧?昨天晚上失窃……”

佣人跑到园中看见那几件衣服,原来是放在她们窗口的纸箱中的,小孩的玩具也是放在她们寝室的架子上的。雨伞原放在走廊,因此我们又跑到走廊看看:几双好皮鞋不见了,两把精美的伞也找不到……

损失不算大,可是世外桃源的梦完了。

打发孩子上学之后,我们详细研究一番,与邻居讨论,通知房东也报告警察这件事。

偷窃的人并不曾挖门窗,很明显的,偷窃的人已观察了好久,知道我们没有设防,顺手牵羊而去。这时候,东家才说他们也曾失窃;西家也说不久前附近某家发现有贼;那位跟我们说这里是最安全的老婆婆也说:“我们睡前,连一只小木凳子都收入屋中,不像你们把东西放在屋外或园中……"房东也无可奈何地说:"我们的女佣也失窃了……凡伸手可及的地方,窗户都要紧闭。"

现在,我们不但在围墙上加了碎玻璃,铁门上锁,楼下的窗户睡前必定关上,而且除了花草,屋外不放东西,同时,努力与邻居接近,促进交情,不敢吝啬小惠,也不曾歌舞升平地开宴会。以后的两年,我们是真正快乐而安心地住在这菲律宾人的新垦区了。

安全不是凭人家说说便有,安全要靠自己的安排而获得。

(原载《大中华日报》,日期不详)

大城市的小故事

细雨蒙蒙,黄昏已浓。

我独自匆匆地穿过地下道,站在奎松大路边等候街车回家。可是什么车都客满。望着川流不息的车,却没有一辆可以让我上去。

我只好穿进附近的小街,那种地方是交通律比较松懈的地区,计程车或"集尼"比较多,找个空位该容易些。

一辆"集尼"正在路口招徕客人,我立刻跨上车,找个很舒服的座位坐下。把雨衣及采购的东西安排妥当,才舒一口气观察周围。

车里坐了 12 人,还有一个 10 岁左右的男孩子蹲在车厢里,连车夫一共 14 人。车夫是个 50 岁左右的菲律宾人,也许因为生活的煎熬,他看起来比较苍老一点。他身边有个孩子,比那个蹲在车厢里的孩子大一两岁。这两个孩子一路上帮他收钱,应该是他的儿子吧!

这老人家很小心地驾车,很殷勤地招呼搭车的客人,每逢客人下车,他立刻再招新搭客。他们父子不惮麻烦地收钱、找钱,不愿意失去多赚一毛钱的机会,所以我们的车永远是客满的。

这老人家是有意留个榜样给两个孩子看吧!他看重每一个搭客,他看重每一毛钱。沿途上上下下的客人越多,则他那个放钱的小木箱内的钱也增加得越多。我为搭客庆幸,也为这老人家高兴。

到了一座大桥上,这里常常是塞车最厉害的地方,许多搭客都趁着车辆胶住不动的时候下车。但是路边的标识上明白地写着:在这地方不许客人上下车。客人永远不管这些标识,车夫也没有办法在停车的时候不许客人下车。

就在两三个女客刚要下车的时候,前头的车动了,警察要所有的车立刻移动。这位好心的老车夫不忍喝住这两三个女客坐下,而竟等她们下了车才开动机器,就这样,警察走过来了,拿去了这老车夫的驾车执照。车内的人都哑然无声,谁都同情这老车夫。

我听见他喃喃地说些菲律宾话，从小木箱里拿了一张一元的钞票，跟着警察走远去。看样子不是一元能了事的！我想到他沿途殷勤招徕搭客赚的钱，怎能赔上这次的损失呢？

客人只好都下车另外找车，我回头看见那两个男孩子瑟缩地坐在车厢里。雨越来越大，人们越来越拥挤，再也看不见那老车夫的影子了。

（原载《大中华日报》1965 年 7 月 14 日的"小天地"）

偷闲

黄昏的闹市因为这一阵雨的缘故,使浓厚的色彩、复杂的市声,显得均匀而浑融。那朦胧欲睡的街灯,射出带有诱惑性的微光,照在西门汀的路上,试探着什么似的。终于那驰骋的车轮,碾过了满眼泪水的大地。大地是那么宽容,她不动声色,让千万人踏过。

明知这时候车马云拥,坐车不如步行快,但为了避雨,也为了已发酸痛的双脚,坐在车厢里总可以苟安一下,所以我跳上一辆搭客不多的"集尼"车,偷偷地闭一下眼皮。这时耳朵特别机警,满耳是杂乱的市声。后来因为心境平静了,便觉得这些市声已经交配成和谐的音响,我懒得去辨别它们是发出什么乐器的声音——博爱的极端翻成了淡漠。

车向前移动了几步,忽地停了下来。我睁眼一看,天色更加暗淡了,只有远近晃漾的灯火;路边的小贩似乎一个也不见了。

这时候,一对男女走进车厢来。男的背了一煮熟的"鸭胎"——菲岛盛行的点心;女的手上挂着一只排满了香烟的大木盘。他们坐在我的对面。

看来他们是夫妇。女的疲敝地靠着男的,卸下了手上的香烟盘。假如那盘中是些糖果,她会吃它一包吗?她那不愿张开的眼睛,干燥无味的表情,引人想到榨了豆乳的豆渣和没有了油的油渣。她可能一早就离了家,托着那些香烟到处叫卖;说尽了好话,笑累了媚眼;她还得留点儿气力回家去吆喝小孩们。这几分钟的偷闲是多么美啊!

那男的,直瞪着无穷的前途;最后,似乎到了物我全忘之境。我想,他的村镇,人人都是这样生活着。他的父亲可能自小就是"鸭胎"贩,不知有多少年代了,许多人便靠这一行过活。科学这样发达了,这一行也会科学化吗?我心中暗暗地想:中国人什么事都做,可是我还没有碰见过卖"鸭胎"的华侨。是否这是菲律宾人的专利?我看见他俯身揭开那盖着"鸭胎"的布看看,篮子已经半空。今天的买卖,还算令人满意。他微笑地拍一下那打盹的妻子,似乎要她振作起来。那女人移动了身子,探头向车厢外去。这时车已经离开了熙扰的地段。

小时候,我看过打花鼓的人和走江湖的卖艺者,他们常常是夫妇,甚至一家人在一块儿讨生活,到处流浪。当时我只懂得看热闹,对于个中的辛酸况味,无动于衷。今天,我自己是个流浪人,尝试过风霜的滋味;在茫茫的人生途上,多少体会到"相依为命"的意思,不禁对着这对伉俪微笑了,仿佛我们曾相识。

车到了市外,像飞一样地奔走。也不知什么时候,雨已停了。浓云淡雾间,挂了一钩新月,现出一派和谐的夜色。我舒展一下,便下车步行。

难得有这样的夜晚,这样的心情;能够偷得浮生半日闲,该是一种享受!

路边的树,不时滴下雨水,我抬头才发现又下起雨来了。仔细眺望,偌大的行人道上,一个人也没有,便加紧脚步,向我的家走去。

(原载《大中华日报》1954 年 2 月 7 日)

不速之客

生活在大都市,朋友们颇难聚首,大家都是"无事不登三宝殿"。如果要解释,那就有许多原因。例如人口多,地方大,距离便远,又如谋生忙,再加上社会情形的复杂,讲道义和管闲事的倒反而吃亏,于是不求闻达的人,便索性"老死不相往来"了。一般的人情既是如此,请问还有谁敢奢望有一次和朋友们促膝长谈的机会呢?

打一个比方吧,暑季的晚间,确乎有些闷热。如果有一个朋友,忽然登门拜访,该是一件喜事吧!而现在,出乎意外地,果然听见了敲门声。心想居然"有朋自远方来"了,便快去开门。

暮色苍茫中,门外是两位非常大方的菲律宾女子,说是什么机关派来的,要访问家庭、调查家庭卫生状况……

她们操了一口流利的英语,脸上带着友善的微笑,又有那么堂皇的使命,对一般家庭,像对一座没有设防的城市一般,轻而易举地攻了进来。

不料,交代了三言两语,你猛然省悟了过来!原来她们是来推销一种家用杀虫剂,并不是什么访问或调查!但是正待你开口拒绝,事情已经太迟!她们早就蓄备了满肚子的花言巧语,准备疲劳轰炸。看样子非把你俘虏了去,不肯罢休。

难就难在怎样板起脸孔,送她们走。再怎样说,她们的货色多少带点儿新奇,有着相当的吸引力。谁敢说那是废物,不值一文呢?这些捐客又何曾为顾客着想?她们孜孜不倦,为的是怎样从雇主和买客间,取得最大的酬报。

如果你实在不忍这美丽的黄昏,给这些新式的"三姑六婆"破坏,那么忍痛付了一笔不大不小的预约款,算是捐给她们也罢,即使丢掉也罢,于是这两位女士站起身,飘飘然地说了一声"谢谢"便走了。

这是商业社会的"文化",广告术、推销术越巧妙,则商业社会越繁荣。事实上,现在的商业战场,已不限于店铺及交易所了,许多大公司训练了许多推销员、经纪人,令他们深入大街小巷,展开游击战,只要有门户可通,便按步进攻。有时他们又大有传教士摩顶放踵的精神,只要达到推销的目的。

这些推销员,有的是装模作样的绅士,有的是富家太太、名门闺秀的装束,他们脸上挂着微笑,口中说着玲珑的话,不会令人生气的。可是另一批"不速之客",他们衣服褴褛,哭丧着脸说有什么穷朋友、清道夫之流的人死了,要捐一点钱;而这人光临的时候,大都敲门如捣鼓,一本正经要登堂入室,声明要钱来的。

日子久了,人们闻有叩门声,先打开门上的小窗子望望。如果是个不速之客,或是面生的人,那可得盘问一番,才行招待之礼,总之,"有朋从远方来"的乐趣,便只有束之高阁了。安分守己的人,平时也不敢随便拜访人家,以免误会,错尝了闭门之羹。只有为了吃饭、找职业、自己硬是没办法的人,才不得不老着脸皮,去敲人家的大门,去看尽别人在门背后铁青的脸色!

总而言之,都市里的人情薄是情有可原的,因为人情原是"礼尚往来"的门面事;无条件地给人温暖与眷爱,只有圣人才肯如此。

(原载《大中华日报》1954 年 7 月 2 日的"莘人杂文")

普度众生

华侨称马尼拉以外的各城镇为"山顶州府"。听说有个华侨从山顶州府来马尼拉,一则采办货物,二则顺便探亲。某夜,这位华侨到外面散步,突然背后有人把他拉住,要他跟着那拉着他的人走。这位山顶客早就听说马尼拉常有抢劫的事,心里极怕,头也不敢回一回,更不敢问那位"好人"要他到什么地方去。走了好一会儿,他鼓足了勇气,哀求道:"放了我吧,我没有带钱在身边。"背后的那人终于放了他,并且对他说:"钱?我不要你的钱。我要的是你的灵魂!"

经过一再地解释,这位山顶客才恍然大悟。原来这位好心人,是要拯救他的灵魂,拉着他是要他去听讲"道理"。

有人说这是末世,热心传道救人的人很多,他废食忘寝,想办法拉路人听道,甚至被人侮辱,或误会都不要紧。有许多妇女为了信奉神道,顾不了家中大小的衣食,到处烧香、念经、做礼拜;市面上则五步一楼,十步一阁,供了各种各样的神龛,采用各式各样的礼拜方法。

怪不得有人说华侨社会现在相当活跃的是宗教活动。然而宗教的派别很多,教徒们为了各人的派别不同,竟和家庭中其他的人发生冲突,甚至感情破裂,亲子夫妇间失去了融洽。事实也许不至于如所闻的那么严重,但这无论如何是耐人寻味的一回事。

宗教信仰自由,是这时代的人民的福音。传道人是否有必要排斥异己,诅咒他人必入地狱呢?圣者立教,是为了普度众生。何况今天尚不是最后审判的日子,谁知道自己是对的或错的呢?今天的传道者如果仍旧像以前只靠鼓吹和利诱的方法,那可能收到反效果。

我们的老祖宗对宗教的态度十分宽容,因此各色各样的宗教都可以在中土开花结果,而中国人也很少因宗教问题而苦恼。说起来也是真的,因为到罗马去的路有很多条,传教的人大可不必站在十字路口拉着行路的人马上同登天堂。至于鼓励信徒无视家庭的融洽生活,更是罪过。

　　世上唯一能够感动人、鼓励人的是爱。就比方说看一场名叫"断弦残曲"（女歌王史）的电影吧。为了爱艺术，一个心灵软弱、失去了生的意志的人，竟会振作起来。艺术不但使个人的灵魂得救，也使许多伤痛的人得到安慰。又如看了《你往何处去？》这样的电影，异教徒也会因殉道者的高义而热泪盈眶，随着高声唱《哈利路亚》！

　　史上曾经有这样一段记载：释迦牟尼派他的弟子柏那到远方传道，出发之前，考问柏那说：

　　"南方的蛮人最讨厌听讲道，柏那，假如他们骂你，你觉得他们怎样？"

　　"师父！我觉得他们很善良，因为他们只用口舌骂。"

　　"如果他们要打你呢？"

　　"我仍然觉得他们很善良，因为打我未必使我受伤。"

　　"假如他们用剑刺伤了你，你又觉得怎样？"

　　"我依旧觉得他们很善良，因为刺我不一定致死。"

　　"倘若把你刺死呢？"

　　"我依旧觉得他们很善良，因为他替我解除了一切苦恼。"

　　于是释迦牟尼挥手说："柏那！你可以远行。"

　　佛说：我不入地狱，谁入地狱？信徒虽赴汤蹈火，也绝不埋怨。这种殉道精神，这种忘却自己只为爱别人，和一家人为了信仰不同而闹翻了脸，相去何远啊！

　　一个宗教修养很深的人，他的一举一动，可以烛照今古；他传道叫人悔改是以身作则的。甘地生前率领群众祈祷，不讲很多话，但他的精神感召力是如何伟大啊！

　　现在正是传道者工作的时候，因为在我们的社会里，有太多人正陷身于贫困病弱中，或沉沦于赌场娼寮：苦海何茫茫！谁将普度驾慈航？

　　　　　　　　　　（原载《大中华日报》1954 年 7 月 23 日的"莘人杂文"）

马车与马车夫

马尼拉有许多街道，一经雨水冲刷，便成为烂泥一片，或是水洼如阵。这些路大都不是公共汽车行走的路线，而又是人烟稠密的区域。

炎热的季节，虽然没有泥泞，那又热又多尘沙的下午，也没有人肯在那一带"安步"而过。十字街头，常有几辆马车在那儿逡巡，等候乘客。随时随地，有马车代步，未始不是方便的事；我想这里交通的拥挤，恐怕要算远东第一。因此，汽车虽然跑得快，遇到了塞车的场合，最新式的机器也失去了效用。这时候闷坐在计程车厢里三五分钟，仿佛三五个年头；如果坐在马车上，则居高临下，一点也不热。尤其要紧的，是不管在路上停多久，事先讲好了车资一趟三毛钱，乘客不必担心因此耽搁而增价的事。计程车是依时间及旅程长短而计资的；当塞车的时候，客人呆坐在车厢里，看着计资表一毛钱、一毛钱地跳过去；一会儿已是一块钱、两块钱……免不了烦躁、肉痛；这种损失，实在无法补偿。

马车夫在塞着的一大堆车中，是颇出风头的。因为塞住路的，正是他和他的破车瘦马。看他扬扬得意地举起鞭子，高呼低叱，遇到有缝可钻的时候，从不肯慢点儿开步，即使在许多奔驰的汽车群中，他也不叫马儿退缩，实在叫乘客心惊胆寒。

说到马车，就不免会同时想到这里的路政。这里有二十世纪大都市应有的新式大路，也有羊肠迂迴，只有石卵和沙土铺成的小路。马车是不可以到那些宽敞的大路上和汽车并驾齐驱的。

有些马车敝陋得很，马儿矮且瘦。顾客可以选择的时候，便选辆精美的马车代步，但有时候，破车瘦马也有人喜欢光顾。因为破旧的车，往往由比较谦卑而且可怜的车夫驾驶；他们驾起马车来不慌不忙，过街的时候，也不轻易扬鞭；有时他们还会跟顾客聊天闲谈呢！

不幸的是坐在一辆马车，而车夫脾气躁，马儿肚子饿；走到大庭广众的地方，马儿跌倒了；街上的人都朝这辆车看；这时坐在车上的人是多么窘啊！

让这许多马车出现在马尼拉的街头,令人觉得这城市的人民还留恋着古老的生活方式,而对那些新式的汽车说,简直是一种讽刺。早已听说市政府要废除马车,以整市容,以壮观瞻。

但是马车的生意不错。甚至有些大学生宁愿当马车夫而不做小公务员。政府怎样可以轻易禁止马车在街上行走呢?有人说,坐马车的,大都是华侨,菲律宾人如果没有吉普车或汽车代步,则宁肯步行。是否这样,我们没有可靠的资料证实。假如华侨住宅区的街道都宽平如市郊的大路,两边又有合理的行人道,则车辆拥挤的情形少;雨天没有烂泥,旱天没有飞沙,步行自不是件难事,那么华侨也不必靠马车代步了;更不必坐在马车上听凭那暴躁的马车夫横冲直撞,拿客人的性命开玩笑。

要使马尼拉走上现代化,不是靠几条大街上的美丽的橱窗,不是拥有许多新式的汽车便得了。我想,现代化的城市应该有整齐的市容、平阔的道路、合适的卫生设备。如果市民们肯动一动思想,必不肯花很多钱买那么精美的汽车,让它们在泥泞的路上颠簸,或叫那些快速的汽车,挤在大街上,一动也不动。聪明的市民,应该先铺路造桥,然后才想到买车。新酒装在旧皮囊里,很快就会漏出来——十分浪费,实在可惜。

许多人埋怨马尼拉的车辆太多,尤其认为马车应该退休。这又何必急呢?一种制度的消灭,是在另一种新的制度完备的时候。马车匿迹的时候,便是人们不用它们的时候。换句话说,到了马尼拉的街道都改良了,马车便要向市民告别。

（原载《大中华日报》1954 年 7 月 30 日的"莘人杂文"）

雨伞与木屐

雨季来了,出门的人叫苦连天。

记得在祖国与南方的山乡,不问晴雨,到处是屐声一片。到了阴雨连绵的日子,木屐尤其是无往而不利的;外加斗笠一个,充其量不过是油纸伞一把,便是最理想的雨具。

从诗文或古人的画帻中可以窥知,这种合乎天时、地利,甚至人和的雨具,是由来已久的了。它们几乎成为中国式生活的标记。它们广及于东洋、南洋各国,而且成了土著生活中不可分割的一部分。

菲律宾的范·第拉古律示先生,就是头顶竹笠、脚踏木屐的,但这是从前的事。现在是一律向欧美看齐的时代,木屐、竹笠硬是落了伍。

于是,只适合欧美气候的西装革履,使这一代人的生活大大革了命。

学生以及职业人士,到了雨季,既不可以坐在家里,又不能花太多的钱乘车,便得买件雨衣。大雨来了,往身上一披;细雨来了,就遮一下头,跳过街去。带雨伞出门的女子固然少,而带雨伞出门的男子简直没有。许多年轻人连雨衣都不肯穿,披件护身短衣便算了。马尼拉街上男用的雨伞,向来是冷门货。

菲岛的雨季,气候有点凉意,然而穿上雨衣,或者护身短衣,都会觉得闷热,很不好受。如果随身带把伞,确是方便;既可遮日,又可遮雨,也很通风。有人说雨伞遮不了大风雨;其实大风雨的日子,不但伞遮不了身,雨衣也没有用,汽车有时也会搁浅。

为什么年轻人不愿意带伞呢?

也许由于封面女郎只有穿着游泳衣而没有顶一把伞的;也许因为现代的政治家们厌恶常常带把伞的英国政坛人物张伯伦;也许因为都市里的车辆多,屋檐毗连,在露天步行的机会少;也许人们认为淋一会儿雨反觉精神百倍……但是无论如何,是一种偏见在作祟。既然带伞不比戴竹笠高雅,那么穿雨衣便不能说一定比拿伞来得上等。

北方人对南方人整天穿木屐深觉惊讶；而在热带地方，脚上整天包着皮鞋，实在难受。因此便有拖鞋与木屐的混体鞋的发明，而木屐只有让菲女佣专用了。

说起来，像马尼拉的街道，穿木屐上街是最经济的。比如雨天穿起木屐踏过泥泞的路，回家用水一冲，几分钟就干了。然而，穿木屐上街好像只有菲女佣，因此大家宁肯穿着潮湿的皮鞋，坐在教堂或办公室里一整天，心中觉得不痛快，却不愿穿木屐以伤文雅。

的确，社会的成规，使人们生活安定。但是有时，它们只不过是一种偏见。偏见每每把众人的理想置于死地。盲目的附和，跟偶像的崇拜没有什么分别。人们往往把自己的理想让由社会的潮流去冲击，冲到什么地方，就停在什么地方。一般人囿于成见而不肯撑伞、不穿木屐，便是最好的说明。

我们读历史，知道地中海上的气候湿润而温暖，古罗马人是赤脚穿绳鞋的，这是一种镂空式的鞋，西名 Sandal。我们读地理，知道阿拉斯加的冰塞雪冻，因纽特人穿的是高筒皮靴。天时和地利的要求如此，本来不必奇怪！我国江南一带，泥泞的田间，农夫常穿的是一种油布钉鞋，既实用，又耐穿；但是走到一平如砥的柏油大马路上去，钉子就嫌多余了。如果我们生活的地方，路政很好，穿木屐上街的确是近乎鲁莽。可是，用英美人的皮鞋，来对付唐人街深可及膝的污水，就近乎暴殄天物了。

细雨如麻的早上，当你看见满街都是徒手的学生及年轻人，他们从这条街跳到另一条街，不撑伞，不顶雨帽，为的是拿了伞怕人家笑，穿着端正的雨衣又似乎不够年轻，这时你有怎样的感想呢？如果有人提倡学生们最好顶一只本地出品的大草笠、穿着木屐来上课，人们不是会说这简直是"造反"吗？

（原载《大中华日报》1954 年 8 月 2 日的"莘人杂文"）

根深蒂固

——听钢琴演奏有感

现代艺术,最可贵的应该是有现代精神。

据我们所知道,文艺复兴之后,欧美人士提出重视人性而冲淡神秘的宗教色彩;主张个性的发展以对抗传统的束缚,这种现代精神是贵乎创造,贵乎表现作者独特的性格。所以良好的文艺作品,应该不受空间与时间的限制,它们能够永远常新;虽然后人模仿它们,而模仿的作品并不是原作品,那已是另外的东西了。

例如我们读《诗经》、唐诗、宋词……百读不厌,因为它们虽是很久以前的作品,却永远常新;所不同的是后人研究、欣赏的方法可能各异。不同时代、不同人物要用不同的方法去研究、去欣赏,则这作品之不朽性因此而表现出来。如果墨守成规去研究、去欣赏、去批评,则只有破坏好作品之伟大性。

诚如莫扎特写钢琴协奏曲时,当时的钢琴是那么简陋笨拙;他必想象不到今天的钢琴家将他的作品弹奏出来的效果是这样的。我们不能要求今天的名家特别仿造一架莫扎特时代的钢琴而用老方法演奏,我们也不能因为现代科学的进步而否认现代钢琴演奏的莫扎特的作品不是莫扎特写的。

听完 F 先生的钢琴演奏,惊叹他深邃的艺术天才与表现能力。他所表现的不仅是原作者的才华,而且加上了他自己的灵感。

艺术需要天才,也需要人工培植修饰磨炼出来的技术。前些日子,菲岛一位艺术评论家曾经说过,现代青年画家,许多缺乏匠人之技艺,以致所画出来的现代画,显得幼稚。我个人也认为文艺表现的能力,需要相当的基本训练。有一个时期,人们受传统章法的束缚得太甚的时候,提倡个性的解放,曾收到很好的效果,如果全无基本学识或章法,我不知道天才如何表现?

没有语文训练的天才,如何表现文学之美?没有色彩与素描知识的天才,如何做个画家?或者不懂得乐谱及乐器演奏的规律的人,如何成为音乐家呢？

　　看见 F 先生充满灵感的演奏，灵动了无数听众的灵魂，绝不是简单的事。在他成名之前，必定得在琴键上消磨了相当多的时间啊！

　　F 先生的天才与教养在音乐世界可调根深蒂固，我们相信他在世界乐坛上将独树一帜。

（原载《大中华日报》1965 年 5 月 12 日的"小天地"）

参观墨西哥全貌展览后记

星期日上午,参加主日的礼拜之后,我们一家人同到国立图书馆参观墨西哥全貌展览。

这展览会是近年来菲岛各种展览中规模宏大、历时最久的一个展览。国立图书馆的四楼不算小,而我们却找不到什么空隙:从楼梯口向两边展开,密密重重的,有照片,有模型,有壁画,有工艺品、雕刻及油画;我们绕了一圈又一圈,就像在墨西哥旅行的游客。

墨西哥的图腾那肯(Totonacan)文化是美洲土人中最高级的一种,也是开化最早的;在哥伦布尚未发现新大陆之前,他们已有很美丽的建筑及雕刻,现在尚有11000座金字塔及许多古刹,是考古学家研究的对象。

墨西哥的金字塔以及那祭雨神的祭坛,耸立在现代化的城市中,既神秘又触目。那两间充满壁画的小房间,是埋葬帝王的墓室,墙壁上的人物,全是帝王的臣民、仆役,据说当法师祷告之后,墓室之门关闭了,这些墙壁上的人物全会活动。这跟埃及帝王造字塔的传说相似。

西班牙人在据有墨西哥之后,西班牙的文化使墨西哥有了新的精神——我们看见许多大壁画及名家的油画,有新有旧,那浓烈的色彩、新颖的构图,使墨西哥画在世界画坛上另成一派——浪漫又严肃。

墨西哥首都已是今日美洲第三大城,是世界七大城。那些巍峨的新建筑物不但夺目,而且令人仰止。经过400年的努力,墨西哥已是个不可轻视的现代化国家了。它的土地及油矿已经工业化及国有化了,电力遍及全国各地,各种社会事业多数是政府举办的,使国人得享医药设备;住宅便宜,又有适当的娱乐中心。

墨西哥的教育经费占政府预算中最大的一部分,中小学极为普及。至于墨西哥的大学城今有8万学生,是美洲大陆最大的大学城。墨西哥出版的西班牙文的书籍,居世界第一位。服装、舞蹈、民歌及诗,真是多彩多姿。下一届奥运会(1968)就是在墨西哥举行。

我深受墨西哥的繁荣感动。

我们中华文物胜过人家很多，可是我们没有办法将全貌展示于世人眼前。

中华民族是亚洲文化最高、开发最早的民族，但是旧的文物几乎沦亡，被外人搜括或购买殆尽；新的建设又很有限。我们能否继往开来，再一次使新的中国文物发挥光彩呢？

顺便参观菲国五年经济建设计划的展览。我们希望菲国急起直追，因为墨西哥与菲律宾几乎是姊妹国，不应该相去太远才是。

回家的途中，我们讨论了许多问题。大孩子对这样的展览会有很深刻的印象，我们希望许多大、中学生，都能找个时间去看看。

（原载《大中华日报》1965 年 2 月 23 日的"小天地"）

雪山的向往

——观画展有感

星期日在市郊的宝藏寺遇见许多同学，人家一见面便笑哈哈，谈了好一阵。平日无事不登三宝殿，这一日的偶聚，都是为了参观 u 女史的国画而来的。

我见过 u 女史几次，只因语言上略有点隔阂，不敢说有过倾谈的机缘。关于人生、哲学、绘画，我只能凭 u 女史的写作和绘画去体会。我喜欢她的著作泉声，那点点滴滴，正像荒漠甘泉。那清冽的声音，恰是密友的倾诉。

在她展示的画幅中，我特别爱那雪山的景。

住在热带已经十年了。我曾多么梦想去雪山啊！这几天的闷热，叫我对着寺壁上那一大横幅的雪景发痴。古人有望梅止渴的事，而我对着那峰峦之间一片苍白的积雪，直觉得大有凉意。

这一幅画的是大吉岭的山景。薄霭如乳，云峰相吻。那长年的积雪，微有蒸气上升。一阵阵水气，使那近处的松柏挺起身来。它们曾是画家所偏爱，而故意栽在这肃穆的画面中的呢？抑或是山神特意培养它们，为了使自己欢娱？

我读过萨维·汉丁的《新疆游记》，记载了他和一伙人横渡塔克拉玛干沙漠的时候，偶尔望见一丛柽柳，人们就会直奔过去，像野兽一样狂嚼它多汁的针状叶。因为在沙漠的柽柳，就像大海中的礁石，暗暗预示着旅客，离海岸的距离已不远！

不管是在雪山上、在大洋中，还是在沙瀚里，绿色的植物都是最受欢迎的。它们启示着生命不致毁灭。

我从小就读过喜马拉雅山和那终年积雪的高山的神秘故事。我最喜欢的一个故事便发生在喜马拉雅山下的一个小王国里。

一个年轻的国王，和新婚的王后在林中散步。不幸得很，那位美丽的王后被一根毒刺刺伤了脚；结果王后竟因此长逝。年轻的国王日夜绕着王后的尸体，寝食全废，也忘记了一切日常事务。他想着该用什么方法来保存他美丽的回忆。他用最好的香料、布帛薰盖着她,不许任何人走近。经过了许多时日,他为她设计了最精贵的棺椁,一次、两次、三次……地更换,由木料换成金的、银的和黑色的大理石。时光飞驰,这位年青的国王为了保存他美丽的回忆,仍在日夜辛劳。他绞尽脑汁,要建筑一座最美的墓,以纪念他的亡妻。

许多年以后,这座墓,已是一座相当精贵的建筑物。他以为可以完工了。在那晨光熹微中,他站在那宏伟的建筑物旁边,似乎还有什么不满意的地方。他便走得远一点看看。

这时旭日万丈,正照着远山灿烂的雪景。那天空的浮霞,笼照着无垠的旷野。一种崇高伟大的思想,袭上他的心头。他转移目光到那黑色大理石筑成的坟墓上去。哦!他忍耐不住了。这几十年来,消耗了他全部心血的杰作,在水晶似的大自然的境界中,简直是太渺小了,而且也太不相称了!

"拿掉它!"他狂叫起来。

寻求安详和快乐,大家都是一样的。有人跋涉沙漠,有人攀登高山,都无非是为了去找寻他们的理想境地。至于我,如果能偷得半日闲,徘徊在林木幽邃的田园,或者流连于落日渲染的海滨,也就心旷而神怡了。目前,我对着名人的画,因那雪山之美而不禁神往。唯恐有一天真的站在雪山之麓,也许反而会寒颤得不能移动半步吧!

当我们面对着那巍峨的雪山,在阳光下浮动着,我们会像所有的圣者一样,满足的长坐在菩提树下吗?

（原载《大中华日报》1956 年 6 月 1 日的"闲谈"）

美的对象

蔡元培先生在《美育与人生》一文中,认为人们的行为,一部分是由理智指示的,一部分是由感情发动的。避害而就利,适应环境,克服困难,往往是由于理智发动的。历史上崇高伟大的行为,大多是由于感情发动的。

例如革命烈士抛头颅、洒热血,绝不是由于理智的计较,以为死后有人立碑纪念或给奖状,或给奖金才做的。又如当你看见一个孩子将被街车撞伤而奔前拯救,那样的行为是感情发动的,绝不会理智清醒地计算一下;这行为可以获得社会佳评、可以获得什么奖誉才做。

孔子孟子提倡仁义,力主仁即人性,没有仁就不是人了,而人性的启发靠礼乐,用礼乐来教育人的行为合理合情。蔡元培先生说:不是人人天生便有丰富的感情。崇高伟大的感情需要后天的培养……用美的对象来培养感情的过程,称为美育。所以我们如果希望社会人士彬彬有礼、知仁重义,则提倡美育,推行美育是最重要的工作。

美的对象很多:名山大川,或公园的雕像及水池,可以陶冶我们的感情;图书馆陈列的或博物馆收藏的优良作品,可以启发我们的幽思及遐想。至于美术展览、音乐演奏,更可以使我们欣赏不已;这时候,我们沉醉于美的对象中,没有人我的区别,也没有利害关系的计较,而后才能达到富贵不淫、贫贱不移、威武不屈的境界。

我们生在物质文明极发达的时代,理性与感情必须平衡,互相为用。在谋生之外,不妨拨出一部分时间欣赏美的对象。马尼拉的文化艺术活动不算少,打开报纸,有一连串文艺活动的新闻报道:画展、音乐演奏、歌剧、话剧、舞蹈、专题演讲,从一月排到二月、三月……我们如果能抽暇去参观、去欣赏,必能使我们的生活在理智与情感方面,获得调和而觉得更美满。

（原载《大中华日报》1965 年 2 月 12 日的"小天地"）

生存和生活(一)

生存的意义是指死亡的反面,活着,起码地活着,就是生存。进一步说,子孙绵延,也是指生命的继续,是生存的另一解释。

至于生存和生活是绝对不同的,生活乃指生命的充实,是有意义、有价值的生存,如果万物都能有生命,那也不过是生存而已。只有我们人类,懂得在生存之外,更营一种有意义的生活,而且生活的意义,牵涉甚广;至少我们日常生活中就有经济的生活、文化的生活等种种方面。

草木刍狗,都能生存,而且为了生存,曾经且必须继续去奋斗、去争取生存,否则,它们便得死亡。但是我们人类,却不以生存为满足。我们在生存之余,还继续去奋斗、去争取那更高级的生活;否则,我们就认为人生只不过像猪狗一般,虽能苟延一时的生命,而在最后不免一死。

也许有人要问,难道生活着的人,就会永远不死吗?我的回答是:生活着的人,固然在肉体的生存上,不得不服从自然的规律,有一天也要像猪狗一般,不免一死。但是这不过是某一个人的生存的结束,并不是我们人类生活的中止,真正生活着的人绝不会死。这个道理,在胡适先生的《社会不朽论》中,已有详细的辩证。

有的人不但在字义上不知生存和生活的分别,在实际的人生过程中,也把生存当作了生活,根本没有参与全人类的有意义、有目的的真实生活!目前社会的黑暗,世界的不宁,虽然有种种直接、间接的原因,但是世人把生存和生活两件事完全弄乱,而且竟有人标新立异、各树旗帜,把生存的目的强辩为生活的理想,实在是一切混乱的根源。

唯物论者就是犯了这样的错误。他们以为生存就是有意义的生活。因此,就把禽兽们的争斗搏杀,错认为文化推进的动力。他们把生存的手段当作了生活的手段,因此才蔑视德性和人格的尊严,把文学和艺术当作迂腐无用的东西。

大家都说:旅菲的华人社会,是一个商业社会。不过我们得十分儆醒,商业社会虽然重利,但并不能作为轻义的一种借口。因为如果这是一个商业社会,便不能不注重社会生活。鲁滨孙漂流荒岛,情形特殊:他自己是国王,也是立法者。为了生存,他得杀死毒蛇猛兽,他得像禽兽一样斗争、搏击,然而,我们现在不能再做鲁滨孙。我们众人相处,必须有一定的秩序和有权利与义务的规定的社会,使大家不但可以生存,还可以互相依赖,得到有意义的生活!就像自由贸易、互通有无是经济的生活,因此我们不必自己去种小麦、磨面粉才有面包吃;又如言论自由、情愫互通是文化的生活,因此我们不必担心苦说不出,也不必怕有快乐的事情别人不明白。

　　不少菲殖的华人说:我为了"赚食"(赚钱以糊口),所以不能学文艺;或者为了做生意而把书本全丢了。说这样的话的人是不了解生活的意义的。如果只为了生存而不讲究生活,那么做大生意、赚大钱又有什么必要呢!

　　　　　(原载《大中华日报》1955年10月4日的"莘人杂文")

生存和生活(二)

最近读了一篇文章,里面指出有许多为人师表的人不曾立志为教育,而不过为生活而从事教育工作。根据该作者的意思,以为"为生活而从事教育工作"是一种错误。

该原文有"为教育而立志"一句,颇有语病,所以我擅自把它改成"立志为教育工作"。至于"为生活而从事教育工作"这一句话,在我看来,该文作者似乎把生存和生活混为一谈了。因为该文作者的本意当然是指那些教师靠教育混饭吃,靠教育工作而生存。

我们知道教育是一种事业,是一种改善生活、充实生活的工作,而当教员是职业,是一种劳心劳力以获取酬报的工作。我们对那种把教育事业当作自己终身职业的人,应该表示十二万分的尊敬。一个人能把自己的理想或事业,刚好和自己的职业相配合,无论怎样,都是十分幸福的,值得大家歆羡!那么,一个人把当教员作为他的职业,靠这职业来混饭吃,又有什么可非议的呢?

也许,有人要说:他们并没有立志为教育啊!他们不过是混饭吃啊!可是我们可以说那些没有立志为教育而工作的人,就不应该为教育而工作吗?立志为教育而工作的人,固然神圣而又清高,可是不曾立志在先,居然也来为教育而工作的人,实在也不失其神圣与清高啊!

现在,我只想再从生存和生活的不同之处,来说明我立论的根据。

混饭吃可以说是错的,但也不一定全错。生存是谁都必须争取的,没有堂堂七尺之躯,还谈什么为国效劳、献身教育呢?然而,只为了衣食,别的就无所用心,那才是大错。所以有许多老师为教育而工作,同时,也靠这工作混到了饭吃,真是天经地义地对!如果只希望做老师的为了教育而工作,但是并不希望老师能生活,这就百分之一百的错了!再说,生活是多方面的,生活的意义和价值也绝不是可以用称来称、用斗来量的;并且生活的意义和价值,有的自身觉得,有的自身也不觉得。所以我在上文中说:"赚食"、做生意并不一定只是为了生存。商人直接地参加了社会的经济生活,为社会的繁荣,扮了一个不可或缺的角色,就是有意义的生活。有时,他们也间接地帮助了文化事业,在精神生活的领域里,扮了一个十分重要的角色。就事实来说:一般人都是为了要有更好的生活,才去拼命"赚食"、做生意。不过有的人不明白生活的意义,也不懂得怎样去充实,因此,才只看到手段——"赚食"或做生意,而忘记了目的——把挣来的钱用在应该做的事上,使自己和别人的生活更有意义和价值。例如,有些商人提倡体育不遗余力,这对社会影响很大,这就是懂得生活,而且生活得很有价值。此外,如文化、艺术、慈善等事业,也无非使社会生活更加改善、更有意义。不过目前明白此中道理的人还并不太多。像有些人挣了钱财、购了田舍,却连自己的家庭生活都弄得不像样:不是妻妾争风,就是儿女不肖,哪里还谈得上使自己或别人的生活更有意义或价值呢?我们要使大家立刻觉悟,明白生活的道理,就要靠推广教育。所谓教育,包括德育、智育、体育和群育几点;这都无非为了个人或大家的理想生活。而从事这种工作最努力的人,便是老师。为生活而教育,乃是千古不易的真理;如果教育的目的不在生活,难道教育是一种左道旁门的咒术不成?

我们靠教育才能使大家从本能的生存欲望进到理想的生活的追求。教育无非是教我们知道生存和生活到底有什么不同!而且为教育而工作,那本身就正是一种有意义、有价值的生活啊!

(原载《大中华日报》1955 年 10 月 6 日的"莘人杂文")

避法的行为

许多贤明的人都认为法治不足取。一般中国老百姓也最不相信法治，忌怕涉讼。人民眼中的法官常是铁面无私，冷酷得像阎罗王一样；而看法警像牛头马面一样可怕。

虽然历史上有着明显的例证，说明法治可以富国强兵：如管仲使齐桓公称霸，商鞅富秦，孔明治蜀，都是法治的成绩。但是大多数人仍是不爱奉公守法，有什么纠纷往往先使用人情疏通或调解。即使身蒙枉屈，非万不得已，不肯遵循法律的途径去求解决。

中国人偏爱人治，着重贤明的领袖和懂得洁身自好的人民。有了明君忠臣，那当然国泰民安，否则靠人事而定国计民生，是难免出乱子的。尤其是现代的社会生活，呈现高度的分工合作的复杂现象，凭一两个贤明的人不足以治，而必须有严明的法网以便大家遵守，才免顾此失彼。

法治的社会并不是不要人才，有了贤明的领袖，社会自然秩序井然；即使没有贤明的领袖，也有纪纲可维系秩序，不致因少数小人的作弄而颠纲倒纪。法治便是民主的保障。法律如果不能维持其尊严的话，则自由平等是无从说起的。

不少侨胞因循中国人的旧路，喜欢避法的行为。然而，在法律上，避法的行为不是法律行为；即使能够巧妙地避过法律的制裁，仍没有履尽法律的责任。我们耳闻目睹许多同侨吃亏，都是由于不敢正视法律。譬如缴所得税时实在肉疼，但是割掉了这一块肉可以无恙地活下去，或者活得更好，为什么不做呢？又如遵行最低工资律，在雇主方面损失固然不小，但是一个安定的社会对雇主是更加重要的，以前美国总统罗斯福的新经济政策，不就曾把大批的农产品烧毁了吗？为的是提高农产品的物价，以繁荣农村。

作为现代民主国家的人民，眼光要放大一点，不可太为眼前一己的利益打算。要避法的话，那途径多得很。俗语说：严官司府出众贼。政府下的法令再怎么严，人民要避法则常有办法。问题在如果大家都避法，则法律必行不通，直接、间接影响全民的安宁；而社会的不幸，也是个人的不幸。更何况用贿赂、瞒骗的方法而避免法律责任是违法的行为，而不是避法的行为。违了法，当事人是无法避免法律上的责任的。许多老百姓想省事，不依照法律途径去做，结果弄得更加麻烦，那怎么可以不注意呢？

如果认为某种制度不合理，应该谋取合理的改良。改良的方法有渐进地改革，有彻底地革除旧的。身为外侨的人，在居留国只有通过外交的交涉或争取居留国朝野人士的同情，或通过民意机关创订平等待遇的法案；或者依据司法的程序，据理以争。至于避法的行为，充其量只像吃止痛药一样，固然可以止一时的痛，但养不会医好的啊！

今日自由世界最重视的是法纪，因为自由世界的各国，其立法者是民意机关，因此法律是人民意志的综合；大家享有权利，大家也负有义务。所以人民要获得自由平等，必先维护法纪；要维护法纪，便得履行公民的责任。

我们寄居在"东方的民主橱窗"菲律宾，更不可忽视这一点。人情固然重要，但是人情有时解决不了复杂的问题。正如器官产生了疑难的病症，不能单靠朋友送几束鲜花，听几句甜蜜的话便好。要开刀动手术才会医得好的时候，则不能因人情不忍割掉一条腿，或挖去一只眼，而看病人死亡啊！

（原载《大中华日报》1955 年 10 月 5 日的"莘人杂文"）

最高贵的礼物

圣诞来了，新年也近了。

耳边荡漾着美妙的圣诞歌声，而那许多歌声又是那样令人百听不厌。听见那一阵阵熟悉的韵律，仿佛闻得老朋友的足音，怎么能无动于衷！可是对背井离乡的人来说，却有异样的心怀。家人的温存，亲故的眷爱，是人间幸福和欢乐的泉源。失掉了它们，是多么惨淡和悲切！年终岁暮，有多少人家能快乐团聚？有多少人家妻离子散？

宗教的热忱和圣洁，在耶稣降生的节日前后，表露得最深刻也最广泛。可爱的圣诞老人，炫目的礼物包裹……似乎都在教导我们要怎样互相关心，互相效力，互相亲爱。慈善机构忙着征募礼物分送贫民。需要的人，都得到了满足；疏远的友情，也重新捡拾——这世界愈是冷酷，而人们愈需要温暖的友爱。

谁不希望被久别的朋友记起？谁不爱从别人那里得到鼓励？童稚时代，洋娃娃、小气枪……是多么逗人喜爱的恩物！大人们的慷慨，给孩子们多大的欢愉！少男少女的互赠礼物，圣诞夜的茶叙或舞会，岂不是许多人一生中最难忘的插曲？而年轻的父母，在圣诞树下逗引新生的婴儿；白发的祖父母，为孩子们床头的空袜子忙到夜深的乐趣……无一不是人生最动人的写照，无一不是世界上的人所希望的幸福和欢乐的象征或缩影。

特殊的风俗，更饶有趣味。

有的国家在雪中燃烧破了的车轮作为圣诞的主要节目，有的国家则在教堂礼拜祷祝，或举行半夜的舞会，有的国家烤鹅做晚餐，有的国家则烤猪……至于派送祝贺的卡片和纪念性的礼物，则几乎是世界性的。

菲律宾的圣诞节，不但保留了西班牙人的旧俗，又吸收了美国人的习尚。除了圣诞树之外，圣诞灯是很别致的一种装饰品，尤其是在乡间，有提灯的游行，或赛灯的盛事，菲律宾人庆祝圣诞情况的热烈，在东方诸国中是允称独步。

至于我们侨胞,对当地的风尚,向来是兼收而并蓄的。许多华侨子弟,竟错认圣诞节是菲律宾人的新年,而阳历的一月一日是美国人的新年,农历春节则又是中国人的新年,一个华侨在一年中有三个新年,岂非绝大快事?试想,成年的侨胞向来就把万圣节直呼之谓清明节,所以学生们有这样的错误是难免的。

又常听见人家说:送礼一定要在圣诞节前,否则就有失诚恳。事实上侨界一般人是认真送三次礼物给亲友的:一是圣诞礼,一是外国年礼,一是中国年礼。如果圣诞礼硬要和年礼分开,那么过了圣诞节再送礼自然就是失礼。目前,不少读书明理的人,还因为这种礼节斤斤较量,而且争得面红耳赤呢!前些日子,曾有一个华侨学生问我这样一个问题:我们中国古时的人是怎样过圣诞的呢?他们的圣诞风俗又是怎样的呢?

看他问得严重,就知道他对历史的认识非常浅薄。他哪里知道我们中国人几千年来叫做圣人的是孔子,而耶稣教传入中国而盛行不过是近几百年的事。

我国传统的繁文缛节已经叫墨守成规的华侨们喘不过气,再加上种种洋礼,又平白增加了多少负担?宗教意义最深刻的圣诞节被弄成了如此世俗,岂不是罪过?

如果圣诞节的意义真的只在赠人礼物,那么最高贵的礼物应该是温存和爱。否则,拜年片虽美,包裹里的礼品虽重,充其量也不过是一种奢侈和挥霍而已。

（原载《大中华日报》1955 年 12 月 25 日的"闲谈"）

关于不讲中国话的中国人

常常听见许多人抱怨,说不少华侨学生在菲律宾人或外国人办的学校读书,对同校的侨生,不肯讲或不爱讲中国话;这些侨生颇有羞为中国人的样子。也有人埋怨许多女生,不但不爱讲中国话,甚至不爱和中国籍的男同学来往。观察家以为近来社会上许多华侨女嫁给菲律宾人,多数是这些读洋书而不爱讲中国话的女学生。有的甚至说这未免丢了中国人的脸。

作为女人的我,就不肯轻易地批评这些女学生。正像男人一样,女人的确有许多弱点。她们所以爱,所以不爱,必有其理由。虽然有时是对的,有时是错的,但不能一概而论。先谈中国人不讲中国话,可能有两种的原因:一是由于他们不大会讲中国话;二是由于他们看不起自己的国家、民族及其文化。

过去,外人眼中的中国人,有着相当浓厚的民族意识,或者说地域观念。华侨再怎样离乡背井,都不敢忘记祖宗和父母;对自己的孩子,也施以中国式的教育。除非遇到不会讲中国话、不会写中国字的外国人,否则华侨常用家乡话交谈。广东人对广东人一定讲广东话,福建人对福建人一定讲福建话,如果不这样做,似乎就不够亲切。尤其是在异邦,听见乡音,谁都觉得倍加甜蜜。所以在过去的华侨社会,几乎没有中国人不会讲中国话这件事。

华侨不但一向要子女会说中国话,而且还在当地兴办各级学校;仿照祖国的教育制度,使子女尽量接受中国文化。等子女长大,又竞相遣送子女回国读书。这些华侨青年学成以后,虽然大都回到居留国谋生,却深爱我国的文物。男的不肯娶外国女子,女的也不肯嫁给外国男子。他们自然而然地为华侨社会建立了一道坚固的壁垒。

第二次世界大战之后,华侨的处境大大改变。华侨社会中出现了许多暴发户,时势使他们一夜成了名,这些人也就轻视一个人成功必须具备的种种条件;除了赚钱,他们轻视任何一种其他的才能和学识。至于中国文化,对他们更不足轻重! 又有些人靠几句菲律宾语 Tagalog,和菲律宾人称兄道弟而更发了一些财,那就更难怪他们得意忘本了!

说实在话,有了相当财产的侨胞,几乎没有法子摆脱菲律宾人的关系。他们如果入了菲律宾籍,更要引以为荣。我们知道菲律宾人从独立以来就颇为骄傲自大。在任何场合,他们绝不会承认中国人有什么地方可以胜过菲律宾人。他们甚至讥笑今日中国的处境,侮辱可怜的侨胞。因此,以华侨身份和菲律宾人来往,必有许多痛苦。而有些华侨便索性菲化,以菲律宾人自居,倒可以占不少便宜。

年轻的华侨,没有受过很多的中国教育,对中国只有一知半解,甚或竟是莫名其妙,他们不知道中国文化的渊源有多么远,他们不知道中国的河川有多么雄壮,也不知道中国的物产有多么丰富!看见华侨社会没有大的学校、没有新颖的建筑,他们便耻于与朴实的中国人为伍。这样,过去华侨社会的文化壁垒,便消之于无形了!

会适应环境原是好的,不过一味盲从却是不聪明的。世界上立国最久远、文化最特出的就只有中华民族。假如有华侨青年不爱祖国文化,那是因为他不知道祖国文化。说句良心话,今日华侨社会代表的中国文化,也实在太浅薄了。如果要挽回这种危机,只有大家努力传播和发扬我国正统的文化。当华侨青年看见了我国文化的高深,怎么会不想学中国字、说中国话呢?

至于一般读洋书的华侨女学生,不爱和中国学生讲中国话,不肯和华侨男学生来往,除了上述原因外,我想还有别的原因。

那是因为华侨社会一向歧视女子。在家庭中,重男轻女的偏见尚未泯灭。女青年在自己的社会里,很难有扬眉吐气的日子。而在另一个社会,比如菲律宾人,他们采用西洋人的习俗,加上热带民族的多情,对女子常献殷勤。说得好一点,菲律宾人很会谄媚女子求其欢心。如果华侨女生的民族意识既不浓厚,又经菲律宾人如此苦心的进攻,她们自然只有投降一途了。青年女子,甚至有不惜背叛家庭,脱离华侨社会,终身和菲律宾人为伍的,这就令老一辈的人痛心疾首了。

然而,华侨父老徒呼奈何是无济于事的;补救的办法是有的:第一,我们必须加强华侨社会的文化壁垒。第二,华侨男青年要多多研究怎样和女青年相处,以增进相互间的友谊。如果我是华侨男青年,我一定不随便批评攻许她们,即使她们有弱点,也要以兄弟姊妹的情谊,分担她们的痛苦,同情她们的遭遇,进一步带她们一同走上光明的大路!

(原载《大中华日报》1955 年 7 月 5 日的"苹人杂文")

毕业典礼

最近参观了好几次毕业典礼：有的是在神圣的宗教仪式中举行，有的是在欢愉的鼓掌中举行。看见毕业生穿戴着华丽的服饰，从台前走上走下，几十架照相机不停地闪出镁光来，这种情景，真叫人兴奋，也叫人陶醉。

也许，在这些毕业生中，有人迎着毕业典礼而欢笑，因为他们的父母已给他们安排了另一段更美好的前途，他们将听见许多称赞和奖励的话语。而有人却面对着毕业典礼而胆怯，因为他们的前途渺茫：升学，什么学校好呢？就业，做什么好呢？太多的梦，太多的烦恼！

何况，境遇的变迁，往往和初入学的景况大不相同，预先的一切计划，往往到了毕业的时候，要打个大折扣。近日阅读一段新闻，提起菲律宾已故总统麦格赛赛（Magsaysay）的女儿，在圣多玛斯大学的毕业典礼中，她噤住嘴巴，含着泪水让母亲及其弟替她挂上礼服的特别装饰时，来宾是那么激动。这的确耐人寻味。假如麦格赛赛总统不曾罹难，一切的情况会怎样不相同啊！

毕业典礼，是里程碑，叫人兴奋，也叫人担心。人们对已经逝去的时光，免不了恋惜，尤其是对将要分别的老师与同学，会情不自禁地眷恋着。这几天来，看见男女同学纷纷赠送相片，题写勉励的话，似乎都想把学校生活的点点滴滴，缀成一首美丽的诗歌，真巴不得时光倒流。

现在毕业了。

毕业典礼以后，慢慢地，大家又将找到了新的开始：升学、就业，各有前程——登高山复有高山，出瀛海又有瀛海；永远追求着前途的人担心的是自满自足而真的告一段落，或者裹足不前，以致使友谊和学业渐呈枯萎而消失了。

我愿毕业的同学们别太重视个人目前的境遇；别斤斤计较于读什么科系有出路，做什么行业有前途。"我能做什么呢？"这是最值得思考的问题。

有一天，庄稼熟了，到处需要工作者的时候，我能否说："我在这儿，请差遣我！"

（原载《新闻日报》的"莘人随笔"，日期不详）

敬鬼神而远之

最近的《生活杂志》介绍了我国的儒、释、道三教,说实在话,它们如何影响了中国文化,一般外国人在过去是一无所知的。

向来,我国的一般老百姓对神道鬼怪的事,常抱了与其信其无,不如信其有的态度。祭祖宗,拜天地,都是出于崇功报德,大家尽人间的能事,服侍祖先们的衣食住行,至少求个相安无事。老辈的人希望自己的孝敬会产生示范作用,让子孙知道他们希望子孙照样孝敬他们。

至于祭神鬼,则如韩愈的祭鳄鱼文中说"……鳄鱼! 你如果有灵感,就应该听刺史的话……",他限期叫鳄鱼迁居大海,如果鳄鱼冥顽不灵,才拿强弓毒箭,和鳄鱼周旋到底;古时,知识阶级的人,对于魔鬼邪神,多持这种态度。明知其为迷信,却不愿从正面主张打倒神鬼之说。西门豹治邺是个颇典型的例子。他不肯劈头就给巫祝难堪。当大家要把一个无辜的女孩子嫁给河伯——牺牲这一个女孩子而完成巫祝三老的大骗局时,他就地破除了迷信,教育了群众。

不过,也只有文人才始终保持着孔夫子对鬼神敬而远之的态度,至于无知的老百姓,哪敢与鬼神周旋到底? 他们只有请了和尚、道士,甚至原始的巫祝,来和鬼怪谈判;君子协定之外,免不了一番假意的贿赂,以求相安无事。

以祭鬼神的方法来免除灾难病疠,是颇为经济的事。据一般的传说及臆测,鬼魅的数目应该不少,要一一对付实颇费事。鬼魅的世界应该也有等级、有组织,大鬼管小鬼,文鬼司文事,武鬼司武事。道士巫祝对鬼世界比较熟悉;知道向哪几个鬼行贿,大家才可相安无事。就像端午节,民间有人在门口贴钟馗的像以驱鬼。据说唐明皇生病,白天梦见一个大鬼,头顶破帽,身着蓝袍,腰束角带,脚上朝靴,专捉小鬼吃。这个鬼自己说是终南进士钟馗。聪明的人,只要供祭了钟馗,便可镇压那些小鬼。所以鬼神虽多,却不必一一行贿。

据说向某些鬼神行贿，要他们不作祟，也是颇不容易的事。不悉内幕，会枉费心事以及金钱。普通人民实在怕麻烦，只好委诸巫祝或是高僧道士。定好了日子，人间则大摆三牲五谷，酒菜鱼贝，点香燃烛，或者敲锣鸣鼓，煞有介事地向鬼世界交代一下；烧点纸钱，叩两下头，或者在门上贴几张符咒。这样以后，鬼神交代过了，巫祝获得了报酬，人民便坐下来举觞痛饮，招亲戚朋友来，把那些祭品大吃一顿，如此皆大欢喜，何乐而不为呢？

只怕鬼魅要求得太多，而人们负担不起这样的浪费；如果要求道士去说情，而道士有时又可能因报酬太少而不愿意。这样就势必要来一次人鬼交战。人胜则鬼倒霉，鬼胜则人倒霉。遇有这种情形实在是不得已的。

至于祭鬼神的礼物也有行情，要视社会的景气如何而定；也要视祈免灾难的人的能力而定。所以人间的僧道们也得颇费唇舌，斡旋调停。谁都希望鬼魅能体谅人间之苦，而救人民于无止境的苦恼。难怪神道的教义，比起人间的律法有更多人去研究了。

华侨寄人篱下，遇到小人作祟的时候，有时也得像祭鬼神般去贿赂一番，以求消灾纳福。也有人反对行贿，认为这只有助长恶势力，他们主张如果遇到冥顽不灵的鳄鱼之类，便得拿强弓毒箭与之周旋到底。可是现在我们这社会缺的正是像西门豹与韩愈这样的人，来和恶势力周旋到底。

（原载《大中华日报》1955 年 7 月 9 日的"莘人杂文"）

礼乎？俗乎？

随风入俗，在我们看来，是一种必不可缺的礼数。孔子说："入境问俗"便是尊重他人、懂得时宜的一种表示。但他没有叫大家随波逐流，一味盲从流俗。

孔子认为礼是非常重大的事，尊重别人，约束自己，把一切思想行动都纳入一个合乎理性的尺度，就是尽了礼。而礼教的终极目标，就在大家的行为都能合于这个尺度，社会因而进到小康，而至于万邦协和。

可是儒家关于协和万邦这件事，不着重文化交流。他们主张"用夏变夷"，而不是"变于夷"。中国人一向不以为蛮夷的尺度为可取，礼教只有行于中原。孟子对陈相去学楚国人许行的学说，便大感不满，痛责了他一番说："我听说用中国文化去改造外国人，没有听说中国人被外国人同化的。"又说："我听说只有出于幽谷，迁于乔木，没有听说下乔木而入于幽谷的！"

两千年前中国人的生活环境，和今日的中国人的生活环境颇不相同，而今日华侨的生活环境和祖国人民的生活环境又有了差别。大家生在番邦，住在番邦，应该奉行我国的礼教呢？还是随风入俗呢？

就说结婚：在国内，新式的人，借个礼堂会所举行公开的仪式。有的向国旗及国父遗像行礼，有的则在牧师面前立誓。旧式的人则拜公婆，在祖宗面前叩头。

到了外国地方，有些人便弄糊涂了。住在菲律宾，当然得依照菲律宾人的法律和习俗。结婚之前，先到市政府登记，然后拜谊父谊母，请法官或者牧师证婚。但是回到家中，为父母的人还不是很放心，因为没有对祖宗交代一下，深恐"手续"仍不完全。细心一点必定是好的，于是新娘、新郎还要依照中国的旧俗，行些繁文缛节。

当事人觉得如果不依照中国的老法子做而于心不安，那便是礼教发生了效力。礼教本来便没有强制执行的意思，要是明知绣两床红缎的被单、四对枕套，做十二身旗袍，都不是要用、要穿，而只是碍于俗例，不得不做，那不是和自己开了场玩笑?

又如亲戚朋友馈赠,是礼尚往来或是传达友谊都好。倘若因为俗例所拘,或勉强敷衍,或争排场面,那就说不上尊重别人和约束自己,未免弄成不合礼教的本意了。

再说子侄对父老的晨昏定省,原是家庭生活中必然要有的事。因为大家住在一起,互相关照是"理"之当然。如果说父母没有睡意,老人家还想坐一些时候,做子女的一定要奉陪,那就太刻板了。然而,做儿女的在某些事情上,觉得和父母的想法差得太远,不但平日言谈中,动辄指父母封建、顽固;有事出门,或深夜回家,也不告诉父母一声,岂不是太悖于情理,甚至比禽兽也不如了吗?

目前,世俗一些自诩为"前进"的人们,把旧礼教视如弃履,非但觉得不值得一笑,甚至故意作弄,想把它破坏或灭绝。其实礼教只是一个尺度。新礼制,旧礼制,中国礼,西洋礼,都逃不出一个"理"字。我们守那种礼,并不是因为保守;我们不守这种礼,也绝不是因为进步。我们遵守礼制,无非是因为有一种必要,来合理地尊重别人和约束自己。

至于如何去尊重别人来约束自己的道理,并不是三言两语可以说得了的。

例如女人们穿了旗袍只为了显出身段美丽,而顾不了自己有没有东方女子的德行,那就是失礼。或者男人们在外面礼让妇女,回到家里却打骂妻儿,也是失礼。

再举个例吧,如果觉得每年走一趟义山,奉花献果来拜祀祖先是一件很得体的事,而自己却不懂得要孝敬活着的父母,那就是失礼。如果年年都在家中庆祝救主圣诞,而并不知道耶稣基督是谁的,也是失礼!

我们遵奉礼教呢? 还是阿谀流俗?

(原载《大中华日报》1955 年 7 月 28 日的"莘人杂文")

咱们华侨

会说几句菲律宾语，到市郊或四乡去，必定比较放心。懂得讲几句"咱们华侨"的话，在市面商场上购买东西，也可放心一点，因为"咱们华侨不两价"。你相信也好，不相信也好，走进华人的商店买东西、看货色，如果用华侨的身份讨价还价，多少会比本地人便宜一点。

"咱们华侨"几乎成了侨胞互相间的一种高贵的称谓。福建人称福建人为"咱人"，称广东人为"乡亲"，至于其他各省的侨胞则属于"国语人"。在街头巷尾，遇见陌生的华侨，不管男女老幼，只要叫一声"咱人啊"或"乡亲啊"，问路、求助，都会得到热烈的反应。

咱们华侨居住的区域叫"咱人区"，咱们华侨开设的店铺叫"咱人店"、咱们华侨穿的、吃的，都加上了"咱人的……"，即使坟地也有"咱人的义山"。

华侨社会因而形成；华侨社会有其特殊的风俗习惯和宗教及语言。

华侨社会向来重视亲切的乡土情谊，多少年来，都是和衷共济、团结一致的。然而，近年来，咱们华侨间的互信互助，已不能单凭乡谊这一关来维系了。如果细心分析，我们可以很快发现咱们华侨社会正在逐渐失去它本来的特点。譬如华侨社会本来有讲信修睦、扶倾济弱等美德。一般商人账目的来往，常常凭信用，既没有单据，又没有人证，大家克勤克俭，像一家人互相关照着。谁愿意看着同胞流落他乡、偷生苟活呢？

这种同胞之爱，乃是由于乡土之爱；乡土之爱，乃是由于文物之爱。我们爱中国式的生活，所以饮食器用，都采用故国的方式，甚至婚丧喜庆，也保留中国的礼节，中国人的生活一切都求其适中、自然有和洽愉快的气氛。而中国人的文物、典章、制度，都相当深厚，绝少偏激或肤浅的创制。如果我们能把这些文物细心研究，撷取其适合于此时此地的环境，则可达到介绍祖国文物，提高华侨爱乡土的情感，以维系同胞之爱。

然而，目前咱们华侨对祖国文物的认识不够深厚，有时以为装扮一些裹小足的女人，或穿了戏服、画了花脸、吊了眼睛的什么女子，便可以代表祖国。有时表演古装舞，也往往只有戏装而无舞艺，他们所取的形式，既已错误，内容也就不问可知。

本来穿什么衫、画什么脸谱并不重要。我们不是听过名手奏琵琶吗？即使他穿的是西装，仍会叫友邦人士对中国音乐赞美而向往。不是也有许多穿西装而满肚子汉学的人吗？或者穿汉装而讲得非常流利的英语有什么不好呢？我们只怕在什么夜总会舞场里的"中国夜"展出了一些木偶似的戏旦来代表中国。如果外国人以裹小足、吊眼睛的人像来代表中国，我们只该抗议而唯恐不及，怎可以自己也来这一套呢？

咱们华侨要求进步，但并不是说学了英国、美国的科学，就必须放弃祖国独特的文化传统。大家不忘乡土的文物，才能叫同胞产生乡土之爱，否则，凭什么叫旅居海外几十年，甚至侨居数代的华胄子弟觉得做个"咱人"是光荣的呢？

菲律宾有不少贪吃懒做的人，一心只想咱们华侨常常送他们一点儿钱；现在也有讲"咱人话"的"咱人"，也因菲律宾化而学到了这一套本领，勾结菲律宾人、勒索同侨，利用他们会讲"咱人话"，会写"咱人字"来吸"咱人"的血。我们对这种"咱人"如何是好？从今而后，对于"华侨"这称谓，还会觉得它高贵和亲切吗？

咱们华侨如果只有许多会讲"咱人话"，会写"咱人字"，而不知道真正的中国文化的人，则前途可悲矣！

（原载《大中华日报》1955 年 8 月 30 日的"莘人杂文"）

129

自由职业者

　　近来青年学生选修医科、工程及会计等系的人数多得吓人；至于文学、史地、数理及艺术等科，往往被编入冷门。这也难怪，几十年来，能够闷声发财的是这些高等技术人员。经商固然可以发财，但比不上自由职业者清高。升官可以发财，但比不上自由职业者悠闲。从事工业可以发财，不过所付的成本太大，不如自由职业者轻而易举地出人头地。

　　祖国内地的县城，都颇为冷落。县镇里最高大、最讲究的房子，往往是当地西医的住宅。略为有点新思想的父母，都希望子女学西医。不过在祖国热衷自由职业的情形，却输马尼拉的情形多多矣。因为在中国社会，有其固有的一套生活方法。

　　目前华侨除了经商以外，认为青年最好的职业是做医生，其次是做工程师。这两条路如果走不通，就退到父兄所开的公司或商店栖足片刻，一面练习做经纪人、推销员，一面再学会计……女孩子研究教育、文史，尚可原谅，如果男孩子也去读教育系、研究文史，简直被视为丢尽了父母的脸。

　　有位当地教育机关的官吏，对一位申请入菲校研究艺术的外侨说："你选修绘画吗？以后不要后悔啊！"这位外侨点头说声："绝不后悔。"然后这官吏才签字准他上学。

　　这位官吏确像证婚人，负有很大的责任。假使青年选错了学科，前途必是悲哀的。对于一个外侨选修门庭冷落的绘画科，他不但觉得可惜，而且想指点他回心转意，真是个好长官。

　　我们这个社会的确需要各式各样的技术人员，不仅是医生、工程师，又如会计师、制药师、记者、经纪人、律师，都是十分重要的人才。而据我们所知，菲律宾的医师虽多，而穷乡僻壤的医药设备仍相当差；这是令人眩惑的事。这些年来，我们多么希望医药费用减轻，例如医师们的出诊费减低，所开的药方不要动辄是美国出品的链霉素等，又贵又难取得。假如医师只不过替病人注射药品，开出一连串来自美国的做好了的便药，那我们就不敢奉之为普度众生的佛陀。

　　许多年轻的工程师,由于现实环境的限制而做经纪人、售货员,实在可惜。难道斯蒂芬森是得到政府允许才发明火车的吗?爱迪生是领了政府的许可证才从事发明的吗?

　　自由职业者在其工作范围内,在其学术研究上,应该是最自由的,如果国家法律予特别的保障,也是希望他们利用渊博的学问、高尚的技术为人民谋幸福。在建设国家、社会的工作上,这些高等技术人员无疑是最大的功臣,但千万别让自己掉在现实的泥坑里,做个最不自由的学者。

　　　　　　　　　　（原载《大中华日报》1955 年 7 月 7 日的"莘人杂文"）

人与人之间

有位朋友想搭公共汽车到郊外去散步。

这位朋友不常搭公共汽车，他没有注意到加迷地去的直达快车及沿途招客的慢车的分别，就胡乱跟着大家挤上车去。

这辆车的搭客很多，售票员走到他的面前时，已经离开市区很远了，他对售票员说要到巴西市的票子，售票员连忙摇头，说了一大堆他听不懂的话，便只管走了开去。幸亏车里有一位菲律宾人，用英语告诉他这是直达加迷地的快车，半路上不停留，他这才知道售票员为什么不卖票给他。

怎么办呢？他着急了，只好连忙叫停车，狼狈退出。

他在这条大路边上，彷徨了很久，眼前只见车辆如梭，人们像出征的队伍，仓皇奔走，但是他们各有任务，谁也关心不了谁……

在人生的路上，疏忽是免不了。然而在这熙来攘往的社会中，有几个人会关心陌生的迷路人呢？更有几个人肯苦口婆心地道出一个不相干的人的错误，而指示一个补救的方法呢？人与人之间，由于种族、宗教、教育、生活环境的不同，就各各划下了许多道很深的鸿沟。如果当事人一方面或者双方面有了错误的时候，局面就更僵了。

在我们的社会中，向来就有粗心的搭客，没有问清楚目的地便跳上了车去；也有不负责任的售票员，由你自生自灭。如果不是有好心人点破，那么不幸的事才多呢！

人与人之间，多么需要谅解！今日世界的交通非常发达，空间的距离已大大缩短。然而人心与人心之间的通道，却最是荆棘遍野：处处仍可看到种族间的仇恨，国际间的冷战、热战，异教徒的互相倾轧……

于是，伟大的哲学家、政治家、宗教家……想尽了办法要来消弭战争，实现天下一家的理想。非战公约、国际联盟、联合国……都可以证明，我们是多么渴望和平康乐的日子啊！

但是人们却只似大路上如梭的车辆，各自向各自的目的地奔驰。谁都希望走得快些,谁都希望早一些到目的地。有的朝着同一方向走,有的则背道而驰。坐在公共汽车里的搭客,是无法指挥车夫左右旋转的。搭什么车,便得跟着那一辆车走。

美国总统艾森豪威尔曾经公开演讲说"和平不在空谈"。他抨击现阶段的国际形势,如果这样下去,则最坏的结果固然是原子战争,最好的结果也得是永远生活在恐惧与紧张中。

据说一架现代重轰炸机的价值等于在30多个城市中,各自都有1所新式的学校;它的价值又等于2所电力厂,每1所电力厂所发电量足供1个有6万居民的城市使用;它的价值又等于2个设备十分齐全的医院;它的价值又等于长50里的三合土公路。我们生产一架战斗机的费用等于小麦50万蒲式耳(容量单位,相当于8加仑,相当于36.3688升)。我们筑造一艘驱逐舰的费用等于能容8000余人的新住宅……

如果我们不必为轰炸机等武器操心,则人们的生活将多么繁荣啊!

然而人与人之间的鸿沟始终没有消除。虽说是大家都在谋取和平,但是和平却越走越远了。

聪明的人类,似乎至今尚无法撤去人间的隔膜!

(原载《大中华日报》1956年6月7日的"闲谈")

开开玩笑

愚弄人家而博得自己及他人的欢笑,似乎是人的本性。

周幽王举烟火而愚弄诸侯,褒姒就禁不住地咯咯作笑。寂寞的牧童大声呼喊:"狼来了,狼来了!"当他看见四方八面奔来许多援救的农人而没有狼时,自己忍不住破口而笑。就是一两岁的婴孩,看见大人被愚弄而做出狼狈的样子时,也往往吃吃地笑。幸灾乐祸怎么不是人的劣根性呢?

在日常生活中,我们实在需要欢笑,尤其是穷开心的欢笑。所谓欢笑,要大家一齐欢笑,而不是某一些人捧腹大笑,而另一批人窘得难受。开玩笑而不是伤害他人,才是幽默;只怕大家把恶作剧误为幽默,那便是悲剧了。

恶作剧是作弄人家。作弄人家的人越毒辣,被愚弄的人便越狼狈,想开心的人便越开心。

作弄人家的人往往自称"聪明人",他们扬发那些被称为"傻子"的可笑地方。大家都听过愚公移山的故事吧,90岁的愚公要移去万仞的高山,在河曲智叟看起来,怎么不是傻子呢?社会上肯干、苦干、硬干的老实人,信奉真理,追求理想,倒下去又站起来,站起来再倒下去,甚至牺牲了自己的生命;这在聪明人看来是十分可笑的,有时聪明人还想更开心,不惜用种种方法来愚弄这些老实的愚人,看见这些老实的愚人走到山穷水尽的地步,聪明人便更加得意了。

每一个世纪,每一个年代,都有这一类事实。世上的愚人永远不会太少,那些自称为聪明的人,可见不一定是真的聪明了!

年年到了愚人节,大家生怕被人愚弄,却也希望有人被愚弄。如果愚人节没有人被愚弄,似乎是煞风景的事。我们可以提倡幽默以教训那些俗不可耐的人。然而用手段去愚弄人家的事,却少做为妙。和顽童开开玩笑,也许可以收教育之效,而对一个真心信靠你的人要手段,那不但没有趣味,自己反觉难堪。

至于幽默,是一种生活的艺术,是在严肃的工作中懂得去寻找趣味。譬如老师们不必常板起脸孔教训学生,有时出一两个问题逗逗学生欢笑并不坏;父母亲有时也可以同子女们捉捉迷藏,讲两句笑话。

我们有时候对事物太认真、太严肃,反而招来不少失望。凡事能在轻松愉快的情绪中进行,成功的机会常很多。正好像在同乐会中和交际场上,不妨做做傻子,让大家欢笑一场。谁都知道舞台上的傻瓜才不是傻瓜。在日常生活中,如果不懂得跟人家开开玩笑,那未免太没有人情味了。能够以开玩笑的心情来迎接开玩笑,便不是愚人。

（原载《大中华日报》1956 年 4 月 3 日的"闲谈"）

上街

　　为了采购某些必需品而上街的人，心情多半是沉重的，行色也难免匆匆。他们计算着怎样拣择货色、怎样讨价还价；要求双方立刻成交，则颇不容易。

　　熟悉行情的人，很快便能下主意，而且很少吃亏。然而有许多人，出入于形形色色的市场上，心眼就给迷蒙了。当人们在讲价还价的时候，因一二十分钱的小便宜，而沾沾自喜；到家来时，详细地翻阅，听他人的评论，才知道自己买的货色不好，并不便宜。识趣的人，这时便默不作声，或者自己安慰："无论如何，我已经有了这东西，不好也是好。"不识趣的人，则难免唉声叹气，当空臭骂一阵子。

　　至于不为采购物品而上街的也不少；这批人把上街游逛当作一种娱乐，尤其是太太小姐们，穿上了漂亮的衣裳，带了新颖的手提包，里面只有足够买冷饮的钱及车资。她们邀约几位好朋友，到那最热闹的街上去。当她们看到新奇有趣的东西，都要拿起来看看，选择颜色，盘问价钱，把售货员忙得半死。售货员从栈房搬来了许多种类的货物，又从橱里检出许多华贵的珠宝，不知道这些阔太太、富小姐要买多大的一批货呢！等到她们知道了行情，明白了现在流行的是什么花样以后，便来一声："对不起，这些都不合用。"飘飘然又到第二家去了。

　　这样走了几十家以后，她们口渴了，便坐在冷饮店喝瓶可口可乐等，然后踏着苍茫的暮色归去。

　　只有那些为了采购某些必需品而上街的人，才是真正的顾客。他们大多是生活很忙、经济不很宽裕的人；他们非到鞋子破了，不买新鞋；他们要不是孩子吵着买衣服，不肯上街；人们有从各州府到马尼拉来选购过年、过节的货物，或采办婚嫁的礼品的，他们一年之中，难得上街几次；他们一上街是认认真真地要把钱花掉。可是这都市里的商人，并不特别优待他们。

　　在人生的道路上，有许多人是认认真真地生活，他们到这世上来，是把生命奉献，去换取人类生活的幸福。有时他们出了相当高的代价，但做出来的事，在别人看起来是不足轻重的。聪明人笑他们是生命的浪费，因为这些聪明人的确曾巧妙地用贱价取得了高官厚禄，很容易地博取了许多财富。他们在人生的道上的确占了不少的便宜。

其实购买货物是为了自身的需要和欲望的满足。当人们上街选购东西的时候，自然以为那是最好的，才欣欣然地买下来。事后，也许会发现它是毫无价值的，也可能会发现它的价值出乎意料。谁也无法相信自己的判断永远是对的。不过上了几次当以后，自然会提高警觉，小心地选择而后购置。然而市面上的货色种类很多，价格不一，人们再怎样内行，也无法买得十分满意的东西啦！

人生也是这样，我们只有凭着自己的理想，去找自己心爱的工作，从事一项事业。至于这样的事业值多少钱？值不值得花那么多的时间和精力，就很难放在天平上衡量了。

这世上有不少人像那些为了消遣而上街的仕女们。他们对行情相当熟悉，而且也颇知道时下流行的是什么，在人们面前，他们往往有大篇的理论批评这个，批评那个。这世界因他们而增加了不少流言，有许多家庭主妇，因为他们的几句话，跟着到处跑，去找所谓新奇的物品，而深恐自己落在人家后面，如果世上有太多这种游手好闲的人，害得大家把生命消磨在街道上走马看花，冒前进，那实在太可惜！

上街的人很多，各人都有其目的；购买必需品的时候，可不必有太多的顾忌。因为节省时间也就是节省金钱，除非时间对他毫无价值。如果要花一整天时间在街上兜圈子，即使买到了便宜货，也不经济。何况这世界上并没有太多便宜的东西可以不劳而获！

（原载《大中华日报》1955 年 10 月 20 日的"莘人随笔"）

碰运气

"听天由命"的哲理，对于失意的人，或者对于无可奈何的事，确有相当的裨益。既然天命有数，则输赢大可不必认真，也就没有人颓废，甚至于寻短路。忍耐似乎是多数中国人的特性。

我曾经听见一些商人说："做生意全靠运气，运气来了，坐在家里都会发财，运气不来，钻营终年也是一个钱也不加。"我自然没有做生意的经验，只是含笑聆听，却不知什么时候运气要来叩我的门。如果我不知加以迎接，那不是很可惜吗？

人力固然有限，在微妙而复杂的社会里，有社会进化的过程，有所谓时机成熟的阶段，不认识清楚而大讲究"赌赌看""碰碰运气"的天命说，难免会导致悲剧。

你既然相信运气可碰而不可求，那么必要多方面去碰运气，例如做投机的生意，赌钱、买发财券；甚至年纪轻轻的小孩子也希望碰碰运气，他们把教科书拿来往天空一抛，落地时翻到哪一课，就读哪一课以应付考试。又如许多比赛相争不下的时候，也只有靠抽签决定谁的运气好。只可惜在科学时代，许多国际争纷、政治纠葛，人们却不肯付之运气以抽签而决雌雄；否则事情不是太简单了吗？

目前，在我们华侨社会里，想碰运气的人仍旧不少。最平常的是赌博的风气一天比一天热炽。有人说赌博最主要为趣味，有人说赌博是为了消遣，这些都只是一部分原因。我看大多数人赌博而成为一种嗜好，甚至视为职业，那该是由于想碰运气。因为赌钱并不一定是输的。

听说最近有好些华侨妇女被警察逮捕，为的是触犯了禁赌的条例。这些人应该不是因为太空闲而找趣味或寻消遣的。我想她们只想碰碰运气。因为赌钱也是劳神费力的事；以致他她们"忙"得连孩子、丈夫、家庭都置之脑后。

如果说她们不是为了碰运气而围赌，那则不免枉为科学时代的人而不知如何使自己做生活的主人！真是可悲又复可怜！

（原载《新闻日报》1957 年 10 月 29 日的"莘人随笔"）

送往迎来

在马尼拉,来往的旅客如过江的鲫鱼,凡有亲情友谊必须迎送,则必荒废正业或至少令人疲弊不堪,如果有朋从远方来,不迎迓或饯行,则又失去人情。

一位侨商交游很广,某年,他到美国观光,也是考察商业去的。美国的朋友在飞机场等他办完一切手续,告诉他旅馆的房间之后,便分手了。分手之前,告诉他周末会邀他到家小住。到了约定的日子,主人夫妇都在家。主妇告诉他不要客气,一切都要如同在家一般。看样子主妇并没有意思要招待午餐,只管看电视,这位侨商只好挨饿一顿。因为他实在不敢自己开冰橱拿东西吃。

我们的房东在飞机公司任职。第一次奉调出国公干,全家庆祝;远亲近戚都来送行,半夜里,大大小小几十人站在飞机场的天台上,看见了那架喷射机腾空才返。他的运气不算坏,接连奉派出国多次,而送行的人却越来越少,迎接的人也不起劲。一连几次的送迎,连家人都觉得实在不胜其烦。最近一次,他只好在半夜里自个儿乘计程车回家。

上述美国人及我们房东的亲友并不一定没有人情。在交通这样发达、旅行事业这样普及的现代,一定要像古人那样殷殷款待过往的旅客,或连送几段路才挥泪而别倒不合情理了。

为什么?

因为过重的礼反而使人怕礼、避礼,终于伤害了情理。许多人因为怕招待来往的亲友,宁肯避而不见,而不愿一叙旧欢。

宋朝的司马光说他的家中有客必设酒,而酒是街上买的平常货,食物也是家常便饭,敬酒不过三巡至五巡。如此物薄而情厚,会数而礼勤。

我们需要人情,但是应避免锦上添花的客套。

（原载《大中华日报》1964 年 7 月 16 日的"小天地"）

迈步走，姊妹们！

不管人家歌颂也好，鄙视也罢，妇女也是人；凡是人，就都要有人权以求合理的生存，才能各尽所能，以促进人类共同的幸福。男人本不应把女人当作牛马或玩偶，女人也不必把男人当作魔鬼或俗物，这世界本来是大家的。

不幸的是有过一大段时期，男人轻视女人，而女人也颓废得不能自振。但愿那黑暗时代已经逝去，排在前面的，只有人性的尊严——因为在妇女被压迫和虐待的时代，人性也被封闭，只有少数人是这世界的主人翁，而大多数人是奴隶、婢女、走狗……

然而，当妇女的地位被提高了的时候，她们自己做了主人，因此所负的责任，也就同时加重了。尤其是生在新旧交替时代的知识妇女们，更是任重而道远。请看我国妇女今天所处的地位，这已不是流泪苦诉的时代，也不是空喊口号的时代！这是妇女们艰苦工作，为自己铺路的时代啊！

在欧美的许多先进的国家，妇女们表现得很好，大部分妇女都能当起家庭的老板和男人们平分秋色。此外，她们还努力做个好公民，以促进国家、社会的繁荣。

自从 19 世纪末叶，有了一个南丁格尔女士，有了一个居里夫人，做了时代的先锋，跨出了女人的世界，去参加大世界的建设以后，20 世纪的今天，我们妇女群中，就有了千百万个护士、科学工作者、文教工作者、社会事业工作者继之而起，为促进世界和平而努力。姊妹们，你何必胆怯呢？迈步走吧！妇女们的队伍，已是十分雄大壮阔了啊！

至于菲律宾的华侨妇女，这些年来正在抬头中，她们虽然赶不上欧美的妇女，但比起战前还是进步了许多。最明显的例子，是战后女子教育的普及，华侨女生的数目大大增加，使我们相信今后的华侨妇女必将有所作为。又如女子就业的提倡，使女子大受鼓励。女孩子们不仅求个毕业的头衔，大家还努力求得一技半艺，以争取就业的机会。只是过去的妇女界，在行动上还缺少联系，尤其需要一个多面的组织，以免各走各的路，浪费了许多可贵的时间与精力。

最近，华侨妇女行动起来了，在许多先知先觉的妇女的倡导下，将要成立菲律宾华侨妇女会；这一消息，曾博得社会人士热烈的鼓掌，这无疑是一件极有意义的事，大家对这个会的组织，不但寄予厚望，而且亟愿为之效力。

面对荒芜已久的田园，农夫将怎样下手垦殖呢？我们相信华侨妇女会在组织上是没有问题的，但愿它在最近的将来讨论到工作问题的时候，能将华侨社会当前的急务，分担起一部分责任。我们当前的急务是什么呢？

第一，推广社会事业。社会事业的部门多得很，目前我们最需要的该是慈善事业、公共卫生、适当的娱乐场所，以及各种教育性的集会等。妇女们如果能节省一部分金钱及时间，来推行并主办这些事业，真是社会的福音。

第二，辅导学校教育。目前华侨教育正面临着大考验的时代，学校当局对许多教学上盘根错节的困难，无法迎刃而解，其中最觉困难的是家庭教育不能配合学校教育。父母们不能把小孩送到学校便算了——如果妇女会能推动各家庭妇女辅导学校教育，那么许多教学上的困难便可以很快解除。

第三，改良社会奢侈的风气。许多人都认为造成华侨社会侈靡风气的是妇女们，这也许不是很公平。但是只要妇女们肯真心做一个贤妻良母，我相信，妇女们硬是有办法推行节约运动的。如果有个比较具体的办法，由妇女们共同努力，从小而大，从微到著，一定会有相当的收获的。

这不过是野人献曝。然而，也正表示着我对筹备组织妇女会这事的热烈拥护，正预祝其早日成立。

姊妹们，迈步走！

（原载《大中华日报》1955 年 8 月 4 日的"莘人杂文"）

有福不可享尽

　　有时候学校里举行大扫除，不少学生推三托四，不愿意参加洒扫的事。这不一定是因为华侨青年轻视劳动，而实在是由于华侨家庭忽视了训练子女操作家务。生活略为过得去的华侨家庭，都雇用一两个女佣。家中洗衣、洒扫、炊饭、洗碗碟等事，都有女佣代劳，小孩们除了呼奴唤婢以外，几乎不懂得应该自己洗衣服、扫地板这回事。长大以后，更不肯拿块布擦一擦办公桌，修理被破坏的桌椅……

　　最近听见几位华侨富商把子女送到美国去读中学或大学，最大的理由是要孩子们到美国去吃点儿苦，懂得独立的生活。这些孩子本来在马尼拉有名的外国学校读书，除了打球、看电影，还要常常开舞会。风气如此，家长无法约束他们。到了美国以后，远离家庭，费用固定，既不能取之不竭，随意花钱，加上美国大部分家庭都没有佣人，家事由父母子女共同操劳，放假的日子，也没有很多舞会。留学生在美国常常找点小工做，像洗碗、割草，因为大家都这样操作，便不觉得那样的工作是卑贱的。

　　这些华侨可说是有先见的家长，把他们的子弟放在一个比较合适的环境里生活，希望他们的子弟将来长大成人，可以做个完美的现代人。但是有多少家庭可以把子女送到美国去读书呢？又有多少人把子女送到美国是想接受美国人的民主教育呢？本来可以到美国读书的人并不多，何况又有很多人只是送子女去"镀金"而已！

　　所以我们不敢赞同把子女送到美国去这种教育主张。但是我们极其需要提倡劳动教育。并不一定叫每个人去做工人、农人，但是每个人都应懂得处理自己的生活，训练学生双手万能，是现代教育的特色。

　　美国式的生活，是基于自由平等的思想。因为我们希望生活得好，别人也希望生活得好，大家工作，大家享受，没有太空闲的人，也没有做苦役的人。

　　我国自古以来，圣贤都提倡节俭尚用的生活。周以前的小学，就教学生洒扫进退的事。那时候,儿子为父亲驾车,学生为教师驾车,是极其平常的事。像墨子这样的大人物,也是自己编草鞋、出门不乘车的,所以在战国时代,他很受人尊敬。

常常听见有人埋怨华侨妇女不肯主中馈,喜欢浮华,爱排场面。这到底是受中国习尚的影响,还是受泰西生活习尚所影响呢?

大家都知道中国人一向以勤俭的美德自诩。但是别国的人也喜欢简单朴实的生活啊!难道只有生活在这里的许多华侨,独不懂使家庭生活简朴而合理吗?

近代的郑板桥及曾国藩二位先生,文章、事业都享有盛名。从他们的家书中,可以看出他们的家庭生活是如何勤俭!郑板桥在给弟弟的信中曾经说:"……我们家乡的妇女,不能织丝织布,但是做了主妇,管理伙食,学习针织女红,还不失为勤谨。近日却有很多妇女喜欢听戏、赌钱,风俗很坏,你应该注意……"

至于曾国藩的家书,几乎没有一封不劝诫子弟要学祖先勤劳节俭的美德,而根除浮华的风尚,不可恃靠家境富裕而养成懒惰的习性。

要求社会风气朴实,先要请家庭主妇们懂得训练家人刻苦耐劳,尽量利用人力或物力。所谓有福不可享尽,实在是家庭生活所不可不注意的!

(原载《大中华日报》1955 年 9 月 15 日的"莘人杂文")

婚姻不是儿戏

小时候听昭君和番的故事，大家常不免感喟一番，把华夏的女子嫁给番王，这是不得已的故事。虽然和亲是汉朝的外交政策，但是热烈响应这种政策的人并不太多。我们中国人认为女孩子远嫁，已是父母"忍心之处"。平白地把女儿嫁给番人，简直没有。

自从五胡乱华，魏晋南北朝以后，中华民族有了一次大混合，华人蔑视蛮夷的态度便略为和缓。华人因为这一次大同化是"胡人华化"，甚至引以为光荣，史家曾经附注说：唐朝的繁荣，是因为中华民族加上了新的份子，血统上有了改变，文化上也有了新的材料。

以后，五代十国、元朝、清朝，所谓异族的统治，在我们今日，只是得到这样一个结论：中华民族的光荣是由于它的博大与悠久，把汉、满、蒙、回、藏、苗融为一体，完成五族共和，乃是促进天下一家的第一步。

可是宗法社会以男人为中心，男人娶什么种族的女子为妻都无伤大体，因为传宗接代的是男子，管他妻子是藏妇或回女。而在女子方面则不然，做父母的有责任把她送交一个可靠人，尤其是个体面的人，番夷一向是文化落后的野蛮人，把女儿送给野蛮人为妻，是文明的汉人的耻辱。

目前，我们要讨论的是：华侨小姐嫁给菲律宾人，走国际路线，对华侨是不是一种侮辱呢？尤其是不少华女委身菲郎以后，竟被遗弃了，华侨社会自然甚为愤怒。男人玩弄女人而后又把她丢掉，在华侨社会也是有的。不过华侨社会有自己的社会规律，亲戚朋友可以出面干涉、调解、伸张正义。至于菲郎是外国人，不受华侨社会的礼教束缚，侨胞看见自己的姐妹被蹂躏，自然于心忡忡然。这是爱国、爱乡、爱同胞之心，未可厚非。

然而华侨社会却转而攻讦华侨小姐走国际路线的不是。一般人的理由是华女嫁菲郎，让菲郎占了便宜，是咱们华侨的耻辱。但事实上，请攻讦华侨小姐的人扪心自问，他们的出发点是爱她们？还是恨她们？对那些认识不清而走上歧途的华侨小姐，我们应该幸灾乐祸呢？或是把她们笑骂一顿？

今天我们应该检讨华女为什么走国际路线的原因。例如许多在菲读书的华侨女生，不爱和中国学生来往、不爱说中国话是有原因的。因为她们接触的大都是外国学生。这些女生如果想找个有情人，当然只有在她认识和接触的人中间去找。

而一般华侨家庭，从祖先处接受了许多比较保守的思想及礼俗，家中对女孩子管束比较严，不让她们自作主意；穷苦人家的女儿，有时为了生活的压迫，只得抛头露面去谋生，她们对婚姻就比较重实际。有问题的，倒是那些养尊处优的小姐，生活对她们太简单了，活着只是找新奇的趣味。父母们又不许她们向现实的生活去看个究竟。因此，有人用美丽的谎言，把她们送到象牙之宫去，她们便会迷恋忘返，不知所以了。

如果我们这个社会不偏爱女子，也就是不轻视女子。偏袒女人，也就是看不起女人，女人也是人，为什么要人家特别容让呢？有头脑、能自觉的女子，对生活、对人生，一定不会随意让人摆弄。在她们选择爱人之前，会考虑到许多实际的问题。即使考虑不周到，自己也有魄力与勇气去弥补或摆脱。

严格说起来，婚姻是男女相互间履行的一种社会义务。结婚和谈恋爱有很大的分别。谈恋爱是个人的事，结婚却是社会生活中的一种制度。

不管什么人，对人生具有理想，做事又有毅力，他都大可忘掉那些社会的习俗及传统的制度。爱情的力量往往影响一切。但是婚姻只是人生的一部分，如果女子自身对人生的认识尚未清楚，那么再怎样好的婚姻都很难担保其永远幸福。

所以现在不是痛骂女孩子走国际路线的时候。男人可以自由婚嫁，女人当然也可以自由婚嫁。不过我们应注意的唯一的要点是要唤醒华侨女性重视婚姻，别把它当作儿戏！

（原载《大中华日报》1955 年 10 月 15 日的"莘人杂文"）

父子有亲

常常听见一些少年说，他们很少和父亲在一起，因为他们的父亲太忙了。许多家庭都有这样的情形：孩子上学去，父亲才起床，孩子在家的时候，父亲却又在外酬酢。整天忙着个人事业的人，就不容易顾到管教子女的事。如果等到个人财富及名誉都有了的时候，才想到子女没有人管教，那时用威胁、用利诱，甚至搬出爱来，也没有法子感化那些充满了仇恨与怀疑的子女，那时懊悔已是太迟了。

以前的人，认为父亲对幼小的孩子可以不过问。替孩子洗脸、喂孩子食物、带孩子玩，都不列入父亲的工作中。甚至有人认为男人做这样的事，最没有出息。因此，家庭之中，孩子只把父亲当作陌生人，父亲也无法了解儿女。

现在一般小家庭，父母对家事都负起了同样的责任。年轻的子女对父母亲的崇拜，已远胜过以往的小孩，对会修理玩具、会解答问题的父亲，更是钦佩万分；亲子间的爱，固然是由于自然的力量，其实也是由于生活的接近。如果在亲子间竖起一道鸿沟，那人类将重新回到野蛮时代，孩子不识其父只识其母，甚至演成亲子相残的悲剧。

我们读历史，可以推想上古社会，必有许多这种亲子相残的悲剧，所以圣贤才急于倡立五伦，第一条便是"父子有亲"，目的在敦促人们注意父子间的亲爱，做儿女的要孝顺父母，为父母的要爱护子女。然而在我们所有的文献中，谈论着子女孝养父母的事多，而谈论父母如何疼爱子女的事情少。这是否因要维护父权的尊严而避讳不说也未可知。不管如何，父权在过去是相当神圣的。人们认为只有严父才会出孝子，父亲对子女是不随便谈笑话的。不过如果为了要"严"而忽略了"亲"，致使一个家庭失去温暖却值得考虑。

父亲是否有必要在家中摆出一副尊敬不可侵的态度？父亲对子女的起居饮食是否可以全置之不理呢？父亲为什么不可以做儿女的导师和朋友呢？

《世说新语》曾有一段记载东晋名士谢安的轶事说:有一天,正下着大雪,他看见窗外迷人的雪景,便召集家中的小儿女们谈天赋诗。他问大家:"白雪纷纷何所似?"他的儿子对答:"撒盐空中差可拟。"他的侄女说:"未若柳絮因风起。"谢安对侄女儿的聪颖,禁不住微笑称好。这充满了亲爱的家庭,曾经培养出许多有名的人物。

乐圣贝多芬四岁的时候,父亲便教他学弹钢琴。每日天一亮,贝多芬便拉着父亲起床。父亲抱了他坐在膝上,耐心地教他,也常常带他到宫廷听音乐演奏。他的父亲,也是他的第一个老师,对他的成就有很大的贡献。

在残暴固执的父亲抚养下而成为杰出的人物并不是没有的。然而依照常情,一个完美的人格,必须在爱的抚养下,才能长成。而杰出的人物不一定是完美的人,有了深沉真挚的母爱,固然可以使一个人成功立业,如果加上了父亲的关心与鼓励,则成就往往更大。

在大都市的人,生活紧张又忙乱,做父亲的人则容易忽略了"做父亲"这件事。多数人以为男人在外流汗去张罗许多钱以庇荫子女便尽了责任。有许多家庭,父子间除了给钱和拿钱的关系以外,彼此几乎全不了解,真是一件不幸的事。逢着老人家开心的时候,就觉得有这样的儿子也不错。有时"老子"不开心,便咒骂儿女一顿。这样一来,年轻人便觉得老人家顽固,家庭太守旧,而老人家却怨叹着儿女不孝不顺。作为现代的父亲,比以前困难得多,不容易摆起父权来教育子女,父亲如果不操点儿心,则徒劳了一生仍不能得到子女们的敬爱和安慰。

多少华侨子弟们需要父亲的眷爱!多少华侨青年们,需要父亲的了解与同情。当今日儿童与青年这样被尊重的时候,做父亲所负的责任尤重,他不但要做严父,还要做儿女的保姆和朋友!

(原载《大中华日报》1956 年 8 月 8 日的"闲谈")

临渴掘井

听见好多朋友都感叹于此间生活的忙乱。

真的,我所遇到的人们,能够说得上好整以暇,生活或工作得从容不迫的,实在没有几个。大家都被工作压迫得透不过气来,有的人怕是连埋怨和悲叹的时间也没有。

我们生活在现代的大城市里,自然比不上住在乡村,有那田园生活的悠闲或情趣,忙和乱是工商业发达的大城市的特色之一。

加上时代给予我们侨居于异国的华侨青年们以特殊的环境和使命:有的人胼手胝足,只为了一家人的衣食温饱,有的人夙夜匪懈,只为了多修几个学分,好早一点结束半工半读的辛勤生活……

事实上,一般人所遭遇的,又常是逆境多于顺境。用文艺的口气来说:时代的风暴常是十分无情的!而且对每一个人都是相同的。

从历史上看,唯有太平盛世,人们才有为久远打算的可能。因此,乱世的男女,都易于只抱一种得过且过的哲学。大家对眼前的苟安生活,已忙得不可开交,谁敢那样大胆,为自己的将来乱下猜测?大家为一天的食粮,已经苦得精疲力竭,谁还可能为十年后的生活,有所筹措呢?

我们能否认乱世哲学的不该,我们又有谁敢否认乱世哲学的的确确在支配着你我?

学期又告一个段落,从桌上堆积如山的卷子看出:有些学生,平时着实太不用功了,到了考试,努力开夜车,也无非抱了一种"过一关,算一关"的心理。最后一堂考完了,则书本笔记,弃如敝履,三五成群,自然而然要为明天的郊游,后天的舞会……而大大兴奋,至于学业成绩究竟如何,怕只有老师们替他们干着急了。

青年人爱玩,无可厚非。

担忧的是他们的读书、工作,甚至生活上的许多细节,都没有一定的计划。

　　不过反顾社会上的一般情形,他们的家长们又何尝有什么未雨绸缪的打算? 有几个大人先生热心于孩子们明天的计划?

　　临渴掘井的辛劳,累倒了大家,结果还是没法找到水源,依然叫人渴死。

（原载《新闻日报》1958 年 3 月 22 日的"莘人随笔"）

风雨如晦,鸡鸣不已

    50 年前,菲律宾只有一家华侨学校,而今天却有几十家华侨学校,这昭示了华侨社会对祖国文教的需要。这些学校的创立,都是为了华侨自己的子弟们的前途,而才集资创办的。大家都知道,假如有一天,我们没有机会读中国书,不能接触中国文化,那么,徒保"华侨"这个名,又有什么必要呢?

    不管华侨的处境如何,传播祖国的文化是必要的。目前侨教固然需要改革,但它更需要扶掖与鼓励。教育文化的影响力量,对任何民族,都是根深而蒂固的,但是我们不能图近功,而要求华侨教育马上开花结果,这不是一件容易的事。不过我们相信,我们这一代能够辛勤地耕耘,则再怎样荒芜的土地,也必有一天会长出点东西来。

    万一有一天,华侨由于环境所拘,不得不放弃本国的国籍,或与当地的土人通婚,并不必绝望而自卑,因为只要华侨教育不受摧残,它仍可叫中华民族的文化在海疆或异域开花结果。

    魏晋南北朝,胡人入主中原,历时数百年。那时胡人势力很大,其文化也传入了中原,而和中华民族的本位文化互相融合,使我国的文化增开了新的一页。生在目前这个时代,处在这样一个环境中,为了适应环境而学习居留国的文物典章制度,这是势所必然,并不能说是忘本。我们住在海外,因环境的便利,多和外国的文化接触,本来是一件很好的事。

    至于许多华侨因为爱慕祖国,而学习母国的文字语言,本是极自然的事。我们去国日久,对故国文化自然有特别亲切的感情,而华侨尤其有这种情分。干涉人们亲近祖国文化的,不是帝国主义者,也该是偏狭的国家主义者吧!我们相信重视自由的菲律宾人,目前尚不至于制定对华侨教育不利的法案。

    人们不能以语言文字的互异来区分文化的畛域。文化本来很难区分畛域,文化本身常是由低发展到高,接着这一支高的文化又流注到别的地方去,把那地方的水准提高,人们无法凭自己的意思去建立堡垒,以抵抗外来的文化潮流,只应该提高自己的文化来力争上游。没有一个民族或国家,可以冒牌称为先进,只有低能而愚蠢的民族,才会宣布:"这个""那个"是我们发明的。我们是文化的领导者——用来掩饰自己的卑劣,或抹杀其他民族的教育文化。

假如侨教不能传扬祖国文化的优点,又不能对教学方面有所改造,则当地政府再怎样客气也会自己走上末路。我们只要回头看看过去的欧美传教士怎样在祖国内地办理教会学校,他们是否达到了传教与介绍西方文化的目的?大家都明白,这些基督精兵是如何勇往直前!到了我国政府公开采纳西洋教育制度的时候,这些传教士也不必去争执教学上的某些限制,因为他们的种子已经开了花、结了果!

华侨教育的使命是什么?它的使命本来是,也只应该是,把中国的文化灌输在这土地上,尤应使黄帝的子孙们了解怎样去发挥中华民族的精神。倘若招来了许多华侨子弟,而只像菲校一样去教他们,这是徒具形式而没有内容的侨教。

我们几千年来所努力的,就只在用文化促进世界大同,而要实现这个理想,只有着重王道,放弃霸道。今日我们办立侨校,推广中华优美的文化,正是为这个目的。

侨务越是困难,侨教更应努力推进才是!风雨如晦,鸡鸣不已。但愿华侨教育工作者,别因环境的恶劣而灰心!

（原载《大中华日报》1955 年 8 月 9 日的"莘人杂文"）

一代强似一代

——献给初执教鞭的青年们

大教育家福禄培尔说:学校比花园,学生比草木,教师比园丁。年轻的朋友,现在你做了园丁,面对眼前的一角苗圃,初生的幼苗,将在你的耕耘和扶持下,一天天苗壮而向荣,你有着怎样的感想呢?

还记得你在学生时代争着发问,和同学们合力去窘倒老师的伟大场面吗?还记得同学三三两两在背后批评老师不会教书吗?还记得你因为某次考试的分数低了而怀恨老师吗?还记得有一次你听到老师读错了一个很简单的字而放声大笑吗?

现在,轮到你做老师了!

你可以学学你的老师在教室里凶巴巴地管教学生。你可以爱怎样考你的学生,就怎样考你的学生,你掌握了学生的升留大权——这是过去十多年的学校生活里,压迫得你喘不过气来的东西。你现在可以用红色的墨水笔,把学生的错处,大力地勾个勾,打一个叉叉儿,这是从前最使你伤心的一种玩意儿……

总之,现在轮到你做老师了!

但是初执教鞭的年轻的朋友们,你应该知道你是年轻一代中间的骄子。你不但应该比你的老师能力更强,而且要比你的老师做出更伟大的事业。如果你竟不幸输给你过去的老师,那就不但对不起自己,而且也对不起整个社会寄托于你的希望和时代交付于你的使命。如果你只学你的老师,走他的老路,是不能令人满意的。我们不能不注意:要一代强似一代,人类才有前途,而文化才得进步。更何况,时代的使命,着实是愈压愈重,我们应做的工作,也愈来愈不容易放松。

你觉得孩子们很不专心是不是?你觉得孩子们程度太低是不是?可是你想过唐人街的弹子机,叮叮当当的,使多少个青年学生流连忘返吗?你觉得孩子们很粗野是不是?你觉得孩子们太没有规矩是不是?可是你想过

80分钱可以看两场美国西部打斗片,比起国定教科书上的故事,哪一种对孩子更有吸引力呢?

时代变了,社会也和以前不同,你对目前的社会,以及学校本身、学生的生活,以及他们的家庭,有过怎样的观察和研究? 有过多深的认识呢?

打手心、罚留堂的时代,硬是过去了,楼下的汽车喇叭,吵得你不能不把那被罚留堂的学生放走。

那么放松一些吧。有人说学生的健康重要,有人说双重制已经把学生压得太苦……既然大家主张要减少学生的负担,岂不是正得吾心? 可是事实上指定的教材无法教完,学生将来到中学去程度差,挨骂的是老师! 那怎么办呢?

你自然可以把一半的责任推在环境身上,可是另外一半的担子,你却不能不挑起,我想你教地理学的时候,一定准备了地图,收集了一些美国杂志上的画片。你教算术的时候,一定领导学生做数字游戏,或是用实物叫大家来表演"一间小商店"。你教自然的时候,一定会自己去找到一两件标本,或是带他们去参观工厂或博物馆。你教国语的时候,也一定会准备一些字牌、图表、看图作文的材料、文法的练习题。

我相信,你一定明白,做一天教员,就得尽一天教育后代的神圣任务。你一定了解,要改造社会,推动时代,只有从基本教育着手。

如果你有切合时宜的优好教学法,不管环境如何,你多少可以使孩子们知道一些、学到一些。如果你有相当的准备,不管学生怎样胡闹,你多少有点把握,把学生的兴趣提高一些,最少你可以使他们觉得学校不是一个最讨人厌的去处。

十年树木,百年树人,教育的事业,并不是一两天可以做得到的。潜移默化之功,端在你的决心和努力呢!

(原载《大中华日报》1955年7月21日"莘人杂文")

153

文章不好，写来辛苦

长久没有消息的某老师，最近寄来一封航空信，原来他已足足病了一年。病后，他痛惜过去曾太残酷地使用体力。因为他在三年间写过几百万言。末了他讲了一句颇幽默的话："文章不好，写来辛苦。"

对于老师为着追求理想的生活而忘却了身体的保惜，我不禁深有所感。从远处看，拉长寿命及缩短寿命不是人生的唯一目的。许多人只活30年、40年，仍不失为伟大。如果仅仅为了活到100岁而活着，又有什么乐趣呢？我们惭愧的是未曾做过什么。至于"文章不好，写来辛苦"这句话，倒是十分中肯，说出了我的老师治学的精神。

王介甫先生说："看似寻常最奇崛，成如容易却艰辛。"要写成一篇文，作者们不知要经过多少艰苦的经营才成。从"咬文嚼字""剥茧抽丝""呕心肝乃已"等语，也可知所以文人多瘦癯的原因。普通所谓"灵感"，大半都先经苦思的准备。到了适当时机才突然涌现。一般人天赋有高低，落笔有快慢，而信手写来的文章，篇幅常有限。

至于练字与度句、裁章与谋篇，更要一番心神。多一字，少一字，或者颠倒句子的地位，都可以影响全篇的好坏。文章欲求其表达意思，已不容易，何况欲求其精辟动人呢？正因为文人从事写作必须消磨不少时间，他们绝不像一般学生领到了作文卷子就撕破；文人都很珍惜自己的作品。有人讥笑说："老婆别人的好，文章自己的好。"说说这样的笑话，只说明作者如何看重自己的心血。其实很少作家会满意自己的作品的啊！

我们读过许多伟大的著作，作者在写作的过程中，有的拖了几十年方脱稿，有的写了再改，改了再写，有时竟一把火把它们烧了。以前有位教授，他已有多年的教书经验，而他的讲稿始终不肯印成讲义。学生们几次向他索求讲义，他微笑着说："等我不再教这门功课才印成书，我现在一边讲，一边改，印成文字以后就要负相当的责任了。"不知道的人会以为这位教授没有把握。其实他是太重视自己的作品，怕印成文字以后，留下许多不易解释的错误。

　　文章确是"千古事"，写得好的话，作者与读者之间会成立一种情感，思想上有了交流默契。这种交流默契，不受时间、空间或人的类型以及国籍所限制。何况创作会令人得到快乐。许多人从事写作，也是为了趣味、为了娱乐。古人所谓"兴尽而返"，便是到了没有兴致的时候就停笔。能够有这样的心情，则文章虽然不好，也不致苦了自己。

　　近来华侨社会颇注意文教工作的发展。写作之风也比较盛。报上时有特写、专论……当报社开始注意充实内容之际，正是文艺界应大动员的时候。在我们这个社会，要把写作当作正业还是困难的。我们只得要求对写作有兴趣的人，抽出业余的时间写写东西。日积月累，也可以做出一点事来。

　　"文章不好，写来辛苦。"从事写作不是容易的事，但也正因为这是不容易讨好的事，才希望大家互相勉励，多多吃些辛苦！

　　　　　　　　（原载《大中华日报》1955 年 10 月 29 日的"莘人杂文"）

除岁念梅

寻常一样窗前月，才有梅花便不同。

今天，我们将送走除夕，明早便是 1958 年的元旦。在这里，本来过不过年都是一样的。我们吃的，我们穿的，我们交往的人们，都是在我们日常生活中惯见的。至于宴会、娱乐、跳舞……在马尼拉的大多数人看来，也不是新鲜的事。

今天，引我遐思的，是故国家园，是父老兄弟。腊月的梅花，使我尤其眷念。

我对梅花并不偏爱，对各式各样的花卉，我都爱怜，只因为梅花，现在无法捉摸，也就特别怀念了。

儿童时代，我对天天必须走过的中山公园内的梅花，没有什么印象，到了梅子成的时候，倒是常常跟些顽童去打梅子玩。这段日子，给我印象最深的，是家园的一株蜡梅——我家附近是没有第二株的。因此，亲戚朋友，邻居人士，免不了要到我家索取一枝。当时，我是颇热心攀折树木的孩子。除了高兴爬上树，实在不懂得欣赏花木的美，不过到了过年前后，家中焕然一新，如果大花瓶上没插枝蜡梅，常觉得不美。

一枝蜡梅只有稀疏的几朵小黄花，却令大客厅又香又雅。

到了大学时期，对于长汀的梅林，就懂得用诗人、画家的眼光去欣赏了。这座梅林，曾经为厦门大学的同学添增了不少浪漫色彩。黄昏薄暮，大伙儿穿过街道，走到梅林的尽头，才回转过来，大可怡情养性，然后到图书馆用功研究学业。

像现在这种日子，梅林正是梅花盛开，一望无尽。左近是一条河流，背后是一座小山；山上寺院的钟声、木鱼声不绝于耳。月色树影，在寒夜里更是有趣——这里只有折梅花的人，而没有打梅子的顽童。

侨居菲律宾，许多祖国的风物都还可以看到，独有梅花，只好在梦中才见。

（原载《大中华日报》1957 年 12 月 31 日的"莘人随笔"）

龙眼之恋

深夜里，找不到什么点心吃。忽然想到那罐久藏在冰橱内的桂圆肉，不妨动用一下吧！我先取点糯米粉，调制了一小碟汤圆，再和着桂圆肉煮。那些在水中浮动的汤圆和渐渐膨胀起来的桂圆，交织成了不规则的花与叶。

这景色使我想起了家乡，那里有盛产龙眼的果园。

农历七八月，果园里的龙眼累累欲坠。孩子们是最灵敏的，他们知道哪一棵的果实早熟，哪一棵的果肉最甜、最脆，巴不得母亲允许他们去采摘。

到了收获的时候，那些收果子的商人到园中估价，由他们派人采摘。我家每年可以收到一笔相当可观的龙眼钱，这笔钱对母亲料理家务是颇有补益的。

每当收获的日子，街坊的孩子都站在树下，等候捡取那些因工人不小心而掉下来的果子：有时是一粒粒，有时是一串串，有时是整箩倾翻下来；孩子们发疯似的抢拾。虽然如此，母亲必定为我们留下几株果树，不肯将那几棵树上的龙眼出卖。大人们应该了解，童稚的时代，谁也不肯放过捡拾意外收获的机会！那是一种极有趣味的集会啊！

祖母喜欢收集一些晒干的龙眼，外地人叫这做桂圆。龙眼晒干以后，我们便围着那一大箩、一大箩的干果，细心地折去枝梗，留下一颗颗褐色的桂圆，收藏在大缸内；天气冷的日子，这是很可口的食品。

几年前，父亲来信提起果园已给人民政府收归公有；他老人家心中的隐痛，我是想象得出的。我们家人一向依靠这园地从事副业，大家利用闲暇培植果树、割草，大可养成家人刻苦耐劳的习惯。我对这果园，有着深厚的感情；而今即使年光倒流，我们也不能自由地耕耘了。

定睛一看，热红的炉子上那一小锅桂圆，噗噗作响。想到那失去的家园，我怎能不生起龙眼之恋！

（原载《新闻日报》1958 年 8 月 12 日的"莘人随笔"）

中秋月

人们喜欢中秋月。年年岁岁,她都是这样团圆,她都是飘然地在蓝天里看着人们。

小时候,喜欢跟着月亮赛跑,而不曾想过自己的步伐是多么短促,而宇宙是如何壮阔!孩子们最觉得意的是他们紧紧地追着月亮,不让她跑得太远。当他们精疲力竭了,才不知不觉地躺下来。这时月亮也疲倦地停下来。孩子们很得意地微笑着,月亮也对他们莞尔。

到了少年时代,多的是憧憬。年轻人喜欢在月光下欢笑、胡闹,尤其在中秋的晚上,祖国正是秋高气爽,山麓水边,大街上、公园里,人们来来往往地踏月。月光下的世界,像笼着轻纱的梦——人与物,隐隐约约。夜色曾掩饰了许多瑕疵,梦境往往是甜蜜的。为了追求一个甜蜜的梦境,谁也不肯退让。

年老的人,他们不爱追月,他们不爱踏月,他们喜爱在屋内思月。他们越想,月亮越是渺茫,感时伤怀,不觉眼前一团黑。

其实月亮普照人间,如果有人看不见她,那是因为他们被某些东西翳蔽了,为什么不提起脚跟,走出黑暗呢?走吧,月亮正在你的头上,不肯走出黑暗的人,便永远得不到月光的抚摩。

蒙古人统治中国的时候,大肆虐待南人;这些鞑虏,只懂得施展统治者的淫威,忘记了养民的重要。在黑暗中的人民,挨过了不少苦痛的日子,可是最后在中秋节的明月下,群起驱逐了蒙古人;他们奋斗,他们走出黑暗。

光明是长存的,只怕习惯了黑暗的人,觉得光明太刺目了,不敢正视它。古人喜欢观山川日月,借大自然变化无穷的景物来陶冶心怀,使人生旷达。我们也不妨趁着这几天月色无限,除了吃中秋饼、宴客以外,找个空旷的地方,看看秋月,如此,我们的胸襟便会豁达许多,工作的热情也会增进许多。

苏东坡先生月下的感触是:"明月几时有?把酒问青天,不知天上宫阙,今夕是何年?……"我们有谁知道上宫阙,今夕是何年?因此,我们何必斤斤计较一己的岁月呢？

　　宇宙是无穷远的，时间是无穷尽的。我们应如何把自己的生命，耗用在有意义的工作上？我们应如何展开工作，去发掘宇宙及人生的妙境？我们又应如何努力，在人世短促的行程内，像普照的秋月一样，用万古不灭的光辉去美化人间？

　　　　　　　　　　（原载《大中华日报》1955 年 10 月 2 日的"莘人杂文"）

朝圣的香客

——怀念我的母亲

在我幼年的时代,家境还算宽裕,够得起雇一两位老妈子或养一两个婢女供母亲使唤。但是我几次听见母亲拒绝祖母及父亲买婢雇佣的建议。

那正是妇女解放运动最激烈的时候。常常听见大人们说警察局的济良所又收容了几个逃走的妇女,她们多是婢女及侍妾之流。县妇女会也整天忙着受理家庭纠纷的案件。母亲虽然是旧时代的女子,却最先接受新潮流的思想。她认为男女平等的原则,先要妇女们互相了解。妇女们轻视另一些可怜的妇女们,才是最可怕的。

她认为养婢女、雇女佣原是为了使用,然而主仆之间,往往有很大的距离。主人常希望佣人及婢女多做工而少花费;而奴婢却希望不做工而待遇好。养婢女尤其难,虽然美其名为养女,事实上和亲生的儿女有差别。一些年轻的新婢女,样样不懂;至于那些辗转而被贩卖过几次的婢女,几乎都有一种可嫌恶的劣性——时常有偷窃、逃走的事情发生。为此,家中反而失去和睦。

母亲相信自己可以挑负理家的重任;她训练我们分担扫地、洗衣、捡柴火的工作。而她自己,几十年来则从理家而参与经商,由经商而从事种植、养鸡。她那本来又白又嫩的手脚,已经长满了胼胝。谁肯相信她本来是位娇生惯养的女孩子呢?

母亲最不讲究个人的享受,尤其是自己的服饰。

她有四只很大的红漆皮箱,上面雕满了金色的龙啦、凤啦。起先,我不是很知道内面藏些什么,经过几次战乱,我才知道那里面全是些绸缎绫罗的衣着。然而,我很少看见母亲穿过,据说那是她的嫁奁。之后,她觉得收藏那些没有什么意思,便把一部分送给比较穷苦的亲戚朋友,而把大部分改成我们兄弟姊妹的衣服。直到抗日战争时期,她不再搬动那些皮箱了,因为里面已经没有半点值钱的东西。我记得最后一件棉袄,是银灰色的缎面,上面绣了精致的红花,在我到大学读书的那一年,她把那件棉袄改成我的衣服,让我在闽西的山城里不至于挨冻。

至今,我仍喜欢银灰色的料子,它常常叫我想起母亲。

我到菲律宾以后,曾多少为父母亲买一些衣料寄回去。但只是一年之久,我们便被隔离在两个世界里。每当我整理一些退时的衣服时,我都非常惭愧,因为我一点也不懂得把它们改成孩子们的衣服。尤其记挂着母亲那四只浮雕了龙与凤的皮箱,如果今天还保留着的话,不知道什么时候才可以把它们填满?

在家境并不富裕而战争又激烈的时候,我能不停地读完大学,全靠母亲的鼓励。虽然父亲很慈祥地教我读些古文和英文;他有时要我把写好的文章给他,他要替我投稿;他也曾经叫我学弹钢琴……但是父亲这二十多年来,不得意的时间居多。当他在社会上受了委屈的时候,少不了怀有悲愤;他对于女儿这么努力求学,常摇着头说:"没有用,没有用!"看他整天抽着烟、皱着眉地苦恼自己,母亲早就禁止我们向他要钱交学费。每到开学时,母亲便鼓励我去向学校请求免费,但常碰钉子回来。因为父亲的名气不小,学校哪里会给我免费呢?这时候,母亲便把她的一点私蓄拿出来给我交学费。后来她的私蓄已经完了,她便努力经营果园,不分四季地耕耘。收成的一点钱,除了补贴家费,便都给我们兄弟姊妹交学费及膳费。战争快结束的那一年,她曾经为我们的学费,向亲友借贷,这种辛酸苦辣,她从来不埋怨。

年轻人的职业和恋爱,对父母而言未尝不是头痛的事。关于我的恋爱,有人为我祝福,也有人恣意攻讦。母亲是多么忧郁啊!虽然她不会写信给我,但是从父亲及兄弟的信中,我知道她非常不放心。我爱我所爱的,包括父母亲及情人。我不愿参与悲剧,更不愿做悲剧的主角。如果有痛苦、有误会,母亲是最伟大的排解人。她的胸怀是那么宽大!她爱女儿因而相信女儿的决定。

我大学毕业那年,正好抗战胜利,我决定到菲律宾来教书。这对我个人的理想和恋爱的成败,都面临最严峻的考验。到南洋来,似乎是一件全新的事。然而,一场令人颇为担心的序幕,在母亲的导演之下,终变成了最甜蜜的回忆。

在我的记忆里,母亲从来不怨天尤人,她超人的容忍的美德,是最值得赞扬的。她像沙漠中的商队的骆驼,肩负着沉重的货物,任风沙烈日的侵袭,终能渡过艰辛的行程;她又像朝圣的香客,对于自己走到圣地的决心,是那么明朗而坚决! 在崎岖的世途上,她永远是我的向导!

（原载《大中华日报》1956 年 5 月 10 日的"小天地"）

秋月的普照

　　朋友来信,提起十三年前在赣东信江书院那一段往事。那正是夏末秋初,我们从不同的地方赶到上饶参加东南夏令营;在那里,我们接受国家最丰盛的眷爱。

　　晨曦熹微,我们扎好绑腿,连跳带跑地赶到操场去。除了上讲堂、参观各军事机关以外,我们有足够的时间唱歌、演剧和出版壁报、演讲、辩片……凡是青年人所爱的玩儿,无一不备。那夜行军、野战演习,给我的印象更是深刻。每天下午,泅游于信江清澈的水中,直到晚霞渐渐逝去,大家才踏着夜色归去。

　　信江书院的夜色最美。那走不尽的石级,迂回曲折的小径,带着十分的浪漫气氛。夜里站岗守营,也不恐惧。中秋之月,普照着每一个角落;偌大的营地,正如雕楼玉宇。尽管烽火连天,这孕育革命青年的摇篮,却幽美如同仙境。

　　秋月透过老槐,筛下碎影;江风和着桂香,沁人心肺,坐在石级上攀谈着前途的我们,虽然不敢有如岳飞,笑谈渴饮匈奴血,而大家都朝西北看、往东北望,对自己说:至少也也得做个边疆的屯垦员吧!谁肯倦居,甚至避难直如今日呢?

　　我深爱和平的日子,而我并不畏惧战斗的生活。我且深信生活是一连串的战斗。不管什么时代,什么地方都是一般。

　　在今天,生活虽是这样忙乱;我仍旧希望有一点闲情来"把酒问青天",或者"起舞弄清影"。我们都太为世俗的生活所束缚了。有几个人曾关心春天的花、秋天的月呢?我们除了吃几块月饼以外,又可曾从中秋的月中得到些什么灵感呢?

　　打开报纸来看,世上有太多紧张、可怕的事情。人们多在准备着"弓在弦,刀在腰"的战斗生活,为了迎接挑战,我们固然不可松懈,但是生命的意义,却绝不只止乎此。我们需要春风的吹拂、秋月的普照。

古人吟咏风花雪月、珍视良辰美景，不是没有原因的。想想看，把这许多人情除去，则生活将是怎样枯燥啊！哪一个小孩子不喜欢坐在明月下，听听嫦娥奔月、吴刚砍桂树的故事呢？

十多年来，我不曾在家乡过中秋，而故乡中秋前后满街上排着的红柿、柚子和月饼，尤其是那些雕塑得很精美的泥娃娃常常浮现在我的眼前。当时家乡的人们，为了在中秋节赢得许多泥塑的孩儿，他们常赌个通宵，直到黎明来临，才精疲力竭而罢。"明年再来！"人们永远有无尽的兴趣！

（原载《大中华日报》1956 年 9 月 19 日的"闲谈"）

又嫩又鲜的新叶

热浪已渐渐掀起来了。

校园的老榕树,一夜不见,像奇迹般,竟换了颜色。昨日,升旗典礼时,我站在树下,看见那枯枝上,疏落的黄叶间,有好几个鸟窝。我曾为那窝里的鸟儿担心:风雨来了,它们如何受得了呢?

今天,晨曦温暖,老榕已罩满了又嫩又鲜的新叶;树梢的鸟窝,早已隐入那丛绿中了。

是三月了。在祖国,春天早就降临了。

然而,在这儿雨水却越来稀罕。自来水管的水量减少了,沟洫里的污泥浆,干涸得几乎流不动了;只有人们身上的汗珠却不断地流着,流着。我家附近的路虽然填平了,而风沙簸扬,仍然叫行路人难以张开眼睛,风越大,飞尘越高。这是旱天,岛国哪儿来的春天啊!

要说有春天,那就只有在青年学生们的心头。天花板上的电风扇团团转着,他们每天不是温习,便是考试;不是考试,便是温习,像拉着犁的耕牛一般,喘着气、流着汗,必得将田地耕完才算。三月,正是他们耕作的时候。因为这是学期结束的时候,不管在树下,还是在幽静的墙角,都坐了几位同学,用心地修习功课。

他们有的忙着应付毕业考试,希望毕业以后,可展开人生的另一新页;有的忙着把本学期的学业结束,好在暑期回到祖国见习。这几天是青年学生忙碌而紧张的季节。天热,他们的心更热。

努力耕耘吧,岛国虽然没有春天,我们却有使旱地长出绿荫来的宏愿!

学生时代,我也喜欢在烈日当空的夏日,坐在溪边的竹林里,或者躺在山坡的绿荫下,听树梢叶丛中的蝉低声叫鸣。南风阵阵,带来了草味,也带来了润湿的水气。尤其是中午时分,世界显得特别安静,很少人会在这时候玩些恶作剧,或者大肆活动。那时候,我们最好读读书,或小睡。这种消夏的乐趣,是带着浓厚的浪漫色彩的啊!

　　今天实在太热了。校园虽然也有榕树的佳荫，墙角也有各色的花卉，我却不敢跟青年学生们一般躺在树荫下消遣半日。

　　那任性不羁的日子，多短暂啊！而且它们一去便不再回来。

（原载《新闻日报》1957 年 3 月 16 日的"莘人随笔"）

年糕香

年糕上市了。我曾从糕饼店带回来两盒。大孩子知道这是怎么一回事。她很热心地询问着在中国怎样过年，为什么妈妈不自己做年糕？

孩子怎会明白我呢？侨居异国，我让许多故国的俗例和儿时念念不忘的良辰美节，轻轻地溜过去了。因为时地不同，人情迥异。

说到祖国，这时正是朔风白雪的天下：大家把房屋打扫得干干净净，门上贴了簇新的门联，客厅上摆两盒水仙和蜡梅，红烛高照，好热闹而温暖！

过年过节，大家最讲究吃。所以主妇们不得不做腊味、蒸年糕、晒干菜……在我的记忆中，我们大家庭中最紧张的工作，便是做年糕这件事：春米做粉、磨米成浆，每次要用一两石，相当于一两担之米，准备做成各式糕粿。小孩们分头到园中选取硕大的竹叶，美人蕉及香蕉的叶子，或其他肥大的果叶。然后一叶一叶地洗涤清洁，等候伯母及母亲的吩咐。

接着是洗蒸笼、切葱拌猪油、剥花生、炒芝麻……家中除了伯父、父亲以及成年的哥哥以外，都动员起来了。这样大概要忙一个星期，才到包裹、印模，做成糕的阶段。

这一天，后院叠了许多箩筐；大大小小的人都来参加包裹的事。通常是伯母及母亲，先把滚热的糖浆和粉调匀，大家捏一块粉，包上各式的馅，做成圆饼，交给熟练的嫂嫂们印成蟠桃、寿龟，平放在果叶上。小孩子则把圆饼用竹叶包裹成豆腐般的方块，这种事，真像做泥人一样好玩。哪个孩子不参加呢？而且一边做工，一边可以分吃那些芝麻花生糖。

蒸糕最讲究的是火力及时间。祖母是司灶的人，她在灶头点了香，大概烧完一根香的时间，年糕算蒸熟了。第一批出笼，必定被抢得精光，谁都有兴趣吃一个看看——祖母往往不把这一笼算在预定的数目中。第二笼蒸熟后，可能还有人过问，到了第三、第四批，便没有人问津——实在人家已经是什么也吃不下去了。

直到夜色苍茫，孩子们老早丢下一切工作睡去了。母亲和伯父，非忙到三更半夜,是没得歇手的。这么多年糕,都堆在祖母的房间里。以后这些年糕,便是每天最好的点心。这些年糕,往往可供我们吃到春天,如果年糕发霉了则再蒸一次;蒸了以后再收藏。至少要几个月以后,年糕才从家中失踪。

　　住在菲律宾,我除了从糕饼行买两块糖拌的糯米糕,还有什么办法尝到更好的年糕呢?我心中虽然觉得不安,而孩子们却满口赞美。小静华还是第一次尝到这又香又软的糕。她睁大了眼睛问姐姐:"甜糕?"姐姐笑着说:"是年糕,真香呢!"

（原载《新闻日报》1958 年的"莘人随笔",日期不详）

五月粽

好久不曾光临菜市,今天出门办事,便匆匆到菜市绕了一圈,顺便买了一包糯米。卖米的老板娘熟练地量着米,不停地赞美自家的货色说:这两天,我们华侨到这儿买糯米裹粽子的很多,你算是迟到的了。

裹粽子这玩儿,我是一窍也不通的。小时候帮助母亲捏过年糕、包过汤圆、卷过春饼,偏是没有学过裹粽子。

以前,母亲裹粽子的时候,我只是站在旁边看。

端午节前几天,大人们先买了上庄的糯米、绿豆、白豆,并且准备了猪肉和碱等材料,小孩子们的工作是到竹园里选取许多肥大的竹叶,把它们洗干净;又把一束束蒲草拿来分成细股,等候应用。

母亲一手包裹了几百只粽子:有绿豆粽子、白豆粽子,最多的是和碱的粽子,据说这种粽子最容易消化,而且能久藏些时日,不过多数孩子对这种碱粽子不感兴趣。

煮粽子用了一个很深的铁桶,要煮好一会儿才把粽子从水中提起。我喜欢这时候家中到处挂着草绿色的粽子:东一串,西一串,有大有小,像是长满了果子的果园。

不知道为什么母亲不让孩子学裹粽子。也许要包只四角形或五角形的粽子不是顶容易的事吧。

到了我长大,认真做了个学究;当时母亲也不勉强我学这一套工夫。所以裹粽子这本领,在我便只有阙如。要不然我现在也可以在海外表演一下,在端午节的时候,讨讨孩子的欢心。

(原载《新闻日报》1958 年 6 月 19 日的"莘人随笔")

重阳与山

据说汝南桓景随费长房游学多年,长房告诉景说:九月九日你家将有灾难,要快点离去,叫家人先做红色的袋子,装茱萸而系在臂上;到了那一天,登高山而饮菊花酒,才可免这灾祸。桓景依费的话做,全家于重阳日登山,直到傍晚才回家。回到家中,看见鸡犬牛羊一时暴死。

以后,人们在重阳日多登山饮菊花酒,叫做登高会,也叫做茱萸会。

避灾或不避灾是另一回事,而重阳日正逢祖国秋高气爽的时候,最适宜登高远足倒是事实。因此,每逢重阳日,我便怀念着高山,尤其是住在马尼拉市,难得爬一次山,只好从回忆中寻找峰回路转的登高乐趣:

(一)古道拾级

有一年的重阳日,恰遇我和几位同学结伴到内地读书。我们得步行三天,越过古木参天的峻岭,才有汽车可乘。

离开漳州平原越远,山峰越来越多。山腰有无数的小石阶,迤逦委延。每隔一里,就有一亭,亭子里往往有乡下人卖姜熬红糖的茶水,喝一碗可以再走一程;否则简直走不动。也有大一点的亭子卖点稀饭糕饼。

我们经常是清早便起程:这时露水未干,晨雾迷蒙,远山近树在隐约中,挑夫"唉哟"的声音,和我们的拐杖"咕哒"的响声相应——直到夕阳从树缝漏出金光的时候,我们才往下坡跑跳。我们望着那远处的村镇,一跑一跳地下山,山光树影,渐渐留在背后了。

(二)枫叶坠涧

又是一年的重阳,秋深了,漫山遍野是枫叶。

我寄宿在学校里。厦门大学在长汀的北山上,建了许多教室。我本来喜欢早起看旭日;这一天,我挟了本书,到山腰的教室阅读,只听见溪涧的清水潺潺,松树上鸟声婉转。我喜不自禁便爬山去。直到露水湿透了那布底的黑鞋,才发现走得太远了。于是停在崖边小憩,在那枫树丛中,一片通红,看那枫叶飘转,终于坠进深深的溪涧,禁不住"啊"地叫了一声⋯⋯

　　山,我太喜欢山了,它们有看不尽的精致、写不完的风光。

　　　　　　　　(原载《新闻日报》1958年12月21日的"莘人随笔")

登高远足

各学校都届期终结业的时候，学生们都希望到郊外去散散心。尤其是低年级的孩子，父母亲既没有闲情陪他们玩，自己又无法乘车搭船，因此，对于学校里结伴远足的事，常觉得非常兴奋、非常新鲜。

我的童年，像许多平凡的孩子一样，难得随心所欲，到处游山玩水。我只记得漳州的圆山：山下是盛产水仙花的水田，山上有幽美的林壑，山腰的古寺供了许多不知名的神佛；进香的人颇为热闹，因为它离城不远，是中小学生远足的好去处。小孩子好不容易才能登峰造极一次：站在山巅眺望苍翠的村庄园舍，以及清溪上的浮帆。印象可说深极了！

大学时代，因为学校迁居闽西的山城，除了山水，我们没有别的地方可以消遣周末的假日。而且大孩子们不必等老师率领，什么学会啦、团契啦、同乡会啊、级友会啊……一呼就到，有的提着白米，有的带了鲜鱼、鸡、肉、青菜、地瓜……大伙儿野餐去。东西南北都有村舍和寺庙。花几块钱向农民买柴火、借用具，或者问寺庵内的住持借地方烹调。大家忙了一个上午，居然弄出了丰富的菜肴。这时各据一方，有的席地而坐，有的围桌共进，比起膳厅里的粗饭淡菜，那是好吃得多了。饭后，是一连串的娱乐节目：唱歌、作画、聊聊天、玩桥牌，或者游水、开会。直到夕阳傍山，晚风习习，大家才收拾东西，轻步回校。

到了马尼拉来以后，也许年龄大了，心境不同。每次跟学生们到郊外野餐，我常觉得是一种负担，直到汽车停在校门口，送走了最后一个学生，才舒一口气。

虽然这样，我仍喜欢参加这样的游玩。因为我知道，在孩子的心中，那些山、水、树木花草，比什么都美。如果我吝啬一个星期天，他们将失去太多！何况我也难得有晒晒太阳、吹吹风的机会！

（原载《新闻日报》1958 年 10 月 23 日"莘人随笔"）

理发

坐下来让人家理发,应该是一种享受。

记得小时候,最爱妈妈为我剪发:听见那剪刀索索地在耳朵边作响,梳子不停地抓着头皮,眼儿便自然地闭着。剪完发,还要求妈妈挖挖耳朵、修修指甲。我也曾有过一两次,让隔壁的老婶母用缝衣的白线,卷去了额头和脸上的汗毛,那可真是又痛又舒服。

以后寄宿在学校里,同学们互相效劳:你剪我的头发,我理你的头发,也似乎很少为理发烦恼过。

我带了平直的细发登上了出洋的海轮,经过香港的时候,同行的朋友不愿我显得乡下气,送我到理发店去电烫头发。在许多陌生人的中间,让理发师搬弄了约莫两个钟头——我第一次厌恶理发。

旅菲十年,看见女子的发型变幻无常。我虽然不敢跟上时髦,也不爱挂上不修边幅的雅号,因此每年也得到美容室几次,而且老是选那一家最靠近、最熟悉的美容室,碰到客人拥挤的时候,只好退回,改天再来。

电烫的、热卷的、冷卷的理发法,我都试过。最难受的是满头扎上了沉重的发夹、涂了刺鼻的药水,神经的紧张,比做什么工都辛苦。奇怪的是美容室却常常客满。

前天,带了三个小女儿理发去。看见她们小小的头上,堆满了发夹,包裹着白巾,摇来摇去地走动,真像哪儿来的小人国的巡捕;我生怕那矮小的身体,载不了那太重的头部。谁知道,她们却是那么天真地爬上爬下,让理发师按步修理。当她们对着镜子看见那完工了的发型,居然露出了得意的微笑。

男士们也许曾因为理发而埋怨过;大概不致像时下女子到理发店去那样麻烦;但是爱理发、爱变换发型的却是女子。

（原载《新闻日报》1958 年 7 月 19 日的"莘人随笔"）

生死之间

短短十天中,接连惊闻几位亲友的去世。他们虽然身世不同,病因各异,而都令人感到生死的奥秘难测。

生与死,相去只不过毫厘:每一分钟都有人诞生,每一分钟都有人逝世。我们从何细问生命如何来去呢?

只因为现代的医药,使人们更大胆地与死亡搏斗。这种战斗,有人因胜利而得延寿,而有人则失败而长诀。

10月10日的早晨,我曾经赶到医院去探访一位垂危的远戚,她刚刚从手术室被移到病房。看见她在昏迷中痛苦地挣扎,然而她的丈夫及儿女不惜任何代价企图拯救她的生命;我站在一边,却禁不住为这场争战而暗泣。果然,死亡就在当天晚上降临。

前天,邻居菲人的小女儿,遽然而死去。为什么呢?医生的诊断各不相同:可能是肺病,可能是血癌,可能是内伤……一个17岁的少女,正在大学二年级念书,卧病两星期,终于长辞人世。我看见她的尸体,恬静地被放在一座古老的大礼拜堂里,冷寞到可以听见蜡烛的轻唷。

10月20日的深夜,出乎一般意料地惊闻庄万里先生逝世的消息。像他那样慈祥的长者,有美满的家庭生活,有崇高的社会地位,还有足够使用的财富,就在这花开最盛的时候,溘然离去,叫人怎么不惆怅而伤神?

万里先生国宝之多、爱玩字画之深,为世人所钦敬。他身为工商巨子,寄情于艺文,不落俗套,而成一代雅士。每次看见他殷勤地招待客人,欣赏他所藏的书画,不厌其详地讲述诗情画理,可见其心境之豁达、修养之精湛。不久之前,听说他飞到美国休养,可是竟尔悄悄地撇下他的亲人与荣华富贵,平安地永息了。

生命像火把,总有会一天熄灭的,它的价值即在照耀着别人的那些日子。有的人的生命,光辉灿烂,有的人的生命,却黯淡无彩。万里先生一生的功德极盛,他对人间的遗爱,将发出万丈的光芒,永远温暖后人的心。他的生命已发挥了最大的价值。我于哀悼之余,敬虔地为他祷告:安息吧! 伟大的灵魂!

（原载《大中华日报》1965 年 10 月 29 日的"小天地"）

择善而固执

古人说："择善而固执。"这固执两字，原来只解释作"坚守勿渝"之意。然而今人却把固执两字，当作顽固不化的形容词，指一个人意气用事，偏执一端，硬和人家作对的意思了。这是在读本文之前，一定要先注意的。

我想，如果一个人真的能择善而固执，那么这个人即使不是一个圣贤，也至少是一个刚强不屈的英雄好汉。如果一个人误入迷途而不肯回头，弄到陷入泥淖，万劫不复，还是一口咬定自己是对的，那么这个人即使不是莽夫，也至少是一个顽冥不灵的蠢货了。

一般人总以为择善固执就是刚强，其实所谓"固"，应该解释作"锲而不舍"，并不是说一定要凶巴巴、硬邦邦的，既是刚，又是强，因为固执的本意，只是不动摇、不变初衷；要达到这个"坚贞不屈，始终如一"的目标，可以用刚强的手段，但也可以用柔韧的工夫。

老子就说过，柔顺的工夫才能使我们真正百折而不挠地去达成理想。刚强自恃的手段、锐进和蛮干的勇气，只是匹夫之勇，只是冲动，常常成事不足，败事有余；不过有一点是要说明的：老子常常说要阴柔，并不是阴险。深谋远虑地去完成崇高理想和处心积虑地去实现阴谋诡计，绝不可同日而语。也许又有人误解了柔顺为投降、软弱，但是我们知道为了完成救世的诺言，耶稣基督并不曾领导犹太人用刀杀人和反抗政府，也不曾叫犹太人假意归顺罗马的暴君，以换取一时的自由。

罗马暴君对基督徒的残杀是可怕的。然而，信徒们有了刚强的信心，则视死如归，柔顺地走上十字架，走进饿狮的棚栏里。于是最后胜利的不是罗马帝国的甲兵和酷刑，而是那仁慈和蔼的拿撒勒人的微笑和温存！

试问，我们能叫那从容赴义的人为软弱无能吗？

今天，能择善而固执的人不是没有；可惜误解了固执而使许多事情功败垂成。我们的毛病是大家只知道慷慨陈词，恨不得马上就去旋转乾坤，把理想付之现实。可是才一旋踵之间，听到了一两句闲言闲语，看到了一两个白眼,便一下子心灰意懒,忘记了五分钟不到的热度。

"坚贞不屈,始终如一"原只是立身处世的一种态度,是我们应有的德行。有人为了理想而粉身碎骨;有人为了理想而茹苦含辛,无非是为了使所择的"善"得以完成、得以实现。如果说看见别人投机取巧而直上青云便心旌摇曳,马上想改变初衷,也去学人家谀媚奉迎,那么就不能算是"择善"。因为这样的初衷可能就不是什么"善",所以他后来才会见异而思迁。现在又不过看见别人得志而眼红,或因此而迎合流俗更不能算是"从善"。如果所择非善,则哪里还有什么坚贞不移的事呢?

试看一般青年男女,闹什么恋爱的问题,多是由于爱情不能专一。如果能真的相爱,"精诚所至,金石为开",择善而固执,便是爱情的真谛,这是自古以来的明训。

此外,如个人对政治的操守、宗教的信仰,也都应该择其善而固执不移。孙中山先生说:由思想而生信仰,正是择善,由信仰而生力量,也就是择善而固执,不到成功不肯罢休的一种努力!

（原载《大中华日报》1955 年 8 月 23 日的"莘人杂文"）

第三辑

双语篇

凤凰树下随笔集

父母梦醒

——为了孩子而放弃个人的自由

标榜自由的人赢得无咎离婚权以及堕胎权已经几十年了,那些主张人口增加率减到零的运动也已风行一时。保守的人则努力转移风气,提倡家庭的价值。我们作为美国人,身经 20 世纪的社会变化,知道这些变化对我们的生活影响十分重大。

自 1980 年以后,离婚的案件太多、太平常了,几乎不成为新闻,也不是戏剧的主题。能够吸引电台和报章的议论的却是虐待孩子以及单身父母争取监护权的事件。最近许多美国的父母,不管是自由主义者或是保守主义者,富裕的或穷苦的,年轻的或中年的,都尝试表现他们对待孩子如何合乎人性。而且他们希望取得对子女的监护权。最近有更多人申请收养子女,这可以说是父母梦醒。

现在的家庭法规很努力保护孩子的福利,使那些因婚姻破裂而失去父亲或母亲的孩子有家庭的快乐。这些孩子多少会缺少正常的家庭生活,也无法选择那些已经发生在父母亲身上的种种事实。

在法庭尚未判案之前,孩子早已觉察到父母之间的摩擦,那种害怕、忧虑与压力早已笼罩着家庭。到了法庭判决父母离婚,孩子得搬到父亲或母亲的新家庭轮流住那么几天或一个星期或一个月。孩子只好依父亲或母亲的爱好接受两种生活方式,会见生父母及养父母双方的亲戚与朋友。孩子如果有幸住在两三个良好的家庭,长大后可能成为健全的人。孩子如果不幸住在不好的家庭,必须忍受身体及感情的伤害,长大后则可能是社会的病人。

有时具有权力的社会工作人员说是为了孩子的福利,把孩子从不合格的父母家中带到不认识的人家中被扶养。曾经有很多案件证明这样的办法对孩子不利,又深刻地伤害那值得同情的无知的生母。父母婚姻破裂或父母未婚的孩子,即使法定的监护人很富裕,让孩子生活得很好,当他们长大时,往往也要求知道他们的亲生父母是谁。

现在有许多青年人曾经做过破裂婚姻下的儿女。他们自己就要做父母了,虽然不知道他们要做什么样的父母亲,但相信他们可以为了孩子而放弃个人的自由。他们愿意维持一个正常的家庭,使孩子在双亲的照顾下长大;但也可能为了个人的自由而牺牲孩子的幸福。

美国的文化趋向大社会发展,个人不只爱自己的孩子,也爱别人的孩子,而且不那么重视血缘亲属。法律鼓励良好的家庭收养可怜的、无人照顾的孩子,使他们长大成为有能力又身心健康的人。事实上,亲生父母与孩子间的爱是天生的,且几乎是神圣的;叫一个人放弃亲生的孩子很不容易,因为子女是个人生命的延续。

建立美好的大社会,则当一方面让许多孤苦的孩子给别人收养,另一方面,提倡人道主义。个人应该努力使自己亲生的孩子在一个和洽的家庭长大,这种和洽的家庭也是社会的基本单位。

英文原稿登载于《石桥镇周报》评论版

1996 年 2 月 28 日

Awaken from Parenthood

Liberals won the right of no-fault divorce and the right to choose abortion decades ago, and the movement of zero population growth has gained considerable ground.

Divorce cases are so many and so common that they are no longer big news or the subject of drama. No matter how contemporary family law tries to protect the welfare of children, especially the children of broken marriages, these children almost inevitably miss the normal life of a harmonious family, and they have little voice in the decisions of their parents and the court.

Before the divorce decree, children of broken families already sensed the divisions between their parents, besides the fears, worries, and pressures inside their families. When the court order comes, they are usually transferred to the house of one or the other parent for days, weeks or months at a stretch, often confronting two life-styles—one of the father's choosing and the other the mother's preference. If the parents remarry, the children will encounter new relatives and friends. If a child is lucky enough to live with two or three good families, he/she may grow up to become a healthy adult. However, children who endure physical and emotional abuse may become society's wounded adults.

Sometimes, for the welfare of the children, social workers will take them from their parents and put them in foster homes. In some cases, these foster children are eventually adopted. Sometimes, these arrangements are not good for the children and are deeply painful to the natural parents, who are often ignorant, and need sympathy and support. Children of broken marriages or of unwed parents often want to know their natural parents when they grow up, even if their legal guardians are rich and give them a good life.

Many teenagers and young adults from broken marriages will soon become parents. What kind of parents will they be? As mothers and fathers of the new generation, they will face a choice: for the sake of the child, they will forsake their individual freedom and vow to maintain a family in which the child enjoys a normal relationship with both parents, or they will sacrifice the happiness of their child for their own individual freedom.

Conservatives, promoting family values, tried hard to turn the country in other directions. We the people who have survived the societal changes of the late twentieth century, should bear witness to what the changes mean to us.

Child custody and child abuse have become the hot issues for networks, newspapers and magazines. Many Americans, liberals and conservatives, rich and poor, young adults and the middle-aged, have tended to be more humane in regard to child policy than sensational newspaper accounts might suggest. We have heard many touching stories of how natural mothers and fathers have struggled to win custody of their children, and more people adopt children than ever before.

American culture has developed towards a great society in which many men and women not only love their own children, but also those born to other parents. Kinship by blood is not deemed as important as before. Our society has helped many children find good homes to nurture their abilities and health.

For the majority, the love between parents and children is natural, instinctive, and almost divine. It is not so easy to give away one's child because the child is part of the continuity of one's own life.

Therefore, men and women should make every effort to provide their children with harmonious families, the basic units of our society. If that is not possible, in keeping with a great society, the adoption of children from unfit families should be encouraged.

Published in *Rockbridge Weekly*

February 28, 1996

尊敬耆老

当我六七岁时,家人鼓励我陪祖母睡在大床上听她讲更多的故事;同时可使祖母在冬夜觉得温暖,因为当时没有电热毯。有时用我的小拳头捶打祖母的肩背,给她按摩,可以得到一个铜板的报酬。不管我们住在哪里,祖母都跟我们在一起。当我们逃避内战与外来的侵略,到处避乱,祖母一定要带那四块又大又重的寿木,以便当她被召回天家时随时随地可以有最好的棺材使用。我们从小就实行孝道,爱我们的父母与祖父母;这几乎是中国人的第一条诫命。在家乡我没有看见老人家与家人分居;只有到美国来以后,才看见许多老人独自生活。

美国实际上有两种老人家。第一种是那些从事业、从办公处退休下来的人。这些人可以享受他们的退休养老金。有些人住在自己的房子里,不跟孩子在一起;有的住在组织得很好的老人中心,在佛罗里达、亚利桑那和加利福尼亚等州,因为那些地方气候温暖。主要的航空公司给他们特价,让他们可以到处旅游;旅社、餐馆、剧院和博物馆都优待老人。大大小小的娱乐场所或教育机构往往有特别的节目供老人娱乐和学习。这一群老人都很独立而且快乐。

第二种老人贫病交迫,住在养老院,依靠社会安全保险供给的钱和医药辅助金。有的人没有亲友,又付不起昂贵的生活费与医药费。身体染病,情绪不安,不能控制自己,他们实在需要我们的关怀。

好像政府曾误用社会安全保险金与医药辅助金,以致老人们怕这种保险不安全。也因此三千四多万老人呼吁政府停止这种错误的行动而保护社会安全保险与医药辅助制度。当他们年轻时,给政府缴纳社会安全保险及医药辅助金,相信政府在他们年老时会照顾他们。无论如何,我们还是鼓励每个家庭老少尽可能靠近,并不一定要实行大家庭制,但可分享祖父母与父母的快乐与忧虑;让每个家人明白我们有一天都会变成老人,但不要害怕。

家人可以互相帮助,像祖父母可以帮助年轻人照顾小孩,年轻人可以驾车接送老人家。金钱不是唯一可给人快乐的;同情、仁爱与鼓励也会给家人快乐。因此我们要奠定社会安全保险与医药辅助制度,并提倡尊敬老人,使大家有尊严地走完人生的路。我们的老人家是社会的资产。

英文原稿"Seniors：National Assets"发表于《石桥镇周报》
1996 年 11 月 13 日

Seniors: National Assets—Respect Seniors

When I was about six or seven years old, I was encouraged to sleep beside grandmother in her large bed not just to listen to her stories, but also to keep her warm during the cold winter. There were no electric blankets then. Sometimes I was awarded with a coin for using my small fists to pound on grandmother's shoulders and back, giving her a massage. Grandmother always lived with us in the same household, and in escaping the civil wars of China, she moved with us from place to place, together with the four pieces of heavy logs, unhewn timber of her choice, which would be made into her coffin whenever the Good Lord would call her to heaven. We practiced filial piety, loving our grandparents and parents, which was deemed the first commandment in Chinese tradition—no elders were separated from family until death, therefore I did not see any kind of senior citizens' community before I came to the United States.

My husband and I have lived in America for almost three decades. We have been working hard to send our children to colleges, where they lived in dormitories or boarding houses. Later they pursued careers and married, started their own families in other cities. We looked like the majority of Americans who consider that being independent is most important. Kids and young adults stay separated from their elders, and senior citizens become a very special group of people in our society.

There are actually two types of senior citizens in the United States. The first type includes those who have withdrawn from active service, business, and office work. They enjoy their retirement, living on pensions or Social Security benefits. They live either in their private homes without children around, or in organized communities for retirees in Florida,

Arizona, and California, etc. The major airlines offer to these senior citizens coupons for discounted tickets; hotels, restaurants, theaters, and museums also offer special low prices to senior citizens. Large and small associations or clubs of senior citizens sponsor many programs for study and entertainment. This group of seniors may be the luckiest and happiest people in the United States; they are very independent.

The second type includes those who become ill and cannot take care of themselves. They stay in the nursing homes and depend on Medicare and Medicaid to pay for medical expenses. Some of them have no relatives and friends. Since medical services and daily expenses are costly, many seniors cannot afford to pay even a part of the cost. Due to physical inabilities and emotional depression, they can feel lonely, be full of despair, and helpless. They really need our concern.

It seems that the government has misused the Social Security and Medicare funds and left the seniors in bad shape, and the more than 34 million senior voters had therefore cried out to stop the wrongdoing and plead for help to protect the system. While they were young, they paid Social Security and Medicare taxes to the government who should take better care of them when they grow old and infirm. We, the people should at the same time encourage individual families to prepare to face the bankruptcy of these funds. We hope that a family includes young and old people, not necessary in the form of an extended family, but sharing the joys and sorrows. Young people would know that what happened to their grandparents and parents may happen to them too. Let members of family understand that all of us have to face the situation of becoming old and weary sooner or later as a part of life, and not to fear.

All of us can help each other in a family: grandparents can assist young adults with babysitting, and young people can help their ailing elders. Money is not the only thing that provides happiness. Sympathy, compassion, and courage are good characteristics that will make the

family happy. We must strengthen the Social Security and Medicare sys-
tems. We can make our society more humane, and that will help us walk
through the journey of life with dignity. Our senior citizens are the pride
and joy of the nation, and among its greatest assets.

Published in *Rockbridge Weekly*
November 13, 1996

男女关系

——人类无尽的故事

当男女平等的时代已临近的时候,我们发现很多妇女仍旧无法排除自然给她们的阻碍,比如生育儿女或培养儿女。前任美国总统要委任一位妇女担任美国的总检察官,最后选定了一位单身的妇女,因为她没有养育儿女的问题。这使我们记起圣经的创世记中有关夏娃的故事:当初神造世界且造男人又造女人,使他们很快乐地住在伊甸园。后来因为女人触犯神的禁令而听从蛇的诱惑,男女都被赶出乐园。如此女人与蛇从最初便好像是该咒罚的,而男女关系因此成为人类写不完的故事题材。当然了,圣经也记载了许多可爱与美丽的妇女。

虽然我生在比较开明的家庭,但我从小就体会到女孩子毕竟不同于男孩子。记得我父亲有时对着我说:唉! 女孩子,女孩子! 他的表情充满了爱和怜悯,也许是失望。我知道他爱我,但又可怜我,因为他认为在他的世界里,女孩子并没有机会像男孩子一样自由发展,因此养一个聪明的女孩子简直是浪费。作为父亲,他可能因我的学业优良觉得光荣,但他无法不替有雄心的女儿感到可惜。

事实上,我在教会主办的女子小学和中学受教育,从来不觉得做女孩子有什么不好。到了进入国立大学,初次与许多男青年在一起求学,才体会到男女之间的竞争与合作与我之前的经历是非常不同的。当时男生占多数,男女生的比例几乎是十比一。相信我,这些大学女生都是很聪明、很能干的。据说她们毕业后多数结婚,有了家庭又在社会上工作;她们中只有一小部分单身或者离婚。这些能干的妇女都是贤妻良母,至少她们选择为妻为母。如果她们受苦,她们都能忍受。这批妇女诞生在妇女解放运动之后,她们已经享受到初期的妇女运动争取的教育平等的权利。现在她们看到新一代的妇女要求在家庭、在社会的工作与待遇中和男人平等。排除异性的骚扰与歧视成为现代妇女运动的主题。今天,妇女为消除性的歧视而争战。

目前有许多犯罪的事情,常常因不适当的男女关系或贪妄钱财而发生,而且往往由女人的问题开始或结束。我们也看到许多成功的妇女如何奋斗出来,更看到许多被欺骗、被陷害的妇女受苦受难。说起来,现在的女孩子可能比她们的母亲与祖母幸福,她们有更多的工作机会。然而她们也可能不幸福,在男人仍占上风的世界里没有受到特别保护。有人称此为"玻璃的天花板",看得到而冲不过。即使男女已经平等,多数妇女还是要生育孩子,这常常阻碍妇女与男人做同样的事。当有些妇女被男人欺负、侮辱时,我常常问:为什么先有男人后有女人? 看起来在现实社会,妇女是无法摆脱天生的限制的。

我曾住在马尼拉市,那个城市比我生长的地方开明得多。在我生育第四个女儿时,医院内值班的护士初次抱了新生的婴儿给我看,她说:朱太太,这是你的第四个难题。她说得对也说得不对。对的是我与许多母亲一样,要面对女儿们的问题,不对的是我很喜欢女儿而且觉得很光荣,养育她们不成难题。如果说女孩子比男孩子麻烦多,那只是一种偏见。男女当然不同,但男女都有理智及感情,他们可能发展成为不同之人才;男女既同是人,应依照各自的才能与机会享受人生,这差不多是自然的法规。

　　每个人,以及其他生物都要在世界上争取生存并且要有美好的生活,男女都不例外。我同情女孩子,尤其是当她们想破除旧观念而奋斗时,她们必须比男孩子更加努力才可以得到赞许。也就是说,性别歧视和种族歧视一样,仍旧是个问题。只有教育或历史上的教训才能教我们疗伤,共同追求安宁的生活,这是人类无尽的故事。先有男人后有女人,并不意味着男人必优于女人!

2002 年 9 月 13 日

Man，and Then Woman

There are some natural barriers on the road leading to equality between the sexes. Chief among these is child bearing. The recent case of appointing a woman Attorney General of the United States has ended up with the President appointing a single woman who was free of the burden of childcare. This reminds me of the story of Eve，the first woman，as told in the book of Genesis in the Bible. The story began with God creating the world including a man，Adam，and then a woman，Eve，who lived happily together in the Garden of Eden. Unfortunately，the couple had to leave paradise because Eve sinned by disregarding divine law; she followed the serpent's tempting invitation and ate the forbidden fruit. Thus，woman and serpent were cursed from the very beginning，and the relationship between men and women has been a central theme of repeated stories ever since. Of course，there are many other stories of lovely and beautiful women in the Bible that make women feel good.

When I was very little，long before I could understand the story of Adam and Eve，I already sensed the difficulties of being a girl. I was born to a modern family in China. Yet，my father would look at me sometimes and say，"What a pity! A girl! A girl!" His expression conveyed love，pity，and probably some disappointment. I knew he loved me，but he felt sorry for me too，for he knew that in the world he lived in，a girl would never have as much opportunity to develop herself as a boy，and that to raise a clever girl was just a waste. As a father，he might feel proud of my academic achievements，but he could not deny his sorrow for the daughter who had ambition.

I was educated in elementary and secondary schools for girls run by missionaries, and I never felt bad about being a girl then. It was not until I entered the national university that I first experienced young men as schoolmates, and I realized that competition and cooperation between men and women were very different from my past experience. The proportion of men to women in the student body was almost ten to one. In addition, believe me, all the college girls were smart and intelligent. A survey showed that after graduation, most of these girls married and had families besides taking outside jobs. Only a few remained single or eventually divorced. Indeed, majority of these smart girls chose to become devoted wives and mothers. If they suffered for being so while holding jobs or pursuing professions at the same time, they just accepted the situation without complaint. These women were born after the early women's liberation movement, when women were fighting for the right to go to school and to work outside the home. In fact, many women of my generation enjoyed the right of education and a career, but the majority of us had not really experienced equality with men.

The new women's liberation movement is fighting for equal opportunity or treatment at home and at work. Sexual harassment has become a major theme. Women are now engaged in the real battle against sex-discrimination. We have seen many successful women fighting their way out of hardship, as well as many women being victimized by bad men.

The girls of today may be lucky, for they really do have many more opportunities to develop their talents and accomplish good works than their mothers and grandmothers had. Yet, they may be unlucky, for they have no special protection in a world where men still have the upper hand. Moreover, there is a barrier; some call it a glass ceiling that keeps women from achieving the heights to which they aspire. Women, even though they are equal to men, cannot avoid the duty of childbearing that often prevents them from doing what they want to do. Whenever I hear of some tragedy involving a woman being mistreated by a man, I ask myself, why man first and then woman? Women often are in desperate position fighting natural barriers.

Manila was a much more modern city than the place where I was born, and I lived there for a long time. After I labored for the birth of my fourth daughter in a Manila hospital, a nurse showed me the newborn baby for the first time and said, "Mrs. Ju, this is your fourth problem." What she said was both right and wrong. Right, because I had problems with my daughters as most mothers had, and wrong, because I enjoyed all my daughters and was proud of them.

Raising daughters is not always a problem. It is just a common prejudice that girls cause more troubles than boys. Since women are as fully human as men, they should enjoy life according to their abilities and opportunities, just as men do; and this is almost a natural law. Human beings as well as other living things must fight for survival and for a decent and peaceful life; this is true for both men and women.

However, I especially sympathize with girls when they struggle to break through the glass ceiling. They must work harder than boys to win appreciations, which is to say that sexual discrimination, like racial discrimination, continues to be a problem. Only education, or the lessons of history, can teach us to heal the wounds and pursue a peaceful way of life together, and this is the endless story of humankind. Man first and then woman does not mean that man is superior to woman!

September 13, 2002

商业社会

我从小喜欢读书,爱好学术,对于经商发财不但外行,甚至可说是无知的。到了美国,为实现丈夫做画家的梦,协助他创立艺苑,以推销中国书画,并设班教生徒中国书画和烹饪,出版书籍,规模虽小而买卖和报税十分认真。中国古人说:行行出状元,不必经过考试也可居上风,我则认为在美国行行商业化。画家、作家、音乐家、科学家、医生、工程师等,都得想办法推销他们的作品及发明。那些从事政治工作的各阶层人员更要竞争宣传,招徕别人相信他们的宣传,成为他们的支持者。在法律管制下,大家都可自由买卖,但也有责任担保货品好。实行过共产主义的国家,近来也渐渐采用这种市场经济以取代专卖及分配的经济制度。现代美国的商业社会已经没有国界,大家都谈商业世界化。

古今中外,经商最重要的是讲信用。在没有银行制度以前,大家买卖多用现款交易,借贷生息的方法也非常简单。而今,现代银行制度十分精细,范围又广泛;加上电脑技术既普遍又巧妙,使得商业社会不单是信用的问题而已,还要靠科技的协助。大公司吞并小公司,新公司代替旧公司,花样繁多;法律无从控制,或者说法律常常落在时代之后。

现代的商业社会,生产与消费的关系不单依照需求与供应的情形,而是看谁能创新以吸引顾客。因此宣传与推销十分重要:报纸杂志以及广播与电台一大半是商业广告,邮箱里一大半是推销货色的宣传品。推销人员上从总统下到街上小贩都得口舌灵活以说服顾客。作为顾客的人,应该很小心地比较货色,选择最适宜的。既然买卖自由,应该很公平才对。事实上被欺骗的顾客还是很多。

有一次,我依照广告打电话询问一家公司海上游览优惠的情况。对方抓着我不放,说得天花乱坠;大概我有点心动,所以当时我没有怀疑,将信用卡的号码告诉他,预定这一项旅游。过了几天,居然收到一大包有关这项旅游的资料,最重要的是一份细则,要我再付钱才可取得这项旅游的资格。这次我就不会那么大意了。我先照电话号码查问这家公司,抗议当时预定并没有提到还要付那么多钱。这家公司不承认这项旅游广告,要我打电话给另外一个机构。电话转来转去,都得不到我要的答案。当然,我很忙也没有时间去细追。我只好写信到该州的顾客保护署请求查办;因为我查出信用卡的报告、取款人是谁,填了很多表格,打了很多电话,该机构终于答应追究。一两年后,负责的机构说我没有按规则退回订单,不可退钱,除非我请律师自己办。我想那300多块钱就是追回来也不够付律师的费用,于是早就决定算了,不去追究,但请处理这案件的顾客保护署继续办理。

过了三年,我收到该署寄来的一张支票,退回200多元。这件事让我学习了很多。最高兴的是该州的顾客保护署的确在工作。这就是美国的商业社会,人们自由买卖,得与失由个人负责。法网虽然茫茫,但大家都在法律之下。

1998 年 6 月 19 日

197

Business Society

Devoting most time to reading, writing, and pursuing scholastic success since childhood, I had no time to be in a business of any sort. It was not until my husband and I came to the United States, that we had a dream of building a center for Chinese arts. My husband and I therefore established the Art Farm to promote Chinese culture. We offered workshops in order to teach Chinese brush painting, calligraphy, cooking, and flower arrangement. In addition, we sold paintings, and published books and videotapes. Thus, we had a small business, and we enjoyed it.

Usually zhuangyuan was a title given to a scholar in the ancient China. One had to participate in civil examinations for various honorable degrees in the hope of qualifying to be a candidate for government official. Firstly, one had to pass the municipal examination, and then had to pass the provincial examination. Lastly, one had to pass the national examination. The one receiving the best grade on the final examination, called zhuangyuan was interviewed by the emperor, and had the potential to become the premier of the state. Therefore, besides scholars, professional people who are most successful and honorable in their field may be called zhuangyuan in today's business society.

In our American society, many people, including painters, authors, musicians, scientists, physicians, engineers, etc., try hard to sell their products, inventions, and ideas to obtain the top position. Of all the people, politicians of all levels enjoy the most honor and power as the zhuangyuan did in ancient China. Politicians campaign hard to get voters to buy their ideas and become their supporters. They need not study hard to pass the tests and gain honor and power as the ancient zhuangyuan. People who campaign hard to gain success and popularity are so common now in all kinds of business.

We the people of the United States have the freedom of doing business, to sell and to buy whatever we want. We however also have the responsibility to pay for and to provide the best products with fair price under the law. Those countries, which had formerly practiced communism, are now taking the road toward market economics, with freedom of trade. They apply market economics to replace policies that sell products by government under monopoly and distribute commodities to people with rations. If all nations have freedom of economics, we will have an American-styled global business society where campaign for success is available for most people.

No matter how much we enjoy the freedom of trade locally or globally, the essential elements of doing business must be built on mutual credit and trust. Before the banking system, most people bought or sold commodities, ideas, and techniques with cash or by trust; lending and earning interest were very simple. But contemporary banking systems are very advanced; they cover a wide area. In addition to popular and highly-technical computers, personal trust seems less important. Large companies merge with small companies, and new companies replace old companies, based on their increasing technological skill and new inventions. There are so many new forms of business that the laws almost lose their control on these advances, and sometimes can hardly maintain justice.

Modern business does not always work to satisfy consumers' needs and desires, rather they are based on how to attract consumers. Advertising works to make business successful. It seems advertising makes up more than one half of the space of newspapers, and magazines, and more than one half of the time of the TV and radio. Mailboxes are full of junk mails from all kinds of business ads. The sales persons include the heads of the States to the peddlers on the streets and all have special abilities of convincing customers. Customers must be careful to compare goods and select the best buy. Because free trade is encouraged in the United States, it should be a fair exchange between the seller and buyer. A lot of customers however have been cheated when they made mistakes.

I responded to an advertisement on a flagship tour, and called a company for more information. The other party on line told me that if I made the reservation for this tour immediately, I would get many benefits. I probably was moved by his appealing offer that I gave him my personal credit card number and reserved my spot on the tour. A few days later, I received a large package of materials about the tour. The most important sheet was the terms of the tour. I found out that we would have to pay much more money to become qualified members of this tour; but these terms were not mentioned to me during the telephone conversation with the first agent. I called the first agent again but I could not reach the people that I wanted to talk to. The other parties on various lines directed me to other numbers and then to other numbers again. Of course, I had no time to play this game. I wrote a letter to the consumer service office of that state, and asked for help. After I had filled in a lot of forms and made numerous telephone calls, the organization in charge of the complaint told me that I was not qualified to get a refund because I did not return the order form according to their requirement. In fact, after the first telephone conversation with the agent, I never had a chance to talk to anyone from that company to tell me what to do. I was lucky to find out from the statement of the credit card company the record indicating who cashed the money. The case, however, was rejected and they asked me if I want to continue the complaint, and then hire a lawyer for myself. I knew that if I could get the $398 refund, even this amount would not be enough to pay a lawyer. I decided therefore to put aside this case and asked the office of consumer service continuously to do whatever they could.

After three years, I received a check for $208 from the consumer service office as the refund from the tour that I never took. I learned very much from this case; I was excited that the consumer service of this state was working. This was the business society of the United States. We the people have the freedom to do business, and every one of us has to take the responsibility of knowing that someone is gaining and someone may be losing. The law may be too far away to help the victim, but we are still under that law's control.

June 19, 1998

教学相辅

——加强学校基本功用

我曾从母亲那里得到又短又清楚的启示：活到老，学到老。过去不管在什么情况下，这个启示都给我极大的鼓励。我学到了成功与失败的原因，也做了从来没有体验过或毫无所知的事情。我喜欢学习。在学习过程中，有时眼泪盈眶，有时满面笑容。虽依照学习的程序不一定达到成功，但有了好的老师与教学工具或制度，学生必可做得更好。可能有些人不以为然，但多数人认为学校制度已成为主要的教学方法。

学校是学习最好的地方，能训练技术、灌输新思想、指导学生认识人生的价值与意义。现在联邦政府提倡并资助推动"公元 2000 年目标"，这目标要使所有人到公元 2000 年，都受到良好的教育以从事各种行业；全美国的学生要成为科学和数学成就很大的、世界一流的学生。

有些州政府反对这样的项目，以免本地的学校受联邦政府控制；其实公立学校本来应由地方税收支持一部分费用，而由州政府与联邦政府支持某些项目。当教育，尤其是公立学校成为政党的政纲时，人民有必要表达我们对这些政策的意见。在不同的地区，学校应该需要不同的课程。因此有些学校选择电脑和电视及其他现代技术设备，这些学校希望学生毕业后进入商场和其他职业圈时没有困难；但这些设备不是必要的或比较重要的选择。

教与学是相辅相助的。一边教一边学，或一边学一边教，每天都有新问题，都需要新工具。实际上学生无法解决所有的问题。我们有时得像童子军在野外生活，只用有限的器具和物品，凭丰富的知识与创造力去解决意外的问题。

曾有几个学生帮我做园艺。他们在工作之前便要求使用广告上介绍的新工具和材料。这些工具与材料比我们菜园能收成的菜蔬贵了好几倍。当所有工具与材料都齐备了，这些学生只做了一段时间便走了。因为他们发现还有其他更有趣、更简单的事情可做。有些学生甚至觉得吃三顿饭太麻烦。这些学生的问题不是觉得人生无价值，便是不想创造或克服环境。他们只求享受。对这些学生应该鼓励他们用脑力思想或打开他们的眼光，寻找生命的价值。只教学生们怎样通过考试或使用电脑自然重要，但应同时加强他们的思考力和创作的基本课程以教他们克服困难。我们应加强学校的基本功用。

　　每当我埋怨事情很难，工具与环境条件不好时，我的母亲就说：只有不负责任与笨拙的人才埋怨溪流太窄而无法驾船。在人生的路上，我们常常遇到阻碍却要不停地想办法克服，这才是教育的功效。要加强学校的基本功用，使学生在教室以外的任何地方随时学习。

1999 年 1 月 6 日

Learning and Teaching: Reinforce the Basic Function of School Systems

My mother sent me a short but clear message that "we learn until we die". This message had been so helpful to me especially when I looked back at what has happened in my past. I learned the cause for success and the reason for failure; I learned to do things that I have no previous experience or knowledge. Sometimes there were tears in my eyes and sometimes a smile on my face during the learning process, but I enjoyed the learning anyhow.

Studying is not always a guarantee for success. However, people believe that with good teachers and good school systems, one would be better prepared to work on a job. The school systems therefore have become an increasingly popular place for learning and teaching, though some people disagree.

In terms of learning and teaching, the school systems function to teach job skills, to enrich the ideals for the community, and to help students find the value of life. In 1996, the school systems were looking at the Federal Program of "Goals 2000", which aimed to make all Americans well-educated professionals, regardless of age. The Federal Program of "Goals 2000" also aimed to produce the best science and math scholars by the year 2000. Some states have rejected the program because they do not want federal control over their local school systems, while other states have accepted the federal funds for the program.

Though local tax payers support public school systems to benefit their children, it is necessary that the federal and state governments help the localities in certain programs. When education, especially public education, becomes the political issue for both political parties, we the people should express our concern over the recommended policy. Various communities need changes of new curriculums for their schools. Some schools choose TV sets and computers or other media to teach, in the hope that the students would be better prepared to enter the world with modern technological skill, to eventually reach the Goals 2000. This may be the correct direction for certain localities, but it is not necessarily the better choice for the basic function of all public schools.

Teaching and learning happen at the same time. We can teach ourselves, and also others while we learn. We sometimes have to live as Boy Scouts or Girl Scouts in the wilderness with a few tools and little materials, using our knowledge and wisdom to solve unpredicted problems, to create new things, and to overcome difficulties.

I had some students who came to help me in garden. They asked for new tools and materials publicized in advertisements even though the tools would cost more than the garden would harvest, before they would begin to work. When the tools were available, they worked a short while and then quit, because they found some other activities that were more fun and easier than gardening. Some students even felt that eating three meals every day was too much work. The problems of these students are either that they see no value in life, or they never think of creating and doing things another way to improve life, or think of ways to help the world in which we live. In teaching these students, it is more important to open their eyes to the value of life or to encourage them to use their mind to solve problems than it is to merely teach them how to pass the standard tests or how to use machinery. Since the public-school systems can only provide the basic and general skills for the average students, we therefore need more elaborate programs. Students will learn more specific skills and be more creative if they have had a good education foundation.

Whenever I complained that things got tough, that I could not work

out a project because of poor tools or conditions, my mother would say:
"Only the irresponsible and unskillful boatman complains that the river is
too narrow for sailing!"

Indeed, we certainly need skills, ideals, and values for living, as if we
are sailing in the rough stream of life. TV programs, computers, and qualified
teachers do help students to learn because the new tools and knowledge allow
students more time to be creative. The school systems should reinforce the
basic function of education while urging students to learn by themselves
everywhere and every day of their lives, outside the classrooms.

January 6, 1999

21 世纪的公共交通

　　我喜欢乘飞机,不管目的地是美国国内还是国外。有一次,我被安排在国际航线的一等座,坐在铺着华贵地毯的房间,有电话、电视、电脑和录像机可用。有时国内穿过大陆的航线也有类似的设备。乘这种一等座的空中航行,旅客可用电话开会,用餐喝酒十分方便。我经常买普通座位,既容易又便宜。好多国内航空公司常用小飞机送客人到大机场换机后继续航行到目的地。客人有时得赶时间去坐下一班飞机,这使乘客实在紧张且辛苦。最好安排一些时间使客人有点余暇在设施很好的候机室等待,或吃些点心或打个电话,甚至买些礼物。因为多数机场都有这类设施。

　　虽然多数大飞机可以载几百个客人而且有各种便利,但空中飞行的安全还可能有问题。我有位 90 岁的老师从来没乘过飞机,想象不出飞机怎样在空中飞行,怎样飞过汪洋与高山而无阻。像他这样的人应该不少。最近为了安全,登机前的安全检查越来越严格,所花的时间也多。虽然如此,每天仍有千千万万人从各地乘飞机来回。可见飞机是现代最流行的长途交通工具。

　　讲到乘公共汽车,我也有很愉快的经验。有些朋友不明白我为什么乘公共汽车,在他们看起来,乘大客车不但不舒服而且有失身份。因为只有工人、学生与穿着随便的或在座位吃夹肉面包的人才乘公共汽车。但我很享受乘公共汽车的乐趣:我曾乘大客车作 7 日游,经过加拿大几个名城,饱览洛杉矶美丽的景色。又曾参加一个旅行团,乘大客车游览欧洲的精华,前后14 天。我曾乘灰狗汽车到华盛顿与纽约。从莱克星顿到华盛顿是慢车,沿途车停在几个大城市的车站使客人上下车;而从华盛顿到纽约则是快车,一路不停。坐在汽车内我不担忧汽油用光或车轮漏气,我可坐着小盹或打腹稿。太阳下山以后,窗外一片黑,这时远远近近灯光闪烁,我很欣赏这神秘的景象。公共汽车应该是现代交通的重要工具。

　　不久以前,火车是美国最重要的公共交通工具。铁道就像国家的大动脉；它们运送货物、机器，并让人民到处旅行。自从汽车和公路改善以后，美国人比较喜欢驾驶私家车爬山环海，十分方便，因此搭火车不流行，火车事业也不振作。

我曾多次乘火车，并不是大城市的地下火车。我看见一般长途的火车站和轨道好像太旧或太简陋。20世纪80年代，在欧洲和日本的单轨上奔驰的火车最高速是一小时500英里，而现在美国的火车最快也不过比汽车快一点。由于最近美国的Acela Regional火车已进步多了，希望21世纪美国的火车与轨道都会改进而使火车成为重要的公共交通工具。

飞机、汽车和火车已成为现代重要的交通工具，像帆船与轮船几乎已被人忘记了。以前作为重要航线的河流已失去重要性，没人照顾。许多河床比两岸高，遇到暴雨或大雪融解，河水泛滥，造成水灾。我们可以关闭机场、公路和火车道，却无法关闭河流或把河流除去。其实地球上有这么多河流，我们应该加以利用，使船舶恢复其交通价值。过去许多文化的发源地都在主要河流地带。当河流失去控制，文化也就没落了。因此，让我们发展21世纪的交通，包括水陆空的交通。

2000 年 3 月 5 日

Public Transportation of the Twenty-First Century

I enjoy taking a flight to any destination in the United States and also around the world. It is nice to be treated with the first-class seats in the upper deck, for it is furnished with comfortable chairs and carpets, television, video machine and computer facilities. The passengers have been more often executives, who can have conference through telephone and enjoy cocktail and delicious meals over the clouds. I usually take the coach class, which offers less space but much more inexpensive fare. The commercial flights often make stops to unload or to load some passengers; these passengers may be catching, or coming from, commuter airplanes, which take 15-20 passengers. These passengers sometimes have to run fast to catch the next flight, which is not always easy. Thus, the travel agents try to plan a schedule with enough waiting period between flights. Airports have modern and comfortable waiting rooms for passengers to sit, telephones to make calls, stores to buy food, and to shop for other things.

For the sake of security, check-in has become much harder and stricter now. Most flights are pleasant but security is still questionable. People take a risk when they take flights. One of my professors, who is over 90 years old, has never taken any flight, for he cannot imagine how an airplane can safely fly across the oceans and over the mountains. I believe that he is not alone with that kind of thinking. We, nevertheless, are fortunate to have airplanes as public transportation.

In regards to taking a bus for traveling, I have had very pleasant experiences too. Some people do not understand why I take a bus. They consider that riding bus is uncomfortable, and not high class. I have come from a country where we use buses for transportation.

209

Since coming to the States, I had enjoyed a seven-day bus tour visiting many places in the Canadian Rockies, and a European Jewel coach tour for fourteen days. I enjoyed riding the Greyhound bus to Washington D.C. and to New York City. The bus stops at five stations at least, picking up and dropping off one or two passengers in the narrow and busy streets from Lexington, VA to Washington D.C. Passengers spend at least 4 hours in the express bus from Washington D.C. to Manhattan, New York.

It was a joy sitting in the bus going to New York City after sunset, and watching the meteor light reflecting the urban cities in the dark. It was so easy to check in and so easy to get out of the bus terminal. Most passengers wore no ties and suits, they were students, workers, and people who perhaps could not afford to fly or drive a private car. Some passengers took overnight bus trips, and they could get a sandwich from the cafeteria in the bus stop easily, and did not need to worry that the bus might run out of gasoline or have flat tires on the highway.

Although the American highway system is the best in the world, making it easy to drive private cars, rolling over the mountain paths or along the rivers or seashores, riding in commercial bus, however, is fun too.

Once upon a time, trains were the most important public transportation of the United States. The railroads were like the veins of the country. Trains brought materials and machines to markets, and people to cities easily across the country.

Since the automobiles and highways have been improved, the Americans enjoy more and more driving private cars, going places whenever they want, thus riding trains have become old-fashioned and less convenient. In addition, most train stations now look old and ruined, and the facilities of railroad cars and station seem too primitive to provide a pleasant long journey. It looks like no one believes that the train can be modernized and become effective transportation again.

Not long ago, however, Amtrak offered the new Acela Regional for

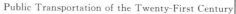

travelers; I tried this service from Boston to Trenton, NJ, and from Trenton to Washington D.C. and back to Trenton. The system was much improved; it included faster traveling time up to 20%, more comfortable seats with laptop outlet, enhanced restrooms, extra storage compartments, and inviting pub-style café cars.

Whether more people will use train, as popular public transportation, would depend on how much money our government will spend in improving railroads and their facilities, or depend on our giving the train business to private company to run. If we look at the bullet trains in Japan, we may like the idea of investing more money and time improving the train system, to make the train our major transportation of the twenty-first century.

People have almost forgotten that we could also use boats and ships as major modes for transportation. It seems that people now take the cruise ship not as a convenient transport but only for fun. Sailing is also just for sport or for fun. Many rivers therefore have been neglected, and have not been dredged properly; the riverbeds have been higher than the banks, which have contributed to flooding every time the weather turned bad. We might desert an airport or a highway and it will be a waste of land and money only, but if we desert the rivers and let them lose their paths and cause flooding, it is not only a waste of money but we also let people suffer from the flood, when lives and properties are destroyed. If we can spend money improving highways, airports, and railroads, we can spend money to improve the rivers too. We cannot desert the river or get rid of it, for it is a part of nature. We, therefore, should care more about the rivers, and use more boats and ships as tools of transportation. There is more water than land on earth, and how to make more use of these rivers for public transportation is urgent.

We the people should make the airplane, the auto mobile, and the train and the ship our public transportation of the twenty-first century.

March 5, 2000

尊师

　　政治家或政客将教育放在他们竞选的重要政纲里是很好的。其实所谓教育应该包括学校制度以外的问题。总统保证他的政府让每个人都可以进学校学习阅读（应该也学习写作）、使用现代技术（大概是怎样用电脑、网络等），以及怎样取得进大学的奖学金；这些并不新奇，因为美国的公立学校已经让学生免费读到中学毕业，有些大专也让学生免费读完大学。我想我们不需要新的学校制度，但我们需要有权力的人适当维持这制度。

　　制度像房子，是人们建造的。如果人们不关怀，甚至破坏它或增加不适用的附件，将来这制度可能坏掉而失去功能。关于学习与教导，我相信学校制度会教学生语言以便他们与别人交往，训练学生从业的技术，启发学生有丰富的理想，并帮助学生找到人生的意义。老实地说，我们一生要学的事太多，永远学不完。当然放电视机或电脑在教室里可使教学方便，从而适应时代。虽然如此，但电视与电脑只是全部教育的一部分。

　　例如，乘校车或驾驶私人汽车上学在 100 年前简直是梦想而已。今天我们不必步行几里路去上学，因此有充分的时间做别的事。但是我们仍然有许多无法解决的问题。我们要学的因此不仅有驾驶汽车或飞机、应用电视和电脑，还应有怎样充实我们的知识与智慧、懂得解决意外的问题。

　　人们相信生而平等，却不是每个人生下来就有相同的身体与智慧。我们一生最重要的教育应该是发展每个人的才能，为社会服务。老师对学生的影响不仅限于知识和技能，老师的人格与理想对学生的影响也很大。因此校长与督学要选择合格的老师。父母给一个人生命，老师可能让一个人的生命更有价值。非常重要的是有合格的老师愿意为教育贡献他们的时间和才能，以辅导学生走向光明的前途。

　　老师像园丁照顾幼苗长大，只要老师耐心给学生时间与适当的环境，学生会成长的。据说有个农夫性急又愚笨，把长在泥土里的幼苗一棵一棵拔高，看起来好像这些植物长得很快，结果第二天清晨，所有的幼苗都枯死了。

我们相信好的老师不会拔苗助长。为竞选而夸口的政治家或政客也不要只求近功，认为他们能够使教育事业一夜见效，更不要像商人一样只管推销货物，不讲信用。古人说：十年树木，百年树人。教育是国家、政府的基本事业，老师是国家的园丁。长年累月，学生需要良好的老师教导；我们应培训合格的老师，并尊师重道。

英文原稿发表于《石桥镇周报》
1996 年 11 月 27 日

Respecting Teachers Is Essential

It was very nice for the politicians to bring to national attention that education is our primary concern for the future. The winner of this presidential election, however, has described education as mostly related to the school systems, especially the schools supported by the localities and states. Thus, the President promised that his administration will let all Americans enroll in schools, learn how to read (of course how to write too), how to use modern technology (probably how to use computer, internet, etc.), and how to obtain scholarship for colleges. In regard to public school systems, the United States has already offered free education up to high school and some state-supported colleges. I doubt that we need new school systems. Instead, we need people who are in power to maintain the systems properly. In fact, education should include more than school systems.

Systems are like buildings; they are made by people and used by people. If people do not care about the systems, like breaking the structures or adding improper attachments, then the systems may someday be corrupted and lose their proper function. School systems function to teach students language for communication, train students with job skills, enrich the ideals of the community, and help the students find the value of life. Indeed, we can never learn enough during our lifetime especially during the schooling period. To put the TV sets and computers in the classrooms is timely and it is very convenient for learning and teaching; it is, however, only a part of the complete education.

For example, riding a school bus or driving a private car to attend school was only a dream of people one hundred years ago. People now need not walk miles to and from school, and thus have more time for other activities; yet still we have not solved all the problems that we face. What we have to learn, therefore, is not only about cars or TV sets or computers, but how to improve our knowledge and wisdom to help us find the answer to unexpected problems.

People are born equally as human beings, but not all of us are born with same physical and mental conditions. Probably the goal for education should be to develop the aptitude of each individual, and then see what we can do for our community together in our lifetime. Teachers transfer not only knowledge and skill, but also their personalities, and their ideals to the students. Thus, principals and super intendents have to select qualified teachers. Parents give life to a person, and teachers may make the life of a person more valuable. It is so important to have qualified teachers who devote their time and talent to educate, and to assist numerous students to achieve a bright future.

The teachers are like gardeners taking care of seedlings; students will grow up as long as the teachers give them time and an adequate environment. It is said that a silly farmer had pulled on the seedlings in the soil to make the plants grow up much quickly, but the next morning all seedlings had died. We trust that our teachers are not the silly farmer who had no patience, nor are they the politicians campaigning for election, or sales persons selling something. It is said that it takes ten years to grow a beautiful tree, but it takes a hundred years to grow a great person. Let us reinforce the basic functions of our school systems and respect our teachers who are the gardeners of our beautiful country.

Nov. 27, 1996

义工

——仁慈又慷慨的大众

美国不但像诗人卡德琳·贝蒂所描写的："美丽辽阔的天空下,有无数成熟的五谷形成玛瑙似的波浪,有伟大的紫色山岭",她还有无数仁慈又慷慨的大众,自愿做慈善的工作,为社会服务。这些人协助穷苦、衰弱的人和因天灾人祸从外国移居来此的难民,包括非法移民。这些知名与不知名的义务工作人员,是这个充满希望的国家最大的资产。

不管怎样,美国是个法治的国家,在这片国土上,不存在饥饿的人可以沿着公路随意采摘香蕉充饥,也不存在无家可归的人未得到应许而睡在公园里。换句话说,人们只能通过适当程序获得帮助,因此常常有个人或机构供应免费的食物与住所。这些机构有时用教会的名义,有时用乡土关系的组织,号召自愿服务的人参加工作。有些学校和研究机构,甚至警局、救火队和其他组织都需要自愿服务的人奉献时间与金钱。事实上,要求协助的事项太多了。一个人如果样样都参加,则可能宣告破产而成为社会的负担;如果多数人不理这些征募,什么都不捐助,则为义务工作发出的这千千万万信件及电话不是浪费了吗?

人们乐于捐时间与金钱帮助别人,这对整个社会贡献很大。很多人甚至牺牲生命以护卫社会的安全。我们多少曾享受过这些自愿服务的人的奉献。近来有更多的人、更多机构,要求别人帮助;可是自愿帮助的人比以前更少。大概要协助这么多人与机构已经不是个人所能办理的,许多自愿服务的工作因此变成职业化的了。

职业化的筹募工作与自愿服务大不相同。既然是职业化的,工作人员就不能说是自愿的,便得想办法抓住权力以达到目标。这些人不但努力使工作完美,得到好评,有时为了工作成绩好而攻击他人,甚至压倒别人。竞争既然被认为是自己生存的方法,工作人员可能因而忘记要协助别人。

比如自愿服务的机构很容易变成职业机构而打官腔,有些慈善机构已经不送饭给不能出门的人或织毛衣给穷苦的小孩；他们经营非营利性的公司并扩充业务。

让我们回顾殖民时代，那些垦荒的人自动互助，建设一个理想的联邦，树立公平的制度，保证地方安宁，共同防卫外来的敌人，增进大家的福利。当时在这许多自愿服务的人中，有伟大的政治家领导联邦成为一个大国家，因此就有国家组织，这些领袖则成为职业政治家。这样的发展好像很好，美国也日渐强大，政府的权力扩大了。因此政府与自愿服务的人分开，独立发展。

虽然如此，还有许多仁慈又慷慨的大众，他们除了缴税也贡献了许多时间与金钱，他们是我们国家的支柱。人民无论如何是国家的主人翁，如果要维持强大的国家，需要无数仁慈又慷慨的大众，而且必须避免自愿服务的官僚化。可以说，不是政府而是这些仁慈又慷慨的大众使美国强盛。我们需要更好的政治家领导，也需要自愿服务的大众随时随地建立理想的社会以巩固国家的基础。

1996 年 3 月 12 日

Volunteers: The Kind and Gentle Majority

The United States is not only as beautiful as Katherine Bates described:"O beautiful for spacious skies, for amber waves of grain, for purple mountains majesties...", it also has numerous gentle and kind people doing voluntarily tremendous charitable works and community services. The volunteers help those who are poor or feeble, victims of various disasters, and care about those immigrants, refugees, and even illegal aliens from other countries. The services and contributions of the volunteers, known or unknown, in a sense, are the great assets of the United States, and are the important resource of the "Land of Promise".

The United States, however, is a country of law and order. Within the territory, not anyone who is hungry can just "pick the banana along the highway and eat it", nor can a homeless person without permission merely "sleep in the park". In other words, people can get help through due process only. There are free food services and shelters offered by different organizations in various localities. These organizations either carry the names of various churches or ethnic groups; they call volunteers to participate in the charitable work, raising fund or offering service. Some schools and scientific or medical research institutes recently also use volunteers to send out a lot of fund-raising letters. Moreover, policemen and fire fighters and many others were also raising fund; it seems all these fund raisings were in the range of volunteers' work. In fact, there were too many requests for help. If one answers all the fund-raising letters, and contributes money and time, he/she might have to file for bankruptcy and might become the new burden of the society. If most people disregarded all the letters and calls, and offered nothing, then it would be a shame and a waste of paper, stamps, and telephone fees for the fund-raising organizations.

People contributing their time and money in helping others are doing valuable deeds for the community. Many people even sacrificed their lives for the security of the society. We the people of the United States probably have enjoyed more or less the benefit from the volunteer's services and funds. Something, however, seems wrong in the recent years: there are fewer volunteers offering their services but there are more demands for help. These needs are not only regional but also nationwide and worldwide. Raising funds for these charitable, educational, and many other groups were often beyond the volunteers' abilities, and therefore many volunteers' work had been turned into professional jobs.

Doing a professional job is different from doing volunteer work. As a job, the worker has no free will; he/she tries to hold on the job so as to be able to achieve his/her own goal. Some people not only work hard to make his/her job perfect and acquire prestige, they sometimes for the sake of one's professional success, attack the other people or press down other people. "Competition" is deemed as if it is a rule for survival; many people end up not caring about helping others.

It seems organizations of volunteers could easily transform into a professional organization and follow the routine of bureaucracy. Many organizations for charity are not doing things such as delivering a meal to the shut-in, or clothing a child with the sweater the volunteer had knitted. Some organizations for charity are running business as non-profit corporations.

Let us recall the colonial age when the settlers had to help each other voluntarily. They had devoted themselves for "a perfect Union to establish justice, ensure domestic tranquility, provide for the common defense, promote the general welfare..." Among all the volunteers, there were great statesmen who led the Union into a great nation, and therefore the politics of maintaining a nation were generated, and these leaders became the professional politicians. This development process seemed very good; the United States grew as a great nation, and the power of its government expanded.

Volunteers, who are the kind and gentle majority, constantly continue to contribute their time and money in addition to paying taxes. We the people, however, are the masters of the nation. If we want to keep our country great and our people kind and gentle, we have to be vigilant since volunteers could easily follow the routine of bureaucracy, and we might lose the kind and gentle majority. We, therefore, should not forget that we have numerous volunteers. It is not the powerful government that had made the nation great, but those volunteers who had made the nation great in the past generations. We need statesmen in leading us and we need volunteers in building our ideal community everywhere and everyday.

March 12, 1996

法治与人治

——约法三章

中国著名史家司马迁在几千年前记载刘邦以平民身份领导革命，推翻秦朝的专制皇帝。当他攻取了秦的首都，第一件事便是与当地父老约法三章：杀人者死，伤人及盗者刑。全文只有十个字。

在那么慌乱的战争期间，刘邦用这十个字控制暴乱，统治全国，建立汉朝，人民得享太平与繁荣。据说不是这十个字的魔力使人民守法，史家有意告诉读者是因为人民对领导者能够维持相当的公道有信心。汉朝的太平不一定可维持很久，但至少可以使人民安居乐业直到另一个新朝代兴起。从中国的历史看来，一般人民仰望好政府维持公道。所谓好政府是指那些贤能且仁慈的统治者，所谓统治者包括各阶层的官员，他们常常是读书识字的人，有着才能与美德。不幸的是这些好人退位了或在政坛上失败时，别的官员的贪污行为便出现，这个朝代的末日也就不远了。这种故事不停重演。史家常在字里行间透露官员的人格比国家的法规更重要，而人民往往敬仰有才干、有美德的执政领袖，希望他们可以维持公道，所以说中国人一向偏重人治。

在美国，依照宪法，政府有权能，人民有权利，各依正当程序，权能与权利互相监督和平衡。多数案件是依照谁有裁判的权能与谁拥有物权、债权和其他权利来判决，而不依当事人的道德与人品评定是非，或者说法庭不根据事情的经过是否合乎正义来评判，因此公道只是法律程序的问题，范围非常狭窄，所以一般人称美国是法治国家。

当人民争取个人的权利时，常常忽略了正义。例如陪审制原为帮助困苦的受害人求得公道，但我们知道很多被害人被忽略了，甚至受苦或被牺牲了。因为当法庭顾虑到犯罪者的人权和被害人的人权一样重要，要维持一般人的正义就很困难。事实上宪法的条文只是那几条，而在过去的 200 年中，美国有无数的判例法是那些从事法律工作的人员编辑起来的，并由法庭引用以裁判案件。这些执法人员的品格对法治的影响是很大的。这些从事法律工作的人应该不仅要有聪明才智，也要看重人性。不管人治或法治，我们都应该尊重法规，依照适当的程序处理案件；同时要鼓励更多贤能而有美德的人出任法律工作，则公道正义可相辅相成。

2000 年 7 月 24 日

Law and Order

The famous Chinese historian, Sima Qian around thousand years ago had written about Liu Bang, a common person who led the revolution against the tyrannical emperor of Qin Dynasty. It was said that when Liu took the capital city as the conqueror, he promulgated immediately his well-known "Compact with People", which read, "The one who kills people should be sentenced to death, and the one who hurts people, steals or robs property should be punished". All in all, the text of the compact contained only ten Chinese characters.

Imagine that in such turmoil, Liu controlled the violence with ten characters, and with the ten characters he had ruled the nation, and the people enjoyed peace and prosperity for a long time. The historian tried to tell the readers that it was not the magic words that made people conformed to the law, but rather that Liu and his officials maintained a relative justice among the people and won the trust from the people. The peace might not have lasted forever, but the nation was under control, until a new dynasty came up later. By reading the long history of China, it seemed that people often looked up to good government for justice, and good government meant able and kind rulers. The rulers included the officials of all ranks and of every district; they were always the educated persons with abilities and virtues. Unfortunately, when the good persons withdrew from the scene, or were defeated in the scenery of politics, the corruption of the other officials emerged, and the end of the dynasty appeared. This kind of stories repeated many times. Thus, the historians often implicated that personality of the officials were more important than the statutes of the state, and people look up to good leaders with abilities and virtues for justice.

In the United States, based on the constitution, government has the power and people have the right; through the due process, the power and the right are checked and balanced. Since most of the cases were judged by the guideline based on jurisdiction and entitlement—who has power and who has right, not all cases were appraised by whether the act was righteous or not. It seems that justice is a legal term, a very narrow measurement.

When people are fighting for individual rights, they very often neglect the righteousness of the society. For example, the jury system was for helping the poor victims seek for justice, but many victims were neglected, even suffered or were sacrificed. Because the human right of the offender has been considered as important as the sacrifice of the victim, and the court could hardly at the same time protect the personal right and maintain the righteousness of the society. In fact, the text of the constitution includes only limited articles, but in the past two hundred years, we have had numerous case laws made by people who worked in the legal field, and were compiled by people of law profession. These people have had inevitably the major impact on law and order. How did the law and order work? It depends on the personality of the personnel of the law profession. People conform to law because they trust the law and respect the persons who conduct the legal procedure. If the judgment made by the court is not the righteousness for the society, then law and order hardly have power over the public. When people do not trust government or the system of law and order, it is hard to maintain a peaceful society. The United States has been popular as a country ruled by law, but it seems that we the people not only should continue to safeguard the constitution and the statutes and due process, but should also encourage more people who have both the abilities and virtues to come forward to participate in the law profession. It probably is time to simplify the text of law and emphasize the virtue of law personnel.

July 29, 2000

天下一家

——联合国成立 50 周年纪念有感

　　不久之前，我们庆祝联合国成立 50 周年，这时有些美国人开始对联合国维持世界和平的任务有疑问。大概因为联合国的会员在 50 年后仍依靠几个强国解决世界的纷乱，而且这种纷乱好像不停发生；美国要不要促进联合国达成天下一家的理想呢？

　　在世界政治剧场，所谓强国，可以用庞大的军事行动，以及巨量的经济援助支持落后的国家。美国现在可说是强国，可以送军队到处镇压变乱，不管是由于革命、天灾还是部族间的仇恨引起的，而且事后又能拨款去重建受害的地区；美国好像是个大家庭的家长。问题是美国可以维持这地位多久且可以做得多好？人民要不要支持目前联合国的行动？

　　200 多年前，为了更好的生活，垦荒的人冒险驾船渡洋到美洲寻找自由，他们为了摆脱政府的重压，为了个人的自由而开辟新大陆。直到南北战争，美国人才意识到个人的自由要为联邦政府而牺牲。事实上，多数美国人偏爱一个社会建立在许多小家庭上。这种小家庭包括夫妻及未成年的子女。在小家庭里，大人应该经济独立并享个人不受干扰的权利。多数美国人不赞成包括父母、伯叔姑姨、兄弟姐妹与孙辈等的大家庭制。因为多年前，美国人已经建立过世家大族，后来没落了。过去这些在社会上很有名望的大家庭可以扶养近亲以外的家属。他们因血缘关系而住在一起，依靠祖先留下的共同财产生活；他们不但同居共食，而且同尝甘苦。后来当大家相爱相助时，却有些不负责任且滥用这种机会的家属，只懂享受，不肯奉献，使别的分子不舒服而引起争吵；因此要维持这样的大家庭是几乎不可能的。

　　到了 20 世纪，共产党提倡公社，以代替家庭制度。这种公社很像大家庭制。公社的人分享食物与住处，共同工作，好像很公平，但是多数公社没达到目标。

　　从过去的经验中，我们知道人类不是每一个人的体质与心态都一样，虽然每个人有平等的机会,却不能有平等的成就,因为生命是变化多端的。各种各样的生物都有其价值与生活方式,人类也不例外。我们应互相尊重,并关怀需要帮助的人;靠政府与个人互助合作而不是靠强国的军力与财力控制各地的变乱。要达到天下一家的理想并不需要一个国家像家长来扶养大家庭的每一分子,而是要求每个单位互助合作。美国可以继续领导世界各国,但要坚定主张各国解决自己的问题,而对那些不负责任的国家不加怜悯。我们每个人应该常常记得像对待家人一样对待他人,鼓励每个人独立、重视自尊。联合国的工作不在玩弄政治或解决世界各国的问题,而在使各国合作与谅解;依照公平的原则而互助,如此联合国才有前途。

1996 年 3 月 12 日

One World, One Family

We had just celebrated the fiftieth anniversary of the United Nations a few months ago. Some Americans started to question the mission of keeping the peace of the world by the United Nations. For after fifty years the United Nations still depends on the big powers to take care of the troubles of the world society, and the troubles, it seems, will never stop. Should the United States promote the United Nations in working towards the goal of one world, one family?

The big powers can manage the huge military operations and have enormous wealth to aid the undeveloped countries, often allude to other countries. It seems the United States is now in the position that she can send troops anywhere and control the turmoil, whether due to revolution, natural calamity, or even the feud between races. She has performed as if she is head of an extended family, and poured money to rebuild the disastrous areas. The question is how long and how well the United States can assume the job? Do we the people want to support the current operations of the United Nations?

It was not so long ago, that the settlers risked their lives sailing their boats to the America in search of liberty, liberty for better living—less government and more individual freedoms. It was not until the Civil War broke out that people then realized individualism had to be sacrificed for the Union. In fact, the majority of Americans have been in favor of a free society founded on the nucleus of families, and each family includes only husband and wife and their children up to their teens. In the family, adults should be financially independent and should enjoy privacy.

By the time of the big plantations, many families could afford to house members more than the immediate relatives. They lived together due to kinship and were supported by the common property obtained mostly through inheritance. They shared not only food and the other materials for living, but the feeling of sorrow and joy, in addition. They were often the prominent families of the society. Some members of the extended families however might misuse the opportunity while the other members practiced filial piety and love of family; the irresponsible members enjoyed the benefit but did not offer their contribution. The unreliable members thus made the other members uncomfortable and then the members quarreled among themselves. Therefore, the maintenance of such a large family was almost impossible. It seemed then that the majority of Americans did not agree to have an extended family which includes parents, uncles, aunts, brothers, sisters, children and grandchildren... for they have found that some time ago under this system, the extended family had failed. But then came the communists' communes, which were established to replace the families; these communes were more or less like the large extended families. People of a commune shared food and shelter and commodities, and worked together as a unit; nevertheless, most communes did not work out well to the expectation.

We learned that human beings are not physically or mentally totally equal. Although everybody has equal opportunity, everybody can hardly have the same accomplishment, for each one's life is versatile. We the people have learned from nature that the world is for all kinds of creatures, and each one has its value and each one has its way of living; we therefore respect each other and care about others and help the needy people.

We may have a peaceful and better world through cooperation of the individuals as well as of the governments, but not through the control of some big powers. It looks like the United States will be unable to assume the job as the head of the world society maintaining "one world, one family", and keeping every nation peaceful and prosperous, but the United

States will be able to continue to be the leader among nations.

As the leader, the United States has to hold firmly the principle of international cooperation that every nation should solve her own problem to be independent, and treat those irresponsible nations accordingly without mercy. We the people of the United States can always bear in mind the ideal of having a cosmopolitan world society where everyone treats each other as if member of the family and every member of the family should be encouraged to be independent and to value self-esteem. The mission of the United Nations is not to play world politics or to solve all problems of the world, but to nurture the ideal of the cooperation among nations. Before we can have another organization for the world society, the United Nations is the one that will promote the cooperation among nations, and we the people will participate in the process of improving international understanding and help other people in foreign countries just like we help people in our own society.

March 12, 1996

美国文化展览室

——纽约市的素描

纽约市在 1653 年建立时原名新庵斯特顿①,1664 年英国人改名为新约克(纽约)。这城市是由五个自治地区合成的:曼哈顿、史达敦②、布尔克林③、奎因斯④和布朗氏⑤。纽约市在 20 世纪的世界中是领导性城市,也是美国文化的展览室。它的居民说着 125 国的语言;主要的语言是英语,次要的是西班牙语。

纽约市是美国贸易的中心,也是一个最忙、最重要的商港。它吸引各种商业并拥有来自世界各国的各色物品。因此采购的人常说:"如果你不能在纽约买到的话,那几乎是不存在于世上的东西。"纽约有这国家最好的百货公司和大小商店,常常标着拍卖的价格出售不可思议的各种商品。在纽约,上餐馆就好像参加一个旅行团以周游各地而尝试山珍海味。在纽约大概有 25000 家餐馆:从廉价的到昂贵的烹调,中国、法国、日本和意大利的食物都很风行;其他餐馆供应那些几乎闻所未闻的食品。

文化活动往往吸引那些来纽约市的旅客及商人;他们都喜欢参与不同的文化活动,包括古典的或现代的美术、音乐及戏剧。纽约市是世界上有最多博物馆的地方。各博物馆及画廊展出各种文物,例如由大都会博物馆展出的古典美术品到苏贺⑥一带的画廊标新立异的作品。林肯中心⑦的音乐表演及百老汇的话剧,对国际剧艺表演有很大的影响。纽约市因此成为艺

---

① 也译作新阿姆斯特丹。
② 即斯塔滕岛(Staten Island)。
③ 即布鲁克林区(Brooklyn)。
④ 即皇后区(Queens)。
⑤ 即布朗克斯区(The Bronx)。
⑥ 即曼哈顿苏荷区(Soho)。
⑦ 即 Lincoln Center。

术风气的中心。各种表演的票价很贵,但不管哪种表演,几乎都满座;付不起正常票价的人,常常排长龙在某些特定的摊位依着特定的时间去买廉价票。

纽约市从来不眠。它的夜生活是世界有名的,因为许多人在夜间到戏院、歌剧院和有歌舞表演的餐馆及夜总会消遣。我认为纽约市最令人难忘的是它的夜景。那些变幻无尽的灯光从楼房、街车、游艇及飞机射出,闪烁不息,直到太阳升起来才灭。

交通工具在此大都会是很方便的。黄色计程车每天 24 小时在街上驰行,车资是依计程表计算出来的。顾客一坐进车就是 1 美元 50 美分,每走五分之一英里加 25 美分,晚上及星期天的车资贵 50 美分。多数人乘地下火车来往,因为车资便宜;每个乘客走进车站以前先放一个价值 1 美元 15 美分的代币进闸机。进了车站月台,乘客可以转到另一个火车的月台换火车而不必另外给钱,只要他们知道怎样找到各路线不同的月台,这些月台都是相通的。

纽约市的地下火车全程是 237 英里。曾有许多人因为不熟悉地下火车道的地图及记号,或者因为车忽停忽走,来不及赶上赶下,而迷失在月台地带。在所谓急忙的钟点,即上下班前后,大家抢着上下车时,在曼哈顿坐地下火车真是纽约居民和旅客们认为很紧张的事。为了赶上要搭的火车和因为拥挤而站在车厢用手紧拉着扶杆 10 到 20 分钟,那种奋斗挣扎的经验大可缩短乘客的生命。只有在夜间,乘客可能会很舒服地坐在地下火车厢,因为有很多空位。但在那几乎空空的车厢里常有坏人进出,抢劫或侮辱乘客,使拥觉得夜间乘地下火车是很危险的。此外,当乘客可以悠然地坐在车厢里东看西看时,那些地下火车的墙壁上有许多招贴画、奇怪的图样及粗俗的标语——一般人称之为地下火车的文化——可使乘客觉得难堪。

当乘客不急着到哪儿时,坐市政府主办的公共汽车是相当舒服的。那公共汽车收钱的盒子只收特定数目的硬币,与地下火车一样。公共汽车原则上是每天 24 小时都服务,纽约市有 210 条公共汽车行驶的路线。在纽约市驾私人汽车是很难的,因为停车的地方很有限而且很贵。

虽然纽约市是个很好的港口,但如今没有很多人驾船而来,多数人是开车到纽约,或乘公共汽车,或乘飞机来的。现在纽约市有三个大飞机场:甘乃第①及拉圭地亚机场②是世界上最忙的两个机场,都在奎因斯区;另外一个纽滑克③是在新泽西州,但它使纽约市的交通方便得多。这些机场有100多家航空公司,飞行时间不同,几乎每分钟都有架飞机升降,这些航线可直达世界各国。不管什么情形,纽约市是常常很吸引人而且很方便到达的。

一般人说到纽约市,他们只是说到曼哈顿岛,这不过是纽约市的一个地区,当然是最重要的一个地区。由于我的大女儿多丽住在曼哈顿,过去的20多年,我每年至少到纽约市一次。我认为要参观曼哈顿最简单的方法是依照游艇环绕曼哈顿一周。全程3小时,先从哈德逊河朝南出发,这条河将曼哈顿与新泽西州分开。前进到曼哈顿南区的纽约湾,可以远远地看见自由女神像。在这儿,史达敦岛已出现。游艇绕过曼哈顿岛南端而北上到东河,经过布尔克林和奎因斯两地区。游艇在史布登·杜费尔④经过哈尔林运河⑤又回到哈德逊河。绕此曼哈顿岛全程35英里。

当我踏上一艘这种游艇,立刻注意到岛上那无数高达云际的大厦,拥挤在一起好像蜂房。我知道成千成万的人民居住在这岛上,有的住在华贵的楼房追求美好的生活,有的住在贫民窟为生存而奋斗。在这许多触目的高楼大厦中,纽约市的大会堂⑥最为新颖巨大,全部用玻璃片砌成,白天像镜子照着曼哈顿的中部,晚上是座透明的房子。这会堂在曼哈顿西边,占了五条街,面积22英亩。它那90万平方英尺的展览场地,是世界上在同一屋顶下最大的了。几个厅都那么宽宏,可以供给美国28个足球队住宿一个星期,尚有地方供应绝伦杯⑦球赛。

当游艇慢慢南行,我看到格林伟奇村⑧,好像是画家的殖民地。许多画

---

① 即约翰·菲茨杰拉德·肯尼迪国际机场(John Fitzgerald Kennedy International Airport)。

② 即拉瓜迪亚机场(La Guardia Airport)。

③ 即纽瓦克自由国际机场(Newark Liberty International Airport)。

④ 即 Spuyten Duyvil。

⑤ 即 Harlem Canal。

⑥ 即 New York Convention Center。

⑦ 即 Super Bowl。

⑧ 即 Greenwich Village。

家有时因市政府协助，将这些旧楼房改成画廊或画室以及住宿的地方。过了格林伟奇村，我可远望炮台公园城①。这是美国历史上最大的地产事业，建立在哈德逊河填海得到的陆地上，全长 1 英里，由炮台公园城的政府花了三十亿美元建了许多住宅及办公室、贸易场所及公园。

由海港司经过十年(1966—1976)才盖成的那两座世界贸易中心大厦在炮台公园城之南，是世界摩天楼之一，共有 110 层，1350 英尺高。我记得当我到这大厦最高层的观望窗观看纽约全景时，一目了然。离开世界贸易中心的南部不远，我看到海港 A，这是纽约市最古老的港口，到处是小店及船舶，那儿停了一艘旧的救火轮船，已改装成一个著名的餐馆。

游艇离开海岸朝纽约港驶去，游客可以近看自由女神的铜像。它离水平线 300 英尺，是世界上最高的铜像，在美国它是最著名的。铜像的右手拿着火把，左手拿着一块板象征独立宣言。美国移民博物馆就在这神像的基座里。这博物馆告诉世界上的人有关千千万万的男女移民从别的地方到美国居住的故事。

我们的游艇向曼哈顿南区前进。以前曾经是全世界最高的伍而握斯大厦②实际上是被新建的方形大厦遮住了。这些方形大厦像块石印版，自己也无法与那两座 110 层的世界贸易中心平衡而立。我们经过史达敦岛的轮渡站及布尔克林桥和曼哈顿桥，我看见所有曼哈顿南区楼房高耸的广场。这地区包括华尔街③和华特街④。当多丽还在那个地区工作，我去看她时，她常鼓励我在她办公的时间自个儿到处参观。我看到这一带狭窄又古老的圆石子路的两边耸立着许多摩天大厦，那偏促的情景可以说是世界奇观之一。美国股票交易所的展览廊和三一大教堂都在这地区，彼此有它们的传统和新的理想。我记得英国的伦敦有类似的景象，但曼哈顿南区看起来更热闹。不管人们怎样修建这些楼房，它们的正面外形告诉人家：它们已有很长的历史了。

我们继续向北驶去，经过海港第 16 号及第 17 号和南街海港。这些海港包括 11 条街，而且登记在全国古迹史册上。第 16 号海港是历史上航船

---

① 即 Battery Park City。
② 即 Woolworth Building。
③ 即 Wall Street。
④ 即 Water Street。

的停泊处,第 17 号将成为新建的海港大会场。在这些海港后边,有好多座
有百年历史的楼房,都曾被改为商业及文化中心。不幸在这些海港之间,浮
着许多堆满垃圾的木箱或小船,连绵不断。这景象证明这城市的人口是多
么稠密!我很高兴游艇很快便通过这地区,继续向布尔克林桥驶去。我看
见这座百岁大桥的复杂结构;它是德籍的工程师约翰·A. 罗伯林设计而由
他的儿子华盛顿在 1883 年完成的。这是第一座连接曼哈顿和长岛的桥,比
当时世界上任何一座桥都来得长。

　　我们北上经过那座因它的四个圆球在四根钢柱上而著名的曼哈顿桥
下,它建于 1909 年。这座桥跨越曼哈顿与布尔克林两地区。靠近曼哈顿这
一边是著名的中国城、小意大利城及史杜敏生特城①的区域。这个中国城
不单是中国人必到之地,许多非中国人也来这儿尝试中国菜,购买中国美术
品、工艺品。贩卖中国书报、古董、草药、食品、衣着的摊子及小店设置在所
有新的、旧的楼房里,包括楼上、楼下及地下室。小意大利城也有同样的情
形。这一带的房子都很古老,街道满是行人及车辆。行人道也常常排着各
种商品的摊位,小贩与顾客讨价还价不休。这儿很是喧嚣而且混乱,却是中
国人与意大利人很重要的住处。史杜敏生特城好像是中国城及小意大利城
的延长。这地区最初是荷兰人的属地,为了纪念荷兰人在此新庵斯特顿最
后一任总督彼得·史杜敏生特(1592—1672)而命名。

　　继续北上,从游艇可以看见帝国大厦 222 英尺高的尖顶,从这大厦的观
望台眺望到的辽阔景象,仍旧常常在我的记忆中出现。游艇北上时,联合国
大厦出现了,它是在第四十二街和第一大道相交之地,包括 4 座大楼。那长
方形的建筑是秘书处,左边是图书馆,前面是总会议楼,安全理事会设在其
间,在秘书处后边是大会场。因为联合国总部在纽约市,很多外国人士到纽
约市居住。我曾在这儿的图书馆花了许多时间,也喜欢参观各楼房悬挂的
美术品以及排设在户外的现代雕塑。接着,我们的游艇经过奎因斯大桥到
了罗斯福岛。

　　这地区有架空吊车接送居民跨过东河来往于本岛与曼哈顿岛,每趟只

---

　　①　即 Stuyvesant town。

需 5 分钟。著名的纽约医院和康乃尔医学中心①跟着出现了。纽约医院是纽约市最早的医院,是英王乔治三世于 1771 年颁令建造的。现在的医学中心是 1929 年到 1932 年才建立的。这建筑模仿法国著名的亚敏奴②教皇宫殿的式样。

更北上,我看见葛雷西大楼③在那个纪念著名的自由主义者开尔·苏尔兹④的公园里,这座大楼是亚契帆德·葛雷西⑤在 1799 年建造的;市政府于 1923 年取得所有权,它也成为纽约市长的官邸。游艇继续前进,远远可以看见北佬运动场⑥。从 1923 年开始,这运动场是北佬垒球队的老家。从 1974 年到 1975 年,全部重新修整,花了将近 1 亿美元。

游艇继续北上,更多的桥梁相继出现,它们的功用及设计各异。三区大桥⑦于 1936 年建成,联系了曼哈顿、布朗氏与奎因斯。另外还有高桥⑧、亚历山大·哈密顿大桥⑨以及华盛顿交通桥⑩。这些桥梁交织成为交通要道。过了这批桥梁,我看见河边一块大石头上有个很大的 C 字,这个 C 字是哥伦比亚大学的学生花了 10 年才写成的。据说为了完成此工作,学生要用绳子绑着身体,然后从岩石上慢慢坠下来画这个字。但每次当他们开始画时,警察就来赶他们离开。

我们终于到达曼哈顿岛的北端,景象与南端完全不同,我看见的是辽阔的树林及荒野。我现在才知道纽约市还有尚未开发的自然景色。当游艇向北移,一望是无涯的河流,除了水与天空,什么都看不见。游艇继续西进,在原野中最先出现的是一座在特扬堡公园⑪山巅的修道院;这地方现在是大

---

① 即 Cornell Medical Center。

② 即 Avignon。

③ 即 Gracie Mansion。

④ 即 Carl Schurz。

⑤ 即 Archibald Gracie。

⑥ 即 Yankee Stadium。

⑦ 即 Triborough Bridge。

⑧ 即 High Bridge。

⑨ 即 Alexander Hamilton Bridge。

⑩ 即 Washington Traffic Bridge。

⑪ 即 Fort Tryon Park。

都会美术博物馆的分馆,收藏着中古欧洲的艺术品。

这一行最后也最长的一座桥——乔治·华盛顿大桥①出现了。这座桥跨过哈德逊河连接新泽西州的李堡②与曼哈顿的第一百七十八街。它在1931年完工,当时是美国最长的吊桥。在这桥下有个小灯塔,是海岸巡逻队的,是这个地方的标志,也是小孩游玩的地方。现在游艇南移,高楼大厦再次呈露。先看到那座1925年开放、占地20英亩的哥伦比亚长老会医学中心,这是美国最早的医学中心。游艇经过建于1897年以纪念南北战争英雄、后来成为第十八届总统的尤利赛士·葛兰特③的坟墓。

接下来,我看见那座在1930年落成的河边大教堂④。它是纽约市大教堂之一,原来是浸信会教堂,现在它的会友及节目已包括了各教会。这24层高的法国哥特式钟楼装了74个钟,以纪念促成建立这教堂的人:约翰·洛基费罗⑤的母亲——萝蕊·史培尔孟⑥。继续南下,我看见士兵与水手纪念碑⑦与河边公园⑧的树林及大公寓互相映照,它于1902年建立以纪念南北战争中死亡的兵士们。沿岸驶行,我看见游艇船坞、游客船坞及无畏号航空母舰博览馆⑨。

这博览馆是一艘美丽而有威力的无畏CV-11,在美国24艘航空母舰中居第五位。她于1943年4月26日在弗吉尼亚州的纽扑·纽斯⑩海港下水,4个月后奉令出战。她参加太平洋舰队,侵占马歇尔岛⑪,突击兑克⑫。受伤后被改成一个博览馆。游客可以进出这艘无畏舰的大房间及甲板。除了

---

① 即 George Washington Bridge。

② 即 Fort Lee。

③ 即 Ulysses S. Grant。

④ 即 Riverside Church。

⑤ 即 John D. Rockefeller。

⑥ 即 Laura Spellman Rockefeller。

⑦ 即 Soldiers and Sailors Monument。

⑧ 即 Riverside Park。

⑨ 即 The Intrepid Sea，Air，& Space Museum。

⑩ 即 Newport News。

⑪ 即 Marshall Island。

⑫ 即 Truk。

大剧厅放映作战电影外，海军厅、无畏厅、开荒者厅、技艺厅和起飞甲板都陈列着图片与模型。我觉得站在旗台及航行指挥台上观察全舰很是有趣。

虽然乘游艇绕曼哈顿一圈可以知道全景，但还有许多著名的地方无法从水上看到，像林肯中心、洛基费罗中心①、中央公园、百老汇剧场、圣巴特克大教堂②和许多著名的博物馆——大都会、歌根罕③、自然科学、现代美术等博物馆。这些地方都反映了美国文化，我将在另外的书中加以详细介绍。

有一天，人们可能建造像纽约市的另一个城市。但无论如何，没有人能建另一个像纽约市一样包括历史古迹和现代建筑，而且适合各色各样的人居住的城市。纽约市是美国文化的展览室。

---

① 即 Rockefeller Center。

② 即 St. Patrick's Cathedral。

③ 即 Guggenheim。

The Showroom of the United States: A Sketch of New York City

New York City was called New Amsterdam when it was founded by the Dutch in 1653. The English renamed it New York in 1664. The city is made up of five boroughs—Manhattan, Staten Island, Brooklyn, Queens and the Bronx. It is the leading city of the world in the 20th century and the showroom of the United States. Its inhabitants speak the languages of 125 different countries. The primary language is English, with Spanish the second most commonly heard.

New York City is an important trade center, with one of the busiest important commercial harbors in the United States. It attracts all kinds of business and possesses such an array of commodities imported from various countries, that shoppers often say: "If you can't buy it in New York City, it probably doesn't exist." The country's best department stores, shops, and boutiques sell an incredible variety of merchandise, often at discount prices. Dining in NewYork City is like having a gourmet tour of the world. There are over 25,000 restaurants in New York City, ranging from inexpensive to haute cuisine. Chinese, French, Japanese, and Italian food are popular and other restaurants offer almost every cuisine that is known.

Visitors and business travelers coming to this city can participate in a wide variety of cultural activities, which include classical or contemporary visual arts, music, and theater arts. New York has more museums than any city in the world, catering to every taste, from the Metropolitan Museum of Art to the galleries of Soho. The musical performances in Lincoln Center and stage shows in the theaters of Broadway have great influence

239

on international performing arts. Tickets for these performances are very expensive. Yet, at any given performance, most seats are occupied. Those who cannot afford to pay regular prices, often are willing to stand in long-lines at half-price booths, at specified hours, to buy discount tickets.

New York City never sleeps. It is known around the world for its nightlife. Many people spend evening hours in theaters, opera houses, and the restaurants and nightclubs that have cabaret entertainment. For me New York City is most impressive at night, with its myriad jewel-like lights adorning and twinkling from the buildings, bridges, trains, boats, and airplanes. These lights disappear when the sun rises.

Transportation in the metropolitan area is convenient. Yellow taxis cruise the streets 24 hours a day. The fare is calculated by a meter—it begins at $1.50, with an additional 25 cents for every 1/5 mile. Night and Sunday fares include a 50 cents surcharge, and one fare covers all passengers in the same cab. Most people take subway trains because the fare is less expensive. Passengers drop a token, which now costs $1.15, in the turnstile before entering the station. Passengers can transfer to different trains (the total subway system covers 237 miles) without extra payment, if they can find the various platforms for different lines. Many people, however, lose their way in subway stations because they are not familiar with the system or do not understand the map or signs, and the trains stop and start so fast that one has little time to think before acting. To take a subway train during the rush hours in Manhattan is one of the excitements of living in or visiting New York City. The tension of catching the right train and the exertion of holding on to the straps in a crowded car for 10 to 20 minutes may well shorten a passenger's lifespan. One can ride subways most comfortably only in the late evening, when there are many vacant seats. However, evening is a dangerous time for subway travel because of the frequency of criminals roaming through the nearly empty cars to rob or rough up passengers. Besides, when passengers are seated with

leisure to look around, they may be offended by posters and crude graffiti on the walls, the expressions of so-called "subway culture".

Riding on a city bus is reasonably comfortable, especially when the passenger is not in a hurry. Coin boxes of buses accept only exact change in coins or subway tokens. Subways run 24 hours a day, and so do many buses. There are 210 bus lines in this city. To drive a private car in New York City is not easy, for parking is costly and very limited.

Despite its commodious harbor, few people now come to New York City by ship, approaching instead by car, bus, or airplane. The city is currently served by three airports. John F. Kennedy and La Guardia, two of the busiest airports in the world, are in Queens. Newark Airport is in New Jersey, but it also provides convenient service for New York City. More than one hundred airlines, operating out of these airports, connect New York City to the whole world, making the city not only attractive but easily accessible. At these busy airports, airplanes take off or land almost every minute.

When people refer to New York City, they usually mean only Manhattan, the most important borough of the city. Because our eldest daughter Doris lives in Manhattan, I have visited New York City at least once a year in the past 20 years. The easiest way to see Manhattan is to take a Circle Line Cruise, a ferry ride circling the island in three hours. This cruise begins by heading south on the Hudson River, which separates Manhattan from the State of New Jersey, proceeding toward the Statue of Liberty in New York bay, then turning north on the East River, past Brooklyn and Queens, to the Harlem Canal at Spuyten Duyvil and finally back to the Hudson River for the final lap of this 35-mile excursion.

When I took one of these cruises, I was immediately impressed by the high-rise buildings, as close together as a cluster of beehives. I was awed by the knowledge that millions of people live in these skyscrapers, some enjoying the good life in glamorous buildings, others struggling for sur-

241

vival in crumbling ghettoes. Among the most impressive of the buildings was the New York Convention Center, a colossus of modern construction, sheathed with reflective panes of glass that mirror the city's midtown by day and create a transparent look by night. Occupying five full city blocks on Manhattan's westside, the Center covers 22 acres and its 900,000 square feet of exhibition space makes it the largest, under one roof, of any such facility in the world. Its major halls are so huge that there would be space to accommodate a full week's schedule for all 28 National Football League teams with room left over for the Super Bowl.

As the cruise ship moved slowly southward, I was able to see Greenwich Village, a veritable artists' colony, where many artists, sometimes with the help from city government, utilize old buildings for galleries, studios, and living quarters. Beyond Greenwich Village, I could just make out Battery Park City, the largest real estate development in U.S. history, built on a mile of landfill in the Hudson River. Adjacent to the World Trade Center, the Battery Park City Authority has developed a three-billion-dollar office and apartment complex, as well as new parks.

South of Battery Park City stand the twin towers of the World Trade Center, constructed over a 10-year period (1966-1976) by the Port Authority of New York. The towers are among the world's tallest buildings with their 110 stories rising 1350 feet into sky. The view in all directions from these buildings' observation deck is unsurpassed. Not far from the World Trade Center I could see Pier A, the oldest pier in the city, with its famous fish market, stores, fishing boats, and a well-known restaurant housed in a permanently moored historic fireboat.

Now the cruise ship headed out into New York harbor, away from the coastline, so that passengers could see, up close, the Statue of Liberty, which stands 300 feet above the waterline. The statue is not only the world's tallest sculpture, but is also the most popular statue in the United States. A torch is held in the statue's uplifted right hand, while her left

hand holds a tablet symbolizing the Declaration of Independence. The American Museum of Immigration, located in the base of the statue, tells the story of millions of men and women who came from other lands to the United States.

As our cruise ship headed back toward lower Manhattan, we could barely see the Woolworth Building, once the world's tallest building, but now virtually hidden behind huge new-style block buildings. These block buildings, rising like square monoliths, are themselves dominated—and almost thrown off balance—by the two taller towers of the World Trade Center.

As we neared the tip of the island, we viewed the Staten Island Ferry Terminal, the Brooklyn Bridge, and the Manhattan Bridge. Many of these tall buildings of lower Manhattan are located on Wall Street and Water Street, which I had visited often when Doris worked in this area. The contrast between the narrow ancient cobblestone streets and the upright modern skyscrapers seemed to me to be a true wonder of the world. The gallery of the American Exchange stock market and the Trinity Church had made me aware of the old traditions of the area, as well as new concepts. No matter how recently these buildings have been renovated, their old facades tell their long history. Lower Manhattan looked very busy, with more bustle and more people than I remembered in sections of London with similar scenes.

We continued sailing north, passing Piers 16 and 17 and the historic South Street Seaport, covering 11 city blocks, which is on the National Register of Historic Places. Pier 16 is the docking site of historic sailing vessels. Pier 17 will be the site of the new Pier Pavilion. In the area behind the piers, blocks of century-old buildings have been restored as a center of commerce and culture. Unfortunately many garbage boats, signs of New York's congestion, floated around these old piers. I was glad to get away from the ugly area, as the Circle Line boat sailed under the century-old Brooklyn Bridge, whose complicated structure had been designed by German-born engineer John A. Roebling and completed by his son Wa-shington in 1883. This was the first bridge to connect Manhattan with Long Island and, when it was built, was twice as long as any other bridge in the world.

Farther north, we sailed under the Manhattan Bridge, opened in 1909, whose massive steel uprights stretch high above Manhattan and Brooklyn sides of the span, each topped by a great roundball. Near the Manhattan side of the bridge are famous sections of the city known as Chinatown, Little Italy, and Stuyvesant town. New York's Chinatown is a mecca for both Chinese and non-Chinese visitors, for here one can try Chinese cuisine and buy Chinese art works and crafts. Stores or booths, which sell Chinese books, magazines, newspapers, antiques, herbs, food, and clothing, are set up in all of the old and new buildings, including their upstairs and basements. Like Chinatown, Little Italy is noisy and disorderly, but both are enormously important for Chinese and Italians. Here, historic buildings huddle together, streets are always crowded, sidewalks are cluttered with booths and stalls displaying various goods, and bargaining is heated between peddlers and customers. Stuyvesant town, a kind of extension of both Chinatown and Little Italy, is named for Peter Stuyvesant (1592-1672) who served as the last Dutch governor of New Amsterdam, the earliest settlement on Manhattan.

As we sailed northward, I could see the 222-foot antenna of the Empire State Building, from whose observation towers I had, in the past, seen awe-inspiring vista. Next from our cruise ship we could see the headquarters of the United Nations, at the corner of 42nd Street and First Avenue, made up of four main structures. The massive rectangular building is the Secretariat, to the left is the Library, in front of the Secretariat is the General Conference Building which houses the Security Council, and the slope-roofed building behind the Secretariat is the General Assembly. Because of the presence of the UN headquarters in the city, people of all nationalities come to New York City. In the past I have often

spent hours in the library and enjoyed the artworks inside its buildings and the sculptures on its grounds.

Next, our cruise liner passed the Queensboro Bridge between Manhattan and Roosevelt Island, with its aerial tramway which carries residents across the East River to downtown Manhattan in less than five minutes. Beyond the bridge, I could just make out the famous New York Hospital and Cornell Medical Center. New York Hospital is the oldest hospital in New York City, founded in 1771 under a royal charter issued by George Ⅲ. The present Medical Center was erected between 1929 and 1932. Its architecture was inspired by the famous Palace of the Popes at Avignon, France.

Further north lay Gracie Mansion, erected in 1799 by Archibald Gracie and located in a park named for the famous liberal Carl Schurz. When the city acquired the mansion in 1923, it became the official residence of the mayors of New York City. Beyond it loomed Yankee Stadium, since 1923 the home of the New York Yankee baseball team. The stadium was completely renovated in 1974-1975 at a cost of approximately 100 million dollars.

As we proceeded up the river, our ship passed under or near more bridges of various functions and designs. The Triborough Bridge built in 1936 to connect Manhattan, the Bronx, and Queens, High Bridge, the Alexander Hamilton Bridge, and finally the Washington Traffic Bridge are all important parts of the city's transportation network.

Beyond these bridges I saw a large "C" on a huge rock near the river, a symbol painted over a 10-year period by students from Columbia University nearby. It is said that, in order to complete the job, the young people had to dangle down from the top of the cliff by ropes. As soon as they would begin painting, the police would try to drive them away.

Eventually, we reached the northern tip of Manhattan Island, a vast span of green forest and wilderness, so different from the island's southern end. I was happy to see that there are still open undeveloped spaces in New York City. As the cruise ship turned westward, we were treated to a wonderful view of wide open river, nothing in sight but water. Then slowly we turned south, where among the trees I could glimpse the Cloisters, high on a hilltop in Fort Tryon Park, a branch of the Metropolitan Museum of Art and devoted to the art of Medieval Europe.

Finally, we passed under the last bridge and longest bridge of our trip, the George Washington Bridge, which spans the Hudson River to link Fort Lee in New Jersey with West 178th Street in Manhattan. When completed in 1931, it was the longest suspension bridge in the United States. Just under this bridge is the Little Red Lighthouse, owned by the Coast Guard. It is now a landmark and a playground for children.

As we sailed farther south, we began to see more tall buildings, among them the Columbia Presbyterian Medical Center, opened in 1925 on a 20-acre plot, and also Grant's Tomb, dedicated in 1897 as a memorial to Ulysses S. Grant, the Civil War hero and 18th president of the United States.

Next we spotted Riverside Church, one of the largest churches in New York City. Originally a Baptist church, its membership and program today are interdenominational. Completed in 1930, the 24-story French Gothic tower contains the Laura Spellman Rockefeller Memorial Carillon of 74 bells, in memory of the mother of John D. Rockefeller whose generosity made Riverside Church possible.

Farther south, there appeared the Soldiers and Sailors Monument, framed against the background of dark trees, huge apartment buildings, and the greenery of Riverside Park. This monument had been erected in 1902 to honor those who lost their lives in the Civil War (or the War between the States). Still farther to the south lay the yacht basin, the Intrepid Sea, Air, & Space Museum, and the passenger ship terminal with its modern facilities and huge ocean liners.

Before this cruise, I had visited the Intrepid Sea, Air, & Space Museum, housed in the beautiful and powerful U.S.S. Intrepid CV-11, the fifth of 24 Essex-Class aircraft carriers. Christened and launched at Newport News, Virginia, April 26, 1943, she was commissioned four months later, then joined the Pacific Fleet in time to participate in the Marshall Island invasion and in a raid on Truk. The damaged ship was transformed into a museum in July 1982. The Intrepid has large rooms and decks on which visitors can roam freely. I enjoyed standing on the flag and navigating bridges and looking about the entire ship, including the flight deck, the main theater, and four "halls" or exhibit areas called Navy, Intrepid, Pioneers, and Technology.

Although taking the cruise trip around Manhattan gives the visitor a good visual tour of the city, there are many famous places that one cannot view from the water, like the Lincoln Center, Rockefeller Center, Central Park, Broadway theaters, St. Patrick's Cathedral and New York's famous museums—Metropolitan, Guggenheim, the Museum of Natural Science, and the Museum of Modern Art. All of these places reflect American culture, and I will introduce them in a separate book in the near future.

Someday people may build another city which has everything that New York City has, but no one could possibly make another city which blends together so well the new and the old. New York City is truly the showroom of the United States.

耄耋之年

(一)退休新泽西州与避寒佛州

1999 年,我们和几位厦大校友同乘巨型游艇,游览加拿大沿海许多胜地,回来发现一雄患了直肠癌。许多做义工的人,认识或不认识的,接送他到离家 50 多英里的医院(在弗吉尼亚州的罗阿诺克)去接受放疗和化疗的医治,总共 37 次,一雄才化险为夷。

2000 年以后,我们就移居新泽西州与长女、次女住在一起。2002 的 2 月,我们在新泽西的普林斯顿市郊外购买了一座平房,客厅与睡房都很宽大。长女与次女与我们同住,她们的睡房就在楼下。楼上另一边有画室与画廊,周末有学生来学画;学生多数是成人,学习十分认真;一雄从来不计较时间和金钱,画了一张又一张,师生尽欢而散。我们也可参加普林斯顿大学的许多活动。一雄在这里举行了几次画展,相当成功。我们打算在这里退休,两个女儿十分孝顺,工余驾车带我们参加文艺活动,又陪我们旅游。两老可说真有福气。

2002 年到佛州北迈尔斯堡幼女家过圣诞节,发现此地气候适合老人居住,看到她家对面有一块空地,便买下准备盖个我们避寒的房子,夏秋住在新泽西州,春冬住在佛州的北迈尔斯堡。这时我们已过了 80 岁。一雄与建筑公司签了契约,由女儿雅施、女婿密乐监工。2003 年的圣诞节,我们避寒的房子已落成了。因此我们每年的热天住在新泽西州,寒天住在佛州。

我们在佛州的地址是:18165 Sandy Pines Circle,North Fort Myers,Florida。北迈尔斯堡地区毗邻迈尔斯堡和开普科勒尔两个城市,位于佛州的西南端,面对墨西哥湾。

我们来此避寒,本地人叫我们"雪鸟"。我们住的地方是一个圆环,有 50 多座房子分立在路的两边。这些房子的后面都有湖,水鸟很多。这里很少过路的车辆与行人,环境十分安静。

女儿雅施与女婿密乐帮我们购买家具,装电风扇、灯与窗帘。首先布置主人房,睡在那两张新的可升高也可降低的床上,有点不自在。又新又硬的垫子经过好多天才依我们身体的形状平服下来。一雄有张舒服的沙发,他爱躺在上面戴着耳机看电视节目,让昭顺早入梦乡。洗涤间有两个洗脸盆,夫妇自由洗刷不计时间。晨更偶尔同时要用厕所,一雄只好到客人房的洗手间去。我们的主人房的落地长窗可以看见外面的湖光月色,又可以随时进出围着铁丝网的晒台。

大厅在主人房的隔壁,前后两处也有与主人房一样的落地长窗,拉一拉百叶窗帘,后面可以欣赏湖景,前面可以看见草地与附近的人家。大厅悬挂一雄的大幅山水画与小幅的花鸟画,这就是他的画廊和画室。中央除了两张银灰色的长沙发和两张黑色茶几,还有一台大理石的方形咖啡桌,一张有着灰色垫子的黑色椅子。小女雅施与一位室内设计师走了好多家具店才采买到这套新式的家具,使大厅看起来十分华丽。

接连大厅的是厨房,柜台是深绿色的,壁橱是白色,冰箱、电炉也都是白的,餐厅与厨房并不隔开。我们定做的大圆桌可以安排 10 到 12 张椅子。白色的桌面,暗红的椅子,两壁挂着山水画与花卉画。由另一个长窗可看白鹭到草地觅食。在这里进餐,我们的胃口自然很好。

另一个角落由厨房右转,通道上有浴室与厕所。通道另一边隔着板壁是电脑间,最后是两间客房,一个房间从窗口可看到湖景,另一个从窗口可看到邻居的院子。我每天在这宽阔的房子里走来走去,脚步稳得多。坐在大厅的椅子上休息,心平意静。

从 2003 年以后的冬天,由长女多丽与次女希玲护送我俩如雪鸟到佛州的北迈尔斯堡避冬,她们又回到新州的普林斯顿工作。平时不停用电话告诉我们在新州的住所的情形。有一次那里下了 30 英寸雪,铲雪的人只除去车房门前的雪,给车退到大路便是。步行到大门口的路,积雪再多也不管。当然这样的天气,根本不会有来访的客人。

我们能逃避严冬到这温暖的地方住几个月可说是幸运的。这里最冷的清晨是华氏 40 度。白天多数是华氏 60 到 70 度(2010 年例外),只有几个阴天或雨天。我们这里白天常常天空蔚蓝,阳光艳丽。

我们不参加社会活动,有时在几个场合看见大批的"雪鸟",这些退休的老人家多穿戴华美,谈吐愉快。他们是天空的晚霞!本地人认为冬季车祸多,是由于这些"雪鸟"光临,是不是公平我不知道;但是城里满街是车倒是事实。

中国餐馆供应自助餐很受欢迎。对我来说就不合卫生,因为客人常常吃得太饱、太多。在此避冬最好生活简单,少吃多休息,多多沐浴也是一种运动。

我们两人已过 80 岁,蒙神照顾,身体虽衰弱,精神尚算健康:一个曾患直肠癌,一个曾跌伤股骨,除了作画和打电脑,对新事物真是望尘莫及,要学也学不来。但我们仍然本着"有一分热,发一分光"的原则高高兴兴地活下去。

在佛州新居,除了课徒教画,一雄喜欢与外孙女及孙儿玩,尤其是每天下午驾车到离家 15 英里的 St.Michael 学校,接他们回家,成为乐趣。老人家有时喂鸟、种花、种菜,倒也很起劲。

2009 年 7 月,女儿雅施与女婿密乐因工作一家人搬到印第安纳州,但我们很高兴他们全家来此过圣诞。

我喜欢这里的冬天。当我对着镜子看看自己,好像比我的祖母 80 岁时年轻些。大概上帝要我多活几年,我必尽力活下去来荣耀他。每天早上第一件事便是穿上橡皮鞋在客厅的地板上踏步 100 下,再计划在此写《婆婆的世界》。

(二)老年的娱乐

1.看电视节目

年轻时,忙得每天只能看半小时的电视新闻。现在年迈,生活不忙,每天晚餐后便坐下来看电视新闻和其他节目。我们最常看的是美国的旧电影。一则因为过去没有机会看,二则是演员的对话速度适合我们的程度。

女儿有时订购刚出炉的光碟电影,我们也看,却不是十分欣赏。我们实在赶不上时代,不懂那些新的或流行的语言动作,而省钱也是一个原因。我们的孩子,有时怕我们看到一半就睡着,便准备一碟南瓜子、一杯开水,让我们一边看一边吃，效果不错。

看了好多片子，知道一些电影明星的名字，还有以前美国人的生活状况。这样消遣时间又可增加常识，是一举两得的好事。一雄与我，夜晚看电视几乎是日常的功课。

最近看美国竞选大有兴趣，这一届民主党的总统候选人中，以希拉里•克林顿和贝拉克•奥巴马的票数最高而两人又相差不多，竞选非常激烈。取胜不易，输了更为惨痛。我在电视荧幕上看过美国人的足球赛、选美比赛与总统竞选，觉得美国人很勇敢、很好胜，不怕失败真算是美德。如果只求取胜而不择手段，那就走上歪路了。

看电视是老人家消遣时间的好方法，许多父母担心孩子花太多时间于电视而不做功课倒是个大问题，所以世界上很少十全十美的事。

2.学习电脑

我很早便想学会电脑，而至今仍只有一知半解。我承认自己笨，又没有科班的训练，目前能够指导我的女儿们也是半路出家的。也许电脑太复杂，只有聪明人才可以玩。

我的第一个电脑是女儿们赠送给我的，我用这个电脑打了好多英文稿给本地报纸发表，十分方便。以后谈到出版英汉对照的书时，我必须用电脑打汉文。好多种打汉文的制度我都学了，却一无所成，勉强打来，速度太慢，写作的兴致几乎全没有了。

今天电脑几乎任何地方都可以应用，分门别类，奥妙无穷。各种行业都需要用电脑，就业的机会与电脑的学习几乎不能分开。我虽然不再求职，但要在这时代生存就不可不学生活所需用的技能。因此我硬着头皮每天练习。先学会用电子邮件通信，再学会用汉文打字写文章。我的工作便是如此。

3.找眼镜

40岁以前，我不曾想到用眼镜，因为人家曾赞美我双眼明亮，是灵魂的窗子。而我也真正能在任何情形下把一切看得清楚。后来有一天，我在教室里教书的时候，发现我需要眼镜才能把东西看得清楚。我并不为此悲伤，我不可不戴眼镜，是因为我已进入老年。但我戴了眼镜，却常常随便取下，到处乱放，过一会儿要用眼镜的时候，我忘记了放的地方，就得到处去找眼镜。

我做家庭主妇和妈妈，或修改学生的作业，或为研究院的功课作报告，或为报纸写专栏文章，都要戴眼镜。有一天，眼科医生告诉我，我右眼的视网膜已经裂开，需要立刻动手术。幸亏手术十分成功，但我要休假好多天。后来我的眼睛又发现了许多毛病，医生说换眼镜不能帮助我的视力改善，必须再动各种手术。无论如何，我的视觉是比以前更需要辅助了。

家人知道我喜欢阅读与写作，他们鼓励我多找眼科医生，并提供各种眼镜链子，让我把眼镜佩戴在颈上。不幸的是我不用眼镜时，还是有我的坏习惯，常常拿下眼镜而不记得把眼镜放在什么地方。这几年来"婆婆的眼镜在哪里？"成为家人最平常的问题。

我无法整天戴眼镜但又需要眼镜，大字的印刷品成为我的好朋友。现在我了解我的年龄大了，才是我的眼睛最大的问题。感谢上帝给我机会得到那么多好医生，拿到那么多好眼镜，要不然我老早就是个瞎眼的人了。

4.用助行的工具

自从我跌倒而换了一根人工制造的股骨后，我常依靠助行的工具。我靠轮椅与助行架子并不是很久，我常常只用手杖。我的手杖是我在一个退休中心的商店里买来的。那把手杖上头是个木雕，好像是水鸟的嘴。那时我尚未跌倒，只当作纪念品，没有想到现在竟成为我行走的永久伴侣。

我作长途旅行时，长女多丽替我买了一个金属的三脚拐杖，附有一个座位可以坐下休息。我曾拿这拐杖到上海、北京、江阴，甚至到黄山、广西的德天飞瀑与武汉的黄鹤楼。我依靠这些助行工具步伐很快，连自己也忘记我已经是80多岁的老人。不过不拿助行工具时，我的步伐就像初学步的婴孩。平常走在草地上，身体好像一只摇摆慢行的鸭子。"我的上帝啊！帮助我行走不用拐杖吧！"这是我的祈祷。

5.做点园艺

我从小就喜欢在花园里玩，特别喜欢我老家园子里的番石榴树，因为它的树干有光滑的皮，果子的味道平淡而有香味。

我时常爬上树干坐在那里读一本有趣的故事书，或采一只已成熟的果子当点心。大风雨之后，我常常跑到这树上采摘那些又肥又大的木耳给妈妈做菜。我喜欢园艺，是因为祖母与父亲给我的影响，他们常在空闲时到园子里种些菜蔬及水果,我不停地帮助他们工作,看到那丰富的收获使我非常高兴。

我们家人多年来努力工作以维持一个小康的大家庭。以前我们有个大园子,龙眼与竹笋的收成由母亲经营和出卖。她将收入拿来替我们交学费。父亲是个学者,以从事园艺为锻炼身体的一项运动:他种的水果好像是凤梨、小黄蕉、杨桃与木瓜,都是外国来的品种。祖母则很保守,只种南瓜和长豆。不管种的是什么,对我来说都十分有趣。

当我在长汀的厦门大学二年级读书时,得到一位室友的帮助,在宿舍窗外的空地上种了些番茄。番茄长得很好,红色的果子曾被称为"爱情的苹果"。在那偏僻的山城,我们无法得到苹果,但园丁们却可以种"爱情的苹果"来替代。

我们在菲律宾时,曾租用一座有花园的小洋楼。房东主管园地,而我们还是有权在房子的四周种一些我们爱的东西。在我们有铁丝网的凉台四周,种上了玉藤花。当玉藤花长出蓝色花串,播送出特殊的香味,加上我们自己建造的水池中的莲花的芬芳,又看到水池里悠游自在的大金鱼,几乎忘记了我们是居住在蕉雨椰风的菲律宾。现在年纪已大,没有气力搬动太重的东西,但我仍喜欢做一点园艺。每到一处,种菜、种花永远是我生活中的乐趣。

6.参加读经会与上教堂

我生长在基督教的家庭,又在基督教会办的小学与中学读到毕业。读圣经与上教堂几乎是生活中不可缺少的事。最初是外国来传教的"姑娘"用白话文教我们读圣经。我已经会读用罗马字印成的圣经,也会帮助妈妈读罗马字的圣经。之后是中国牧师教圣经。我学会了查考圣经,应付考试,而对这一本厚厚的圣经,只可说是一知半解。直到最近,参加几次读经会,跟随大家详细研究,才知道了很多从前不懂的地方,但对于旧约,我还是有许多疑问。

我的老师对圣经的解释各异,大体分成两派:第一派认为圣经是上帝的指示,绝对不冲突也不矛盾;第二派认为圣经是历史、是文学,不必完全合法合理。我从小就相信有神主宰这宇宙。我一生依靠神的保护与管教。我上教堂做礼拜,只追求神的独生子耶稣基督的眷爱和恩赐。

　　读经会除了研究圣经，也是会员互助团契的地方，如果你有需要，可以请弟兄姐妹帮助。所以每到一个新地方，那里的教会都依地区介绍我们参加那个地区的读经会，让新朋友互相认识，然后参加教会的各种活动。读经会是教会的基本组织，也是老年人喜欢去的地方。

Old Age

A. Retirement in New Jersey and Florida

In 1999, we and a few alumni from Xiamen University took a cruise to Canada and saw some interesting places. On our return we learned I-Hsiung had rectal cancer. Local volunteers, some that we knew and others quite new to us, took turns driving I-Hsiung fifty miles to the hospital in Roanoke, Virginia. Thirty-seven times he went for radiation and chemo treatments.

In 2000 we began to live part of the year in Princeton, with our oldest daughter Doris. In February 2002 we bought a ranch-style house on the outskirts of Princeton. The living room and master bedroom are spacious. Doris and Helen moved in with us. It has a painting studio and art gallery. We planned to retire here. On weekends we had students for Chinese brush painting. We also attended activities at Princeton University. I-Hsiung held exhibits in our home art gallery and elsewhere in town. Our two elder daughters were helpful, driving us to cultural programs and accompanying us on trips and tours. We two old people were very blessed.

Around Christmas 2002 we flew to our youngest daughter Grace's home in Florida. We were then both in our eighties. We knew the warmth of Florida was well-suited to old people. Thinking over the vacant lot across from Grace's home, we decided to purchase and build our winter home on it. I-Hsiung signed a contract with the builder and designated our son-in-law Garth as supervisor. By Christmas 2003 our winter home was ready. During the warmer months we stay in New Jersey, and when the weather gets cold we move to Florida.

Our winter home is on Sandy Pines Circle in North Fort Myers. North Fort Myers is next to Fort Myers and Cape Coral on the South-west GulfCoast. The locals call us "snowbirds". Our circular street has about fifty homes on its two sides. Inside the circle, behind the houses, is a pond. There is little traffic so it is very quiet.

Grace and Garth helped us greatly by finding furniture for us, starting with the master bedroom. They put up window shades, ceiling fans and lights. Sleeping on two new beds that tilt up and down was strange to us at first, but the firm new mattresses shaped to our bodies after a few days and became more comfortable. I-Hsiung has a recliner and can use an earphone to watch TV which helps me slip into dreamland sooner. As the master bathroom has two washbasins, husband and wife can wash up and brush teeth without needing a schedule. There is only one toilet, so sometimes we must wait or use the guest bathroom. From our bedroom we can see moonlight through the sliding door, and we can go out to the screened porch anytime of day.

The living room is next to our bedroom. It also has a glass sliding door. With the vertical blinds open we can see the pond. On the other side of the living room is a large picture window through which we can see our front lawn, Grace's and Garth's house and our neighbors' lovely homes. I-Hsiung's large panel landscape painting and several bird and flower scroll paintings hang in this large room that serves as art studio and gallery. Besides two silver gray couches, dark brown end tables and a large marble-top coffee table, we have a gray-cushioned black armchair. Grace and her interior designer friend went to many furniture stores to select these modern pieces which make our living room quite elegant.

Connected to the living room is the kitchen. The countertops are olive green, the cabinets white, refrigerator and dishwasher also white. The dining room and kitchen are not separate. Our custom-made round dining table can seat ten to twelve. The tabletop is white, the chairs dark mahogany. Scroll paintings of landscapes and flowers adorn the walls. From the dining room window we can watch white egrets feeding on the lawn, appearing to have good appetites. In this setting we "snowbirds" have good appetites too.

A corridor to the right of the dining and kitchen area leads to the guest bath, the computer and TV room, and two more bedrooms. The windows look out on the pond and a neighbor's yard. Daily I walk around the spacious house. My steps are sure and un-wobbly. Resting on the sofa in my big living room, I feel very peaceful.

Each winter since 2003, my Number One Daughter Doris and Number Two Daughter Helen have flown with us to Florida from New Jersey. After they returned to New Jersey they have often called and reported about huge snowstorms there. One year a snowstorm dropped thirty inches of snow. The snowplow only cleared the driveway, leaving snow on the front walk. But in such weather, there would be no visitors anyway.

We are fortunate to be in a warmer climate for a few months each year. The coldest winter temperature in Florida is normally 40 degrees Fahrenheit. Yet in January of 2010 a record cold spell sent early morning temperatures below freezing for almost two weeks. Normal winter daytime temperatures range from 60 to 70 degrees. Only a few days are cloudy or rainy. In daytime, the sky is often blue, the sun shining brightly.

Although we are not too active socially, we sometimes encounter other "snowbirds". These retired people wear nice clothes and make pleasant conversation. They are the sunset's glowing rays. Local people believe there are more car accidents in the winter due to "snowbirds". Is that fair? I do not know. But there are many more cars on the road in the winter. That much is true.

Chinese buffet restaurants are popular here. But I do not think they are good for our health since diners tend to overeat. In winter it is best to live simply, eat less, rest more and take more showers and baths which are also a type of exercise.

I-Hsiung and I are now in our late eighties. Thanks to God's care, while our bodies are weaker our spirits are high. One had rectal cancer and the other hip replacement surgery. Beyond painting, writing and using the computer we accept that we cannot keep up with innovations, but we gladly live by the proverb "Have one bit of energy, give one bit of light".

Besides painting and teaching, I-Hsiung enjoyed playing with our granddaughter Zea and grandson Noah. In the morning Grace or Garth would drop them off at St. Michael's Lutheran School fifteen miles away, and I-Hsiung and I would pick them up in the afternoon. We also enjoy feeding the birds and planting flowers and vegetables in our backyard. In July 2009, Grace and her family moved to Indiana for career reasons. We were glad to have them back for a short visit Christmas 2009.

I enjoy the Florida winter. In my mid-eighties I caught myself in the mirror. I looked younger than my grandmother did at eighty. Perhaps God will let me live a few more years. I will try my best to live to glorify Him. The first thing I do every morning is put on my rubber sneakers and march one hundred steps in the living room, then off to the computer room to work on my memoir, *Popo's World*.

B. The Leisure of Old Age

1. Watching TV

When I was younger, I was busy every day and could only watch a half hour of TV news. Now I am not so busy, so after dinner I sit and watch news and other programs. I like old movies, partly because I had no chance to see them when they were new. Also, the actors back then spoke slowly and pronounced words clearly so I can follow the story much better.

Sometimes our daughters rent the latest movies. I-Hsiung and I watch them too but do not appreciate them as much. I cannot keep up with the fast action and new style of speaking. Sometimes, to keep me from falling asleep in front of the TV, Helen will place a dish of cooked pumpkin seeds and a glass of warm water next to me. I watch the movie and crack pumpkin seeds and so I stay awake. Her idea works!

As I watch these movies, I come to know more movie stars and learn more about American life. Watching the evening news and a classic movie has almost become our daily homework.

I followed the 2008 presidential campaign and found it exciting and engrossing. The race between the Democratic candidates, Hillary Clinton and Barack Obama, was very close; it was the first time a woman and an African-American man who had realistic chances of winning, was running against each other. The campaigning was fervent and I enjoyed it very much. Winning was not easy for them, losing most painful. I have also watched American football, beauty pageants and other contests on TV. Americans are good sports, very brave and unafraid of losing or failing. These are virtues, but if one's only goal is to win by any means, one might take a wrong path.

Watching TV is a good way for old people to spend some of their time. But parents worry that their children spend too much time with TV and neglect their homework. That can be a problem. Nothing is perfect.

2.Learning the Computer

For a long time, I have wanted to learn to use a computer. To this day I do not fully know how. I confess I am not too bright at computers and have had no technical training. My daughters who tried to teach me were self-taught and not experts. Computers are widely used but perhaps they are too complex for me. It seems only clever people can do it.

My first computer was a gift from my daughters. I used it to type English essays for local newspapers. For this it was very convenient. When I wished to publish a book with Chinese text and English side by side, I needed to learn to type Chinese by computer. Though I learned several Chinese programs I failed to master any of them. My speed was very slow. I was almost discouraged from writing.

The computer has so many programs, each program with its own system and rules! In these days to apply for a job one needs some computer proficiency. I am not seeking a job but I need the computer to write, so I try to practice every day. First I learned how to use e-mail for correspondence, then I learned how to write Chinese articles. Often, I have stopped in the middle of writing because I did not understand something in the software. I try to handle it as best as I can, just like a kid. Playing with my computer in order to write is one way I enjoy my old age.

3.Looking for Eyeglasses

I never thought of eyeglasses before I was forty. I had been praised for my bright eyes, the windows of my soul. I could see really well in any case. One day while teaching I became aware that I needed glasses to see clearly. I did not feel sad. Wearing glasses is part of getting old.

I wore eyeglasses to do the errands of a housewife and mother, correct students' papers, write reports for my graduate studies and compose newspaper articles as a columnist. One day when I was about seventy years old, I suffered a detached retina in my right eye. Immediate surgery was needed. Thus, I was laid off from work by my eyes. The surgery was successful, but I had more other eye problems later. The doctors recommended more surgeries. I need my eyeglasses now more than ever before.

My family knows how much I like to read and write. They encouraged me to see different eye doctors. My family bought me all kinds of eyeglass necklaces, but when I am not using my glasses I remove them and later cannot remember where I put them. "Where are Popo's eye-glasses?" has become a common question.

I do not like wearing glasses all day long. We have many sizes of magnifying glasses at home，but I cannot read or write with them for long. The large print dictionary and large print books and magazines became good friends. I realize now that age was the real problem. I thank God for eyeglasses and the many good doctors He provided. Otherwise，I would have been a blind woman long ago!

4.Walking with a Staff

After falling and undergoing a hip replacement I used a wheelchair, then a walker for a short time. Later I started depending on a walking staff. The cane that I used most often was one I bought at a retirement center before I fell. It was a wooden cane with the head of a sea bird. I bought it for a souvenir but it has become my walking companion. I used the cane to walk so fast a nurse said I was running. For my travels my daughters bought me a three-legged metallic cane with a folding seat. I can use it as a cane and a chair. This cane-chair helped me go to Shanghai，Beijing and Jiangyin，even to the Yellow Mountains，and to Detian Falls and Wuhan where the Yellow Crane Pagoda is.

With a walking stick I can sometimes outpace my family by so much that I forget I am over eighty-five years old.Without a cane I walk with baby steps. On grass I sway side to side like a duck. "Lord! Help me to walk without a cane!" Despite that wish I walk with a cane most gratefully.

5.Gardening

Since childhood I have liked playing in the garden. I especially loved the guava tree at my childhood home. Its trunk was smooth and its fruit mild but fragrant. I always climbed on its trunk to sit and read a good story or to pick ripe fruit as refreshment after school. After a rainstorm，I would run to the tree and pick the huge "wood ears" (an edible fungus) from the trunk and offer them to mother to include in the meal. I loved

gardening because my grandma and my father used to garden in their spare times. I always helped them. To see an abundant harvest was a joy.

We worked hard to maintain a middle-class existence for our extended family. We had a large garden before. My mother managed the cultivation and sale of longyan fruits and bamboo shoots. The income paid our tuition. Grandma planted beans, pumpkins and other vegetables. Father planted foreign fruits like pineapples, small bananas, starfruit and papayas. He was a Chinese scholar with western ideas. He saw gardening as physical exercise. All three of them influenced me.

In my second year of college, helped by a roommate I planted tomatoes outside our dormitory window. The tomato plants grew well. The red fruit was called "love apple" by the boys. In that remote mountain city we had no apples, but gardeners could grow "love apples".

In Manila, we had rented a house with a garden. The Filipino landlord cared for the garden but let us also plant what we liked. I remember the screened porch especially. Along the screen we planted jade vines that gave us pretty blue flowers and a wonderful fragrance. We also built a fish pond with goldfish and lotus and lilies, a little bit of China to let us almost forget we were in the Philippines with its coconut breeze and banana rain. We left it all to our landlord when we came to the United States. Now, in Princeton and North Fort Myers, we are again growing tomatoes, papayas and other plants. Gardening is one of my hobbies. Even past eighty-five with diminishing strength, gardening remains a joy of my life.

6. Bible Studies and Church

I grew up in a Christian home and graduated from Christian primary and high schools. Bible studies and church were important parts of my life. I could read the Bible Romanized in our dialect even before I could read Chinese text. I taught my mother to read and write Romanized Chinese. Foreign missionary ladies taught me to read the Bible in colloquial

Chinese. Later，Chinese pastors taught me the Bible. I learned how to find a verse for exams but knew not much more about the big thick book. I have recently joined Chinese Sunday school classes and Bible study groups. Many things I did not understand became clear after joining in the discussions. But I still have more questions，especially about the Old Testament.

Bible teachers come from two schools of thought. One group believes the Bible is God's revelation，absolutely authoritative，never contradicting itself. The other group thinks the Bible is only history and literature and is sometimes not reasonable in what it says. I have believed in God since I was a child，and I have always prayed. All my life I have relied on His protection and discipline. I go to church seeking only grace and loving care from God's son Jesus Christ.

The Bible study group is not only to study the Bible. Members help each other in many different ways. Hence the church urges all newcomers to join a Bible study. Most study groups are formed according to neighborhoods. Bible study groups are the basic units of the church. I enjoy this in my old age.

附 录

凤 凰 树 下 随 笔 集

附录一　莘人作品与作品点亮的一代人

——《平屋存邮》与《莘人文选》的时代价值

陈端端

庄昭顺老师笔名莘人,《平屋存邮》和《莘人文选》是她 20 世纪 40 至 60 年代,旅居菲律宾 22 年间的作品集。

《平屋存邮》辑选了 1955—1956 年,刊登于《大中华日报》《文华版》同名专栏上,写给青年学生的 40 篇书信。《莘人文选》则编选了作者初抵马尼拉发表的,以及后来刊载于《大中华日报》之"莘人杂文"、《新闻日报》之"莘人随笔"、《大中华日报》之"小天地"等专栏上的 189 篇小品杂文。

庄老师循循善诱,在中正和圣公会两所中学任教,广受学生的敬重和爱戴。她写作的题材广泛,内容颇多析说处于当时的国际和菲律宾大环境下,个人以及侨社的种种生存发展之境况和问题。由于目标读者以自己的学生为主,下笔大都由分享切身的经验和观感、启迪读者的视野和思维出发。文字平实真切、浅明易懂,广被大众阅读和津津乐道。

"想不到这《平屋存邮》,陆陆续续发表了十多篇之后,许多友人和读者(当然是我的学生居多),都把我的《平屋存邮》当作他们的'谈助'。不断要求我再多写些,讨论的问题也要更广泛些。"在该书的前言里,作者就曾特别道及写作时的情景。

然而更加难得的,是她的作品不仅仅在报端刊登期间获得热烈的回响,就连作品后来的结集印行,也都是由热情的读者大力推动促成的。

《平屋存邮》是作者在"孩子们时时的病痛,加上教书匠永远做不完的工作,令我重把这四十篇选定的文字细心校阅一回的工夫也没有"①的情况下,得到学生和朋友的多方支持、协助,得以于专栏结束后的翌年年底就迅速编印成书。

----

①　节录自《平屋存邮》后记。

　　1983 年姗姗面世的《莘人文选》，则是作者在移居美国 15 年后，响应邀请她回菲律宾旧地重游的中正门生盼望编印其旧作以重温旧梦之请，方始着手整理、允以出资发行的。

　　2021 年 11 月 21 日，庄昭顺老师息劳荣返天家，与在世间结褵五十五载、鹣鲽情深的夫婿朱一雄老师在主怀里厮守安息。

　　为缅怀亲恩，更为永志双亲在厦门大学就学、缔交，及至背井离乡、比翼天涯，相携拓展艺术的生活之履痕与心迹；其长女多丽和妹妹希玲、静华、雅施与厦大校友会洽商，冀能重新出版母亲的遗作，以与早先收入厦大"凤凰树下随笔集"的父亲遗作《思乡草》并列垂远。

　　姐妹四人最初的构想是辑合庄老师旅菲作品《平屋存邮》与《莘人文选》为第一辑，旅美作品《域外散记》《芸芸众生》《婆婆的世界》为第二辑；多丽为此邮传予我由正体字转换成简体字的《平屋存邮》及《莘人文选》电子版，邀我参与整理和校对的工作。

　　《平屋存邮》在报端刊载的 1955—1956 年，我还是个只会看漫画故事的初小学生；后来上了中学，心智仍然肤浅，偏好诗歌、小说，对于传达现实生活见解的"莘人随笔"专栏，不懂得留心阅读。

　　感谢多丽，让我能够借着仔细拜读《平屋存邮》和《莘人文选》的机会，步入时光的隧道，认真回顾年少时懵懵懂懂走过的 20 世纪五六十年代；深层了解并且体会庄老师洋溢着社会人文关怀的书写，对当时茹苦含辛、逆势奋进的马尼拉侨社的莫大价值和意义，以及其人、其文之享誉当时，获得热切回响的最根本原因。

　　1946 年的 7 月 4 日，先后被西班牙与美国共同统治了 400 年、二战期间又被日本占领了两年的菲律宾，从美国手中正式获得独立。

　　大约就在岛国独立那天的前后，来自厦门的一艘海轮驶近马尼拉海湾，身边只带着母亲准备的行装、父亲赠予的辞典和一束情书的少女庄昭顺，跟着大伙儿走上甲板眺望，感觉"晚霞特别绮丽，海风尤其温纯"。远岸那据说是马尼拉的杜威大道上，汽车流光闪电般络绎不绝，滨海公园灯火妩媚，饭店霓虹灯如星星眨眼，入眼"一幅堂皇富丽的景象"，压根儿"没有想到这景象中还蕴藏着什么善的、恶的"。①

水波灯影飘忽迷离，然而岸上的真实世界，又是怎么样的一幅景象呢？

"长夏的椰岛"土地富饶，人民和乐善良。西班牙殖民留下了天主教信仰，美国殖民留下了先进的教育、交通、医疗、金融以及政府官员体系。过西洋节日，崇尚民主、自由，拥有众多会说流利英语，喜好西洋音乐与电影、打篮球、喝可口可乐、抽骆驼香烟等的人口，俨然亚洲最西化的国家，社会、经济环境傲视群侪。

然而在美丽的岛国上，华人的生存发展一直都备受严苛的考验。17 世纪初的西班牙殖民者不但歧视华侨，还发动排华屠杀。排华政策在 19 世纪虽然稍有转变，侨社也开始蓬勃发展，但仍长年不断地遭受各种不平等待遇的打压，权益难以得到保障。

独立后，菲律宾民族意识益发高涨。1947 年，战时流亡海外的政府班师回朝发布的第一号法令，就是实施"公共市场"菲化。但华商把握住战后百业待兴的机会，在零售业、进出口业、米黍业、农产品加工业大展宏图；致令地主国产生经济主导权旁落的危机感，驱使国会于 1954 年通过"零售商业"、1960 年通过"米黍业"等菲化案，重棒打击华侨生计。此外，菲政府又以搜捕共嫌为名，拿华侨开刀，大肆逮捕拘禁，酿成 1952 年的"禁侨案"白色恐怖。

就在上述时空框架下，下了船，登上岸，通过移民局和海关的留难，"对那新园地有过多少的梦幻"②的少女庄昭顺，在岛国的现实生活发展，又是怎么样的一种境况呢？

顶着厦大法律学士的光环，23 岁的庄昭顺老师，是二战后菲律宾中正中学复校的第二个学期，从国内新聘的教员中最年轻的一位。

大学甫毕业即成为人师的她，翌年年底与朱一雄老师有情人终成眷属，成为人妻；婚后一年诞下宝宝多丽，成为人母。

1950 年，第二个宝宝希玲出生，身为人师、人妻、人母的庄老师，还在报上开辟了专栏"莘人杂文"。

---

① 节录自《杜威大道的灯火》(原载于《大中华日报》，日子不详)。
② 节录自《杜威大道的灯火》(原载于《大中华日报》，日子不详)。

1954 年,在中正任教、在圣公会兼课,并且笔耕不辍的她,于 6 月中迎来第三个宝宝静华。但当时侨社的整体氛围可是戚戚然、惴惴然、极不平静的。

5 月 19 日,菲国众议院赶在该年年会结束的倒数第二天,通过了零售业菲化提案;紧接着又在翌日,也就是国会休会前的最后一天,以迅雷不及掩耳之势在参议院同时二读及三读通过成立法令。事出仓促,侨界措手不及、惊讶、不满……舆论哗然。

马尼拉骄阳似火,然而在主要以营商谋生的侨社上空,时不时笼罩着乌云,长年处于"山雨欲来风满楼"的状态。喧腾多时的米黍业菲化于 1960 年拍板定了案,劳工菲化的提议也扰攘不休,在周而复始的低气压之下,是晴是雨? 庄老师忙于在课务之余,1955 年应邀为青年学生书写指引生活的专栏"平屋存邮",1956 年担任侨报副刊编辑,且另开辟专栏"莘人随笔"。1958 年在孕育第四个宝宝雅施期间,曾因积劳而卧病月余。1964 年又开辟专栏"小天地",此外,还在圣多玛士大学深造政治学,并持续协同朱老师展开文化交流,传扬中华画艺。

她在《莘人文选》的《难为了老师》一篇中写道:"刚到马尼拉教书,班上的学生,有些站起来比老师高,年龄也可能不小。"没错,二战后复学的学生不只年龄参差不齐,心智也因战火的洗礼与克难生活的历练而超龄且复杂。《中正中学概况》中记载菲岛沦陷停课的四年间,疏散的学生"从事地下抗敌工作者多达数百,成仁取义者十四位,而建功垂迹者难以计数"。

作为一名教学岗位上初来乍到的新任教员,能站稳脚跟就已经很不容易了,但庄老师还能够跨出另一个大步,在报上笔耕墨耘,并长期在课内外春风风人、夏雨雨人,岂是等闲?

1968 年,荣获硕士学位的庄老师再次跨出生活的舒适圈,举家飞越太平洋,移居大西洋彼岸的美国。22 年前南渡时在"恩典号"海轮上写下"重洋割断了我过去的一切,我像被割断了根的一株小树,要移植到新园地里"①的她,凭着勇敢坚定、锲而不舍的耕耘,枝繁叶茂,收获满园桃李芬芳。

我跟多丽同龄,同样自幼随双亲在中正中学的教职员眷舍比邻而居,一起玩耍、一起上学、一起长大。童年的记忆断断续续,少年的记忆分明些许,

----
① 节录自《杜威大道的灯火》(原载于《大中华日报》,日子不详)。

深深浅浅地留在脑海中的美好时光里,但庄老师的身影常年温婉美丽。

走过哀乐中年,阅历七十载人生,在岁云暮矣的今日展读她当年的书信随笔,设身处地想想她在陌生的异乡初执教鞭,及至后来在担负多重角色极端繁忙的景况下,为文、为人始终展现的一派通达自在、优雅从容,心中触发的钦佩悸动,真不是拙笔所能叙说明白的。

"每当流行感冒袭击菲国的时候,在教室中有一片咳声,在街道上有一片咳声,在家里也有一片咳声。尤其在半夜里,听孩子咳嗽不止,那声音简直像铁锤打击着我的心。"①

"卧病一个多月,有过忧虑,甚至流几滴眼泪,孩子天真地问:妈妈你伤风了?怎么流鼻涕?我只得笑着摇头,打发她们到外边去玩。第二天中午,被送进了医院。"②

"家中的女孩幼小娇嫩,最小的孩子又因跌伤未愈,除了父母亲,她什么人都不要。……住院十天,由于病况毫无进展,准备长期卧床休养,便由医院被送回家。孩子们在门口等,门上大书着:欢迎妈妈回家。"③

一字字、一行行地读着1958年8月的《奎松、自由、肺病》与同年5月的《狼狈的日子》,万千思绪牵引我回到经常跟着多丽在她家进出的童年。姐妹仨夜阑时分的咳嗽声,那如重锤般击痛她们慈母的心的咳嗽声,立体声般声声入耳。更叫我难以自已的,是沉没脑底65年、多丽的妈妈"也生病了"的记忆,又乍然从字里行间历历分明地被唤醒起来。

三年来,新冠疫情迁延不断,人类历史上几次重大的瘟疫经常被引述参考,使我记起小学时代那一场严重的流行感冒病疫,想必应该就是1957年爆发之呼吸道传染病大流行了!记得生病的人非常多,有一位老师请假特别久,回来穿着孝服,听说她的病好了,但她先生不幸去世了。知道咳嗽、感冒、发烧也会死,同学都害怕极了,叽叽喳喳、东一句西一句地瞎传一些道听途说的流言蜚语。

"我妈妈也生病了",冷不防听到多丽那么说,我不觉跟着紧张了起来,

---

① 节录自《奎松、自由、肺病》(原载于《新闻日报》"莘人随笔",1958年8月19日)。

② 节录自《狼狈的日子》(原载于《新闻日报》"莘人随笔",1958年5月13日)。

③ 节录自《狼狈的日子》(原载于《新闻日报》"莘人随笔",1958年5月13日)。

不只因为流行性感冒当头，还因为想起了之前我母亲生病憩卧在房间一隅一张借来的可以调高靠背的铁床上，与我们分筷分食，不许弟弟和我走近床边的艰难情况。这下多丽妈妈也生病了，她会怎么样呢？多丽她们会怎么样呢？

多丽当然是担心、难过的。见到终日忙碌不停的母亲忽然病到不得不躺下休息，再傻的小孩也会着急害怕，何况是心思灵敏的多丽姐妹。母女连心，病中的母亲又怎么可能看不穿女儿为了减轻彼此沉重的心事，而故作天真的痴态？

因此当我读到"孩子天真地问：妈妈你伤风了？怎么流鼻涕？我只得笑着摇头，……第二天中午，被送进了医院"那一段时，读进心坎里的，不是那轻描淡写的文字，而是体贴入微的亲子深情。

就是如此这般地，我在百感交集、思潮起伏中读完了《平屋存邮》和《莘人文选》两部集子。"旧时天气旧时衣"①，影影绰绰、纷纷呈呈，脑底、心底呼之欲出，如闻其声，如见其人。

多丽要我分享读后感，在汹涌澎湃的思潮中，实在难以言简意赅地记述与我的潜存记忆千丝万缕交缠在一起的思维与感怀。高山仰止，首先只能回溯前尘，将庄老师一路行走的足迹嵌进时空的坐标，细细观想以及勾勒其丰沛的生命与创作能量，接着再来认真寻索和阐述其作品的时代意义和价值。

《平屋存邮》写给青年学生的书信涵盖自修、就业、家庭、婚姻、工作、娱乐等课题。《莘人文选》则包含"菲岛风光""中菲文化""华侨与社会""怀旧念新"四个单元。题材宽广多元。

原载于报刊专栏上的作品数量非常多。若照"平屋存邮"发刊时，主编"预定每隔日刊登一次"之说推算，成书的 40 篇还不及总数的四分之一。另据《莘人文选》之作者简介称其旅菲期间"积存文稿数十万字"，则书中所辑 189 篇，顶多也不过四分之一而已。

该简介同时还说到"为菲华文艺留下纪录"和"借以鼓励推动菲华文艺"，乃是作者允予编印选集的主要原因；但若就专栏在当时蔚为风潮的盛况，检视作品对当代侨青之长远影响，其所留下的人文纪录，实在不仅仅局

---

① 李清照《南歌子》。

限于文艺一端而已。

20世纪50年代的菲华侨社,跟眼前的景象可真是截然不同。阅读《平屋存邮》,从作者前言的第一句"长夏的南洋",时空想象就得跟着设置在那东南亚又叫做南洋,而本地土生土长的华人或华裔都被称为侨胞,中文或华文叫做汉文,侨校汉文部的各科课本都是国定南洋版教科书的年代。

翻阅该书电子版,对我而言更是奇特无比的经验,带着温度的文字在平板电脑上穿越时空,触发难以言喻的精神互动和感性体验。当年的时空、当年的读者,还有当年的我,持续以一种四维时空的形态,于字里行间呈现。

两本书200多篇文章从头读到尾,那些让作者不惜"奉献出"有限的余暇,"发狠要针对同学们目前的切身问题,不易解决的困难……一一加以分析,……把我的一得之见告诉他们"的"每当课后或假日,总爱挤到我狭隘的寓所来,东拉西扯的乱谈一阵子"的一众学生,①他们当年的形貌,以及他们在岁月长河中、人生棋盘上,过河卒子般突围奋进、纵横四海的情状,不断地在我的脑海里打转……那是因为比我年长十多岁的他们,都是活在我记忆深处长达十几年,在方圆两万平方米的实境里,未经剪辑之真人秀里的人物。

被抱上临街的卧室窗台或学校的走廊扶栏,坐着观看放学后走出校门以及在操场上的他们,是我年幼时的日常。

等上了小学,眼中活脱脱的大人、追逐嬉闹又不像大人的他们,充实了我对成长的无限憧憬与想象。周末、假日做完功课,我被准予下楼,每每穿梭在同字壳形的两层楼校舍的两翼走廊上,窥望一间间课室里排练表演节目和制作美劳布置的他们。高年级时,我尤喜欢跑到幼儿园观看高三生实习教学,对几位毕业留任的新老师特别着迷,傻乎乎地追踪他们的言行,一如追星的粉丝。

60多年后的今日阅读庄老师当年的文字,让我像坐上魔毡似的飞越到他们当年的平台上,置身于当年的实境中,感受"不问是自身或是社会,不问是家庭或是祖国,真有太多的问题亟待解答,真有太多的事情面临抉择"②的惶惑和冀盼;也让我真正体会到庄老师像邻家大姐般温暖、贴心分享阅历

---

① 节录自《平屋存邮》前言。

② 节录自《平屋存邮》前言。

识见的书写,在他们往后人生征程上的精神慰藉、提振和启发,意义是何其重大。

时代的记忆,历史的信息,层层堆栈在书页之上;此一时、彼一时,没有亲历过20世纪前半叶菲华传统侨社的人文环境,还真体会不了庄老师笔下如今看来已相当普遍的生活态度和想法,何以会在当时的青年读者心中激起那么辽阔的波澜。

菲律宾迟至1975年才因应时局开放外侨集体归化,在此之前,一向以极高的门槛严控中国人入境和入籍,连滞留本地已达30多年的2000多名中国籍游客也拒不授予正式居留权。"在排华的巨浪下苟活,在菲化的法律缝中喘气,难得为明天作长久的计划,抱着'赚食'的态度度过一生"①,可说是当年菲华侨胞处境的写照。

寄人篱下,仰人鼻息,小时候听大人谈时事,总少不了这样的一声叹息。然而境况再困难,挣番银的番客也只能咬紧牙关硬撑。云天外老家指望侨汇,身边的人也有日子要过。都说泉州人个个猛;该张罗的,再拮据也义不容辞,实力强的就更不用说了,亲人、乡人都盼望跟着"过番"②来,那要费多少钱、多少劲呀!中间还得安顿在香港歇脚,等候签证。照顾三处家人,仔肩如何不沉重?

那个年头的人又大都儿女成群,为衣食温饱竭尽心力,哪顾得及孩子的心思、感受?管束却是不由分说的,最坚持的是中华文化,最耿耿于怀的是儿女菲化;但由于保守的乡土观念和习俗大都偏于僵化、陈旧,难免与小辈的想法产生冲突。

"有许多家庭,父子间除了给钱和拿钱的关系以外,彼此几乎全不了解。开心的时候,就觉得有这样的儿子也不错。不开心,便咒骂儿女一顿。这样一来,年轻人便觉得老人家顽固,家庭太旧,而老人家却怨叹儿女不孝不顺。"③

"我常常听见许多年轻的朋友大声疾呼:冲破封建的制度。用封建这个

---

① 节录自《中国的艺术》(原载于《新闻日报》"莘人随笔",1958年6月24日)。

② 过番:出国到南洋。

③ 节录自《父子有亲》(原载于《大中华日报》"闲谈",1956年8月8日)。

词诉说前代的守旧思想"①，……而当时菲华侨社的守旧思想，更蕴含着由时代的困境以及跟本地人的生活隔阂所形成的不安全感和文化偏见，稍有逾越传统"勤朴恭顺"的行为，就会被斥为菲化、不务实、不上进。在那极端保守的社会氛围下，庄老师单单是知己知彼地道出矛盾的症结，就已经足以让备受压抑的年轻人畅怀倾诉，乐意聆听。

物资富饶，温饱无虞，当时颇为国人羡慕的吕宋生涯，其实不如想象中滋润、惬意。居安思危，克勤克俭，忧家忧国；历代承传的侨居守则根深蒂固。年轻人没有话语权，挣不脱身份认同的迷思，超越不了牢不可悖的意识形态，要跟上主流社会的时代趋势却举步维艰。

"马尼拉时报副刊上有一篇《城中城》，叙述中国人在中国城的生活。肮脏、杂乱；不讲究，进门便看见桌椅、床铺；窗口挂满了洗晒的衣服。"②

"近日和几位同事作家庭访问，走了十多家，开门请我们到屋里坐一下的没有几家。有的学生因为住宅太过寒酸、简陋而推说父母不在家。其中有一个学生的母亲真忙得喘不过气来，地板上睡着两个裸体的男孩，楼梯口站了三个拖着鼻涕的弟妹，大姐正哄着一个幼婴睡觉。"③

"曾听见几位工读的同学，谈起和一些店员住在黑暗的阁楼里……白天看不见课本上的字，暑季又闷又热，只好溜到半夜才回家。"④

"许多同学告诉我，他们在家里毫无'地位'。晚上，把地板扫一扫，睡在上面，便算是床铺。读书、写字没有定处，所以下课以后，宁到街上闲逛……"⑤阅读这些叙述，使我想起小时候跟着双亲走亲戚，姑姨舅妗等生意鼎盛的经商人家，客厅上、厨房里许多大人进进出出忙活着，孩子们的作息空间确实还不如学校眷舍一隅的我家安静、自在。

岛国炎热，早年多的是两层挑高的木楼房，而中国城的房子大都在两层楼之间多夹一个半层的副楼。闹哄哄的商铺，店主三代同堂住在楼上，楼下

---

① 节录自《有没有飞黄腾达的一日：谈身世和身价》（原载于《平屋存邮》，1956年）。

② 节录自《中国的艺术》（原载于《新闻日报》"莘人随笔"，1958年6月24日）。

③ 节录自《为明天计划什么：谈生活的改善》（原载于《平屋存邮》，1956年）。

④ 节录自《为明天计划什么：谈生活的改善》（原载于《平屋存邮》，1956年）。

⑤ 节录自《生命的浪费：谈半工半读》（原载于《平屋存邮》，1956年）。

白天做生意,晚上柜台、饭桌、纸箱、木柜都是伙计、亲友憩息之处。即便是独门独户的住宅,进门摆设也差不多一个样;直通通的大厅摆满家具用品,厅边围一角做厨房。房间不够,有的孩子就得睡客厅。市郊的花园洋房,不是菲籍是不许购买的;租赁的话,侨胞自然更喜欢住在"咱人"①地方中国城。

老师的随笔中曾述及了一位从国内嫁来马尼拉的少妇的居住环境,"菜市附近鸡棚似的房屋,从大门到寝室到客厅到厨房,不拐弯、不抹角。两道平直的墙围着长方形的楼房。没有天井,没有种花的空地。邻居是保留解放足的华侨老婶婆和在檐前聊天的华妇。"

"高处不胜寒"的标题和"不很熟悉南洋华侨怎样胼手胝足地谋生"的解说,道尽少妇委身于"皮夹内多少有点美金""西装革履的番客"之梦幻泡影阴错阳差。

捐输乡梓出手大方,其实当时大部分"番客"既不洋气也不阔绰;在"忙和乱"为常态的"工商业大城市里",许多人"被工作压迫得透不过气来,有的人怕连埋怨和悲叹的时间也没有;而且一般人所遭遇的,又常是逆境多于顺境"。②

来自闽南"物产较丰富的漳州平原"③,家里有片栽种蔬菜和龙眼树的园子,在依山傍海、环境优美的厦大上学,蒙受开明的家风和学风熏陶成长的庄老师,越洋见识和体验到那种种巨大的实质性反差,看待事物的角度因而更客观、广阔,对待学生的态度也随之更体恤、宽和。

"有的学校局促于商业区域,满耳车声、人声、叫喊声;叫学生的心神如何镇定呢?"④

"时代给予华侨青年特殊的环境和使命,有的人夙夜匪懈,只为了多修几个学分,好早一点结束半工半读的辛勤生活。"⑤

---

① 咱人:菲律宾侨胞称闽南同侨为咱人,称粤籍同侨为乡亲。
② 节录自《临渴掘井》(原载于《新闻日报》"莘人随笔",1958 年 3 月 22 日)。
③ 节录自《侨乡吟》(原载于《新闻日报》"莘人随笔",1958 年 8 月 5 日)。
④ 节录自《清净之乡·神仙之境:谈读书的环境》(原载于《平屋存邮》,1956 年)。
⑤ 节录自《临渴掘井》(原载于《新闻日报》"莘人随笔",1958 年 3 月 22 日)。

"我对于在教室里打盹的学生和精神不振作的少年,不免予以原谅。"①

　　"大部分华侨希望子女做个中国人而又要懂得怎样在此地谋生,所以希望子女英汉文完全通晓。"②

　　"有许多华侨,不肯耐心培养子女读书求学,又要他们升班,马上毕业,说起来是残忍的。"③

　　字里行间,充满理解与同情。

　　《平屋存邮》的上款,庄老师很亲切地都以弟弟、妹妹称谓对方,下款以大姐姐自署;从关切对方的近况,进而托现出其对所处时代和社会的整体关怀。由点而面引导对方扩展视域,面向未来。

　　在这里,我们必须特别介述 20 世纪 50 年代菲华侨教的情况,借使读者对此前和此后引用的段落,能有透入文字表层之认识与体会。

　　早年菲华侨校的教员都是从国内聘请的,学制与国内基本同步。二战后,独立的菲律宾政府强制侨校必须同时教授英文课程,从此开启了侨校的"双重学制"。1956 年起菲政府益加严格地将侨校纳入教育局的管辖之下,规定每周课时:英文部中学 1200 至 1400 分钟,小学 1100 至 1175 分钟。汉文部中学 900 至 1000 分钟,小学 800 至 870 分钟。

　　在双重学制下,学生半天上英文,半天上汉文,史地理化分别使用英汉教科书重复讲述,英文部多授菲律宾文和初级西班牙文,汉文部则加重中国历史和地理。在每天长达 7 个小时的上课时间之外,好些学生放学后还有兼差工作。负担之繁重可想而知。

　　此外,由于菲律宾的中学为四年制,而与国内同步的汉文初、高中则共六年,除了特别将英文学前预备班延长到学生汉文念小三,才给正式上英文小一的少数侨校外,很多学生汉文读完高一、英文中学就毕业了。或因切需半工半读,或因家长认定读汉文无济于往后的生计,许多学生初中毕业就没上高中了。然而奔波两校求学且还兼职读完高中者仍不乏其人,其勤苦自

---

　　①　节录自《为明天计划什么:谈生活的改善》(原载于《平屋存邮》,1956 年)。

　　②　节录自《假如我是一个华侨学生:谈谈侨校的改制》(原载于《平屋存邮》,1956 年)。

　　③　节录自《登高山复有高山:谈升学的几个问题》(原载于《平屋存邮》,1956 年)。

励更是可想而知。

然而,也正由于双重学制下英汉文部各上半天课的设置,资优中学教员如庄老师者,便也因而得以获聘在两所学校任教。

"我每天清早捧了一堆文史簿籍,捡了些五彩粉笔,自来水笔灌满了红或蓝的墨水,匆匆下田去。夕阳下山了,我扑扑双手的粉笔灰,挟了一束束的作文卷、考卷,蹒跚踏上归家的路。"①

"平均起来,一学期要教八组以上的学生,每组只算五十人好了,要面对四百位学生。这手分完一批考卷作文卷,那一手又收回来一批。整天不停地写,不停地说。"②

对于那无可如何的、"有点像赶市集一样,大家匆匆忙忙每天赶着上课、赶着下课"③的日常,在无奈之余,庄老师也只能苦笑自嘲。

在《生命的浪费:谈半工半读》里,她对诚弟写道:

读完你的信,我的心沉重得很。我应该同情你呢? 还是责备你?

……你埋怨家境不好,兄弟姊妹不少,父母总是愁云满面,生气吆喝。这种情形,在中国人的家庭是不足怪的,别以为自己是最可怜的人。

……半工半读在现在的都市里太平常了。你已经读完初中,智力和体力都可以胜任抽出时间工作,积贮一点学费。……华侨社会的印刷业并不落后,出版业排版的工资很贵。像你这样年龄的中学生,我想,排字工场可以容纳一些人才。

……我认识一个学生,初中毕业到洗衣店做工,替店主收衣、编号、发送干净的衣服。半天的工作,每月薪水五十元,就这样勉为其难读完高中。盼望你找半天的工作做做,必要时暂时停学。不工作没有资格批评他人所给的供养好不好。

……求学问和混资格不同。没有时间自修,坐在教室里只是休息

---

① 节录自《岁云暮矣》(原载于《新闻日报》"莘人随笔",1957 年 12 月 26 日)。
② 节录自《难为了老师》(原载于《大中华日报》"莘人随笔",1958 年 1 月 21 日)。
③ 节录自《清净之乡·神仙之境:谈读书的环境》(原载于《平屋存邮》,1956 年)。

休息,连听讲都觉得费神;更谈不到做习题。这是生命的浪费。我不愿
我所爱的弟弟,做这样的学生。

另在《忍受以后长年的空虚:谈谈独立的生活》里,她对平弟写道:

> 昨日几位同学来谈,提起你最近的生活,知道你颇苦闷,使我觉得
> 十分不安。
>
> ……近来华侨青年颇有一种风气,那便是尽早要求经济独立。许
> 多人家境并不太坏,只是觉得向父母伸手要钱很难为情;尤其当父母给
> 了钱便照例要来一顿训斥,强迫选读不喜欢的科目。他们认为经济能
> 够独立,则行动也跟着自由起来。
>
> ……然而要有独立的能力在先,才谈得上要求独立。举一个例子
> 说吧,华弟因为不肯在菜仔店①帮忙做生意,到山顶州府②去教两年书,
> 积存了一两千元,以为可以爱读什么就读什么。回来发现大学学杂费
> 一年至少五百元。坐车及午膳,一个月也要五六十元,两千元不够两年
> 的开销。吃的,穿的,还要仰给于父亲的菜仔店,挨受父母的埋怨。因
> 此他想回祖国升学,然而父母不肯签字,无法申请保送,去了回来,也不
> 见得谋到一份好工作。

在《人得靠自己的意志活着:谈健康》里,她对芸妹说:

> 好久没有你的消息,我是多么记挂着你啊!昨日文弟来岷市,说你
> 在乡下养病。以前,我便发觉你常有倦容。女孩子因为生理上的变化,
> 有时不爱和人来往,这是一种自然的现象。当时,我又忙,没有找你谈,
> 今天才知道你的身体不好。
>
> ……我想,你病倒是心中烦恼,以前考第一名,去年担任家庭教师
> 弥补家中经济,整晚为人督课,半夜才做自己的作业,于是学业一天坏

---

① 菜仔店:街坊间小型零售杂货店。

② 山顶州府:菲律宾华侨对马尼拉市以外大城小镇的叫法。

似一天,心情也一天坏似一天。精神与肉体疲惫已极,只有病倒了。

……唯一的良剂是靠自己的意志,克服内心的烦恼忧虑。

自在分享生活信息的大姐姐,没有师生辈分的鸿沟,随和无间的开导提示,给予"从他们的谈吐间,知道不少稚弱的心灵,早已背负十分沉重的人世苦担子;细心旁观下,发现因为学识与阅历的限制,对世事的了解,竟显得十分浅陋或偏激"①的门下学生坚实的人生信念;对于少女的策励、慰勉,尤其通透而用心。

在一位"虽然是旧时代的女子,却最先接受新潮流的思想;认同男女平等的原则"②的慈母培养下茁壮成长的庄老师,漂洋过海惊见生活在西化而开放的马尼拉大环境中,封闭自守的华侨社会里青春少女的矛盾处境,感触特别深刻。

妯娌间都说妈妈太宽待女儿。妈对我,真是没有一点儿苛责或留难,她只是披荆斩棘地为我铺一条路。

……在战争最激烈的时候,全靠母亲把她的一点私蓄给儿女交学费。用完了,便努力经营果园补贴,更曾经为我们的学费向亲友借贷,辛酸苦辣,从来不埋怨。

……关于我的恋爱,从父亲及兄弟的信中,知道她非常不放心。……我爱我所爱的,包括父母亲及情人。我不愿参与悲剧,更不愿做悲剧的主角。如果有痛苦、有误会,母亲的胸怀是那么宽大,她爱女儿因而相信女儿的决定。③

推己及人,对于身边的女生,庄老师寄予无限深切的关怀和同情。

在《那些故事中可爱的女人,关于少女的烦闷》中,她对瑾妹写道:"健康正常的人,应该欢笑迎接青春,需要装做,需要谨慎保护自己,也许是对的。

---

① 节录自《平屋存邮》前言。
② 节录自《朝圣的香客》(原载于《大中华日报》"小天地",1956 年 5 月 10 日)。
③ 节录自《朝圣的香客》(原载于《大中华日报》"小天地",1956 年 5 月 10 日)。

但却因此失去天真活泼,变得忧郁、怕羞,甚至不知道怎么做,那就大可不必。……少女要培养高尚的感情,努力去爱人,去爱社会,也要懂得怎么接受别人的眷爱。……至于启发智慧,那便得求学。别念念不忘你是可怜的女人!"①

对于"一般华侨家庭,对女孩子管束比较严,不让她们自作主意"的传统,她说:"曾经有一位品学兼优的女学生问我:我很想参加社团活动,但是父亲反对,一般人也都反对,你看怎样?我告诉她说:什么社会都有光明面,也有黑暗面,你如能看得清楚,能把握自己,为什么不去尝试?又怎可以畏怕风霜呢?"②

"来访的华侨小姐隐约吐露苦衷说:我们有许多顾忌和担忧;不敢随便跟男士谈话往来。……她们无法享受合理的社交生活,是父母怕麻烦?或是父母在制造麻烦?"③

"有头脑、能自觉的女子,对生活、对人生,一定不会随意让人摆弄。在选择爱人之前,会考虑到许多实际的问题。即使考虑不周到,自己也有魄力与勇气去弥补或摆脱。"④

"应该锻炼自己,才能够使女性更加被尊重。为了不辜负母亲的爱,就应该为延续及扩充母爱而努力!"⑤

"社会上搬演的桃色悲喜剧,批评者常归咎为女子解放的恶果,却认为男子天生可以胡闹。男子如果有严肃的自尊心、强烈的责任感,又为什么一定要禁止少女正常交际?"⑥

在70多年前的菲华侨社,真可说是极其前卫、开明的性别平等教育。

就因为她坦率真诚、不落俗套,就因为她正视现实、见解新颖,使青年学子感觉耳目一新,像追寻心中的灯塔、投附避风的港湾一般,接近她,阅读

---

① 节录自《两种女性》(原载于《新闻日报》"莘人随笔",1958年5月24日)。
② 节录自《两种女性》(原载于《新闻日报》"莘人随笔",1958年5月24日)。
③ 节录自《第四个麻烦的问题》(原载于《新闻日报》"莘人随笔",1958年9月18日)。
④ 节录自《婚姻不是儿戏》(原载于《新闻日报》"莘人随笔",1955年10月15日)。
⑤ 节录自《有女怀春》(原载于《新闻日报》"莘人随笔",1958年2月27日)。
⑥ 节录自《有女怀春》(原载于《新闻日报》"莘人随笔",1958年2月27日)。

她，汲取生活上、思想上的启示和前进的动力，以及航行的方向。

相对于"一般家长，不喜欢孩子参加课外活动，怕男女在一起谈恋爱"①，她指出"教师、家长，应该从正面扶掖青年和外界接触，指示青年从事正当的团体活动。因为友爱是一盆炭火，可以从它取得温暖。生活在团体中，是人生最大的幸福"②。支持学生在必须互助合作的团体活动中，培养个性和理想，训练才干，陶冶情操。

借着团体活动的话题，她又引申说到年轻人"要在较为封闭的社会里开展新风气，需要热情和勇气，而这热情和勇气更应该持续发展成为建设社会的动力，也只有青年才会不计成败利钝去尝试"③。

由于"每个人都有权利，也有责任推动社会前进"，"领导者，应该是大众的先知先觉，战战兢兢，克服私欲，培植运动家的风度"，鼓励青年"努力争取领导的地位"。④

对于有人控诉家庭是"自私专制的樊笼"，她教导他们说："年轻人不应该把家当作客栈。"⑤"在儿童为主人翁的新世纪，年轻人是如此被看重着，如果还不懂得爱家庭、爱学校，实在不该。""专制旧家庭里子女违抗父母，现代人同情他们；反过来说：如果父母牺牲一切完成子女，而子女对父母漠不关心，又是否应该呢？"强调"新式家庭应该有个新的家庭伦理标准，否则还会有新的悲剧发生"。⑥

关于婚姻和爱情，她告诉学生说："在我的心目中，宗教、爱情一样神圣，我只有奉献最虔诚的心。""有了爱情的滋润，一定不会彷徨苦闷。如果消沉悲观，便可能是病态的恋爱，必定有一方不能牺牲自己完成所爱。"⑦反复多次地写下"爱情并不是一切，它是生活的力量。有了这种力量而不发挥出

---

① 节录自《友爱是一盆炭火：谈团体生活》（原载于《平屋存邮》，1956年）。
② 节录自《友爱是一盆炭火：谈团体生活》（原载于《平屋存邮》，1956年）。
③ 节录自《开拓人类的明天：谈青年》（原载于《平屋存邮》，1956年）。
④ 节录自《领导一件不平凡的工作：怎样做领袖》（原载于《平屋存邮》，1956年）。
⑤ 节录自《为明天计划什么：谈生活的改善》（原载于《平屋存邮》，1956年）。
⑥ 节录自《世界上最温暖的地方：谈家庭》（原载于《平屋存邮》，1956年）。
⑦ 节录自《爱情并不是一切：谈谈青年的恋爱问题》（原载于《平屋存邮》，1956年）。

来,不做点事,那才可惜"①的理念。

她相信爱情的力量,认为"结婚以前该有爱情作基础。油盐柴米,人情世事,子女教养要占去人生大半精力,如果不是为了爱情,谁也不能忍受这种种的麻烦"。"两人携手并进,为共同的理想奋斗,在生活中打个美好的胜仗,方不愧此一生。"②

对于"浮萍似的流到岛国,抱着赚食③的态度度过一生"的同侨,她觉得应当改用"积极的移民态度代替消极的苟安。努力改良生活,注意文化活动,提倡艺术生活。把祖国文化建立在新土地上,或进一步促其交流"④。否则"离乡背井、胼手胝足建家立业、庇荫子孙,如果只为了生存而不讲究生活,那么做大生意、赚大钱又有什么必要呢"⑤!"今天最迫切的问题是'落根',只要可以生根长芽,哪怕不会开花结果呢?"⑥

至于她切切提倡的所谓"艺术生活",她又是如何解说的呢?

她认为"艺术的生活是最美的生活,而最美的生活应该是合情合理的,不是矫揉造作出来的。艺术的生活要有无穷的热情。除了了解他人,尊敬他人,则只问耕耘,不问收获。生活的艺术在于天真淳朴,在于重视情感,在于酷爱理想。然而,艺术的生活并不是充满欢笑的生活"。"中国人的说法,懂得艺术的人,该是达观的人、乐观的人。"⑦

鞭辟入里,展现其风雅深致的艺术人生观。

在20世纪60年代的《大中华日报》"小天地"上,庄老师曾记述家里两次遭偷窃的经过。文章的开头分别是这么写的:"搬家之前,打听治安的情形,都说很平安,几乎夜不闭户。因此,雨鞋、雨伞排列在出入方便的廊下,沙发放在四面无壁的起坐间;举目便是花草树木,夜晚窗户敞开,凉风与明

---

① 节录自《趣味是可以培养的:谈课外阅读之一》(原载于《平屋存邮》,1956年)。

② 节录自《在生活中,打个美好的胜仗:谈婚姻》(原载于《平屋存邮》,1956年)。

③ 赚食:挣钱吃饭。

④ 节录自《中国的艺术》(原载于《新闻日报》"莘人随笔",1958年6月24日)。

⑤ 节录自《生存和生活(一)》(原载于《大中华日报》"莘人杂文",1955年10月4日)。

⑥ 节录自《知己知彼》(原载于《大中华日报》,日子不详)

⑦ 节录自《最懂得笑的人:谈生活的艺术》(原载于《平屋存邮》,1956年)。

月皆可进出。"①

"就在这么一个平常的夜晚，路灯照得满园通亮，客车②川流不息。邻近狗吠声时续时断，空中还有一两阵飞机掠过的声响。"③

小学高年级的时候，多丽家搬离了学校眷舍，上高中时又从那离学校三条街外、我还偶尔会去玩的、有个宽敞客厅的房子，搬到五六十年前觉得很远的、十公里外的郊区去。由于那里距离娶菲籍舅妈的二舅家不太远，我去看望外婆时跟父母去探访过一两次。

记得进门有个花草树木繁盛、没太多人工修整、感觉像乡下的园子。那时只知道多丽家是为了接近大自然，而她爸爸也可以有个大画室画画和教学；直到近日阅读庄老师的文章，才恍然大悟，原来其中还别具提升居住环境，开展文化交流和艺术生活，"深入广大的菲律宾城市，侧身于菲人群中，使中国人艺术的生活吐气扬眉"④等积极含意。

多丽在菲大读完大二的那一年，随着双亲又有了一次大搬家，离开侨居20年的马尼拉，移民到美国长住。

根据1983年出版的《莘人文选》之作者简介，庄老师在美国一开始除了协助朱老师推广中华美术，自己也继续进修，专攻中国家庭法规，著成英文专论。几次应邀参加学术研究会，担任专题讲员及评论员。在出书时则与朱老师在弗吉尼亚州莱辛顿市共同经营"中华艺苑"，教授书画，主办画展，并开设插花及烹饪班，孜孜不懈，成绩斐然。

"有作为的、喜欢创造的人，应该向新的世界开展"这句话所剖白的，无非就是庄老师和与她比翼双飞的朱老师两人再切实不过的心声了呀！

铭记慈母教她诵读的金句，23岁去国壮游的庄老师，追随"像祭殿上的羔羊般把自己奉献给全家，像朝圣的香客般对走到圣地的决心是那么明朗而坚决"⑤的慈母，追寻她信靠的天父许诺的"迦南美地"。于是一站一站地暂停，没有漂泊感，没有焦虑感，一心一意在可以耕种的广袤新天地上，开

---

① 节录自《失之松懈》（原载于《大中华日报》，日期不详）。
② 客车：侨胞对菲律宾载客吉普、小公交车 jeepney 的称谓。
③ 节录自《夜与贼》（原载于《大中华日报》"小天地"，1964年9月22日）。
④ 节录自《中国的艺术》（原载于《新闻日报》"莘人随笔"，1958年6月24日）。
⑤ 节录自《朝圣的香客》（原载于《大中华日报》"小天地"，1956年5月10日）。

阔、执着地播种精神的食粮，活成自己向往的自己。

少时修读中国文学史，从《诗经》到《离骚》再到东汉的《古诗十九首》，无论是浑朴天成抑或是华美激越，老师教会我们深入体会的无非两个字：真切。直到读了西晋妙有姿容的潘岳①，读了元好问②《论诗三十首》对其人其诗"心画心声总失真，文章宁复见为人；高情千古闲居赋，争信安仁拜路尘"的评说，才真正明白真与挚乃文学艺术不论如何修饰言辞都不可缺少的基本。

在文学院中文系读书时"文史哲不分家"的科班传承，让我养成泯不掉的痴呆气。阅读《平屋存邮》，阅读《莘人文选》，观想庄老师一路走来表里如一的真实、真诚、真挚；我只能把前文说过的话重述一遍，内心的深刻感受实在难以用拙笔三言两语地表达，只好用这种笨方法，梳理思路，记叙心得。

在《平屋存邮》的前言里，庄老师写下了这么一段话："我不知道这些书信，果真对青年们有多少帮助，本意无非是想把我所学到的、所知道的，教给学生、送给学生。至于我自己，因为多年来的教书生涯，使我为了教课多读了一些书。写这些书信又何尝不是一样？我因为要鼓励别人，写下了许多鼓励的话，结果这些勇敢的话语在很多情形下，倒曾经着实地鼓励了我自己，使我忘记了许多悲愁怨苦。"

只有时光的淘洗能验证她文字的虚实和效果，如果要为上述她那一段话续个后记，我们今天大可以八十年的岁月印证她那"许多鼓励的话"，对菲华20世纪50年代以温饱为尚的家庭里、渴望打破代沟矛盾自由发展的侨青的"帮助"，从她97载人生的所言所行，见证她当年费心"鼓励他们"也"鼓励了自己"的一字一句之殷切与践行。

庄老师不仅是我童年时代的邻家妈妈，还是我高一的班导师和国文、公民两科的业师。当时年少无知，只单纯觉得去她家玩耍特别自在、特别快乐，听她讲课特别丰富、特别清楚，从没想过背后是否还存在什么特别的因素。

直到现今阅读《平屋存邮》中《为人师表：谈谈教师本身的修养》与《美丽

---

①　潘岳，字安仁，《闲居赋》作者。

②　元好问，字遗山，金、元之间的文学名家。

的灵魂:谈教师的仪表》两篇书信,看到她除了叮嘱要注意"举止言行、衣冠服饰、修养心性、充实学识",更重要的是"要有一颗待人真诚的心"。此外,"老师极需要威信。而造成威信的代价是牺牲自己的享受与快乐"。"必须公平真诚地爱护孩子,否则表面再怎么和蔼,也不会取得学生的敬爱";我这才恍然明白,原来那是因为庄老师本人一直都在奉行、展现着她心目中作为一名好老师、好长辈的基本信念!

真诚,是的,就是真诚;文如其人,人如其文,清丽优雅,真诚亲切,"美丽的灵魂"其实就是老师本人的夫子自道。

这次厦大出版社出版庄老师的随笔集《域外散记》,使毕生努力耕耘、硕果累累的庄老师,不仅得以在天父身边归宿她虔诚事主的灵魂,也得以在母校厦大的图书架子上,永久留下她行走世间道路、弘扬母校精神的履痕心迹。

庄老师是值得纪念的,她的文章是值得保存的,厦大的教育是值得荣耀的,《域外散记》的出版更是值得欢喜庆贺的。谨望我这又冗又长的感言,能够对阐明老师的书写的有一点点帮助,更希望老师俯望人间,能够多少原谅学生的又笨又呆。

庄老师的好作品很多很多,只知道新的选集将包括她旅菲期间的《平屋存邮》《莘人文选》与旅美期间的《域外散记》《芸芸众生》《婆婆的世界》5本书的精要;但是并不了解编者编选的方针、偏重的趣味,更完全不晓得究竟选编了哪些文章。质是之故,在这种情况下写成的拙文,演绎的篇章大有可能有许多都未入选书中。

因此不得不再接上一个续貂[1],说明拙文侧重的角度乃是前文屡次提到的、特别令我感动的、承载着菲华社会演变的记忆,影响菲华社会发展史很重要的环节的一代人的篇章。

从菲华社会的现况看来,不可否认,成长于太平洋战争爆发前后、现年大约八十到一百岁的那一代人,无论就现实民生或精神文化层面而言,都是承先启后,落地生根,撑起了突破转型,成为当今的华社的一片天,是为战后婴儿潮的我们以及往后至今土生土长的几代人开路、带路的关键人物。

---

[1]　续貂:续写的劣作。

大规模归化后在他们手中如雨后春笋般蓬勃发展的大大小小的商业，养育造就了深入菲律宾各行各业及至当今政治圈、自称 Chinoy[①] 的菲华人。作为在祖国南渡的师长教导下、接受完整汉文课程的一代人，他们在家庭中繁衍传统的香火，白发皤然却依然在教育岗位上孜孜不休，在 20 世纪后期结伴成立的文艺社团里相互切磋取暖，并进一步鼓励多半是晚近新移民的下一代写作中文。

　　"文章不好，写来辛苦"，力有未逮，仅能以此冗长烦琐的拙文，敬献给庄老师以及她的文章点亮的一代人。

2023 年 2 月 10 日
写于菲律宾马尼拉

---

　　① Chinoy:Chi 和 no 分别为 Chinese 和 Pilipino 的简称，y 是菲语口语的一个语尾词；由仿照菲律宾本地人口头自称 Pinoy 转化而成。

附录二　89 岁校友回忆厦门大学
艰苦的"长汀岁月"

——饭里有沙石就叫"八宝饭"

　　吃臭米饭,饭里什么都有——沙子、小石子、稻草、树叶,当时的学生给它一个形象的称呼叫"八宝饭";宿舍里没有电灯,图书馆晚上 9 点熄灯后,回到宿舍点起菜油灯继续学习;学习环境艰苦,但课余生活绝对丰富,除了各种体育活动外,还有话剧可看。

　　回忆起 1942—1946 年这段在长汀的厦大时光,89 岁高龄的校友朱一雄一脸"幸福"。他的幸福是有理由的,因为那四年不仅充实了他的学识,还成就了他与太太庄昭顺的爱情。

　　(导报记者　梁静　沈晓丽/文　张向阳/图)

　　执子之手,与子偕老,这句话用在朱一雄与太太庄昭顺身上再贴切不过。昨日,89 岁的朱一雄与 88 岁的庄昭顺拄着拐杖,不紧不慢、一前一后地来到了大会会场。虽然已经是耄耋之年,但两位老人还是大老远地从美国回到厦门,参加厦大校庆。

　　由于听力不太好,开会的中途,朱一雄用手写外加讲述的方式,向导报记者讲述了他的长汀四年。

　　朱一雄与太太同是厦大 1942 级学生,朱一雄在中文系,太太在法律系,两人是厦大长汀时光的最后一届毕业生。朱一雄说,当时的厦大,被国际友人誉为"加尔各答以东最好的大学",想成为厦大的一员必须经过严格的考试。

　　说起与厦大的缘分,还属巧合。朱一雄是江苏人,原本他想去重庆参加革命,哪知当时暴发了长沙会战,途中无法继续前行,外加自己又生了重病,只好辗转江西来到了福建。

　　那时,福建正在举行东南五省联合考试。"上大学,有得吃,有宿舍,过的是另外一种生活。"这么一想,朱一雄就在 1941 年参加了这场考试,最后顺利成为厦大的一员。

因为抗战的缘故,当时的厦大已搬到长汀。朱一雄说,当时他们吃的是"八宝饭",饭里什么都有,如沙子、小石子、稻草、树叶等,因为没别的东西可吃。配菜永远是青菜和黄豆。一年级新生住的是8—10人的宿舍,睡的是双层床,两个人共用一张写字桌,宿舍里根本没有电灯。

虽然学习条件艰苦,但学生的课余生活很丰富。朱一雄当时是厦大剧团的团长,负责舞美设计与制作,剧团上演了《北京人》《原野》《家》等多部大型话剧,轰动山城。

朱一雄回忆说,由于晚上没电,舞台的灯光就用萨校长的汽车发电。机电系的同学还自己制作发电机为图书馆发电。"每晚7—9点图书馆亮灯,9点过后就熄灯,回到宿舍后,我们只能点菜油灯。"

1947年,厦大搬回厦门。由于留级一年,朱一雄返回厦门读书。当年6月,朱一雄毕业,随后就去了菲律宾,与太太会合。

朱一雄与太太庄昭顺

（原载于《海峡导报》2011年04月07日08版）

附录三　照片

家庭合影

（2007 年，台北，从左到右为：老二朱希玲，老大朱多丽，朱一雄，庄昭顺，老三朱静华，老四朱雅施，背景为朱一雄作品《长江万里图》）

（庄昭顺女士，于 2021 年 11 月 21 日在新泽西州普林斯顿市家中辞世，享年 97 岁。遗体火化，骨灰与其夫朱一雄骨灰一同安置于 Kingston Cemetery）

附录四　庄昭顺已出版五本著作简介

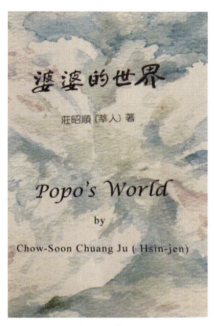

庄昭顺在马尼拉所写的中文散文,编成两本专集《平屋存邮》和《莘人文选》在马尼拉出版。在美国出版三本英汉对照的散文集《域外散记》、《芸芸众生》和《婆婆的世界》

注:"莘人"一词出自《诗经》"莘莘学子"。因为作者是几十年的老师,终年终月与学生相处,讨论问题,研究学术,发现这些学生都是佼佼者,而且人数众多,作者尤爱与学生一起钻讨写作的技巧和其他问题,深感欣慰,所以采用"莘人"为笔名。